日本ホラー小説大賞《短編賞》集成2

国広正人／朱雀門 出／雀野日名子／
曽根圭介／田辺青蛙／吉岡 暁

角川ホラー文庫
23914

目次

第十三回
日本ホラー小説大賞
《短編賞》受賞作
（二〇〇六年）

サンマイ崩れ

吉岡 暁

吉岡 暁（よしおか・さとし）

一九四九年生まれ。中央大学卒業。二〇〇六年「サンマイ崩れ」で第十三回日本ホラー小説大賞《短編賞》を受賞しデビュー。

「丁寧に恐怖を盛り上げていく。地味ではあるのだが、語り口の上手さと伏線の張り方は妙に感心させられた」

——高橋克彦（第十三回日本ホラー小説大賞選評より）

1

当時、生きているのか死んでいるのか分からないような僕の目を覚ましてくれたのが他人の死だったことは、言いづらいが本当のことだ。それも大勢の人の死がきっかけだった。それで、僕は救われた。

その台風は「中型で並の勢力」で、雨は例年の秋雨前線だった。極めてありふれた気象パターンで、後で思えばテレビの台風情報の「崖《がけ》崩れ、山崩れ、低地の浸水、河川の増水・氾濫《はんらん》等に御注意ください」コメントもどこかお座なりな感じがした。事実、台風が上陸した四国の各県の被害状況は合わせて軽傷者五、六名というもので、更に大阪湾を渡って再上陸した後の大阪府下でもこれと言って特筆すべき被害はなかった。台風の袖《そで》が微《かす》かに掠《かす》った程度の和歌山県南部も全体として被害は軽微だったが、東牟婁《ひがしむろ》郡小関町のシモナザ集落という所だけは例外だった。

小関町は熊野《くまの》山地の真《ま》っ只中《ただなか》にある。行政的には、熊野三山の一つである熊野本宮社に近い中心部と、熊野川やその支流沿いに点在する四十ばかりの集落から成る。シモナザもそのような集落の一つということだった。

　確かに雨は激しく降ったが、集中豪雨と言えるほどの雨量ではなかった。それなのに、結局災厄は起きた。「崖崩れ、山崩れ、低地の浸水、河川の増水・氾濫」が全部そのシモナザ集落で起こったのだ。国土管理行政上の問題点も含め、原因は後にあれこれ論議されたが、家並みと田畑の三分の一を山崩れと濁流にざっくり削《そ》がれた集落にとってはさして意味のあることとは思えない。最終確認不能の行方不明者を含め、人口百人足らずの集落で三十八人が死んだ。他の地方で殆《ほとん》ど被害が出なかったせいもあって、小関町シモナザの名は一時全国放送の全てを独占した。

＊

　その災厄の日、これも言いづらいけれど、僕はその小関町から直線距離上はそう遠くない市にある病院の精神科に三度目の入院中の身だった。それでも、（弁解じみて恥ずかしいが、言わずにおれないので言ってしまうと、）僕はトフラニール75㎎、ソラナックス０・４㎎、ハルシオン０・25㎎とロヒプノール１㎎程度の「ウツ」持ちなのであって、決して措置入院患者でもなければ、幻覚幻聴アリ病識ナシの「デンパ型」でもない。ただその頃パニック障害と離人症性障害に代わる代わる痛めつけられていて、森田式やその他の自力本願メソッドではとても耐えきれず、ケアとクスリが必要だった。だから、あくまで僕自身の自発的な意志で入院した。眠剤で日永《ひなが》一日うつらうつらさせられるのは後の落ち込みがキツくて嫌だったが、仕方ない。

当時僕は二十三歳、長期休学中の学生で、病院では「ゴマ君」と呼ばれていた。「ゴマ蠅君」の略だ。この酷《ひど》いネーミングの名付け親は僕の担当医で、色んな不安症や恐怖症からくる山ほどのジンクスやマジナイや縁起かつぎが、いつもゴマ蠅のように頭の中を飛び交っている、というほどの意味だ。

とはいっても、そのおかげで僕は長い間、背筋がザワつくようなイメージに悩まされ続けた。頭蓋《ずがい》のバスタブの中で髄液の風呂《ふろ》にぷかりと浮かんでいる、白っぽくて軟らかな、まるで豆腐そっくりの僕の脳に、小さな蠅が黒煙のようにたかって卵を産み付け、そこからまた白い蛆《うじ》がウジャウジャ這《は》い出してくるのだ。何てバカな、と思う人は、身体に関わる神経症に言葉がどれほど呪術《じゅじゅつ》じみたイメージを刻み込むか知らないのだ。

「視野にいつも自分の鼻先が見えているのが気になる」と言って鉋《かんな》で鼻を削ぎ落とした患者もいるし、ゴッホが自分の耳を切り落としたことだって関係があるのかも知れない。

もっとも、「ゴマ蠅」というネーミングの無神経さ以前に、僕はその担当医の何もかもが大嫌いだった。何よりオゾケを震わされたのは、この男がパッチ・アダムス気取りで自分が患者から個人的な親近感や信頼を得ていると思い込んでいるらしいことだ。

「陽気で明るく楽しいセンセー」として、犬でも欠伸《あくび》するほどくだらない駄洒落《だじゃれ》や、花に耳があれば忽《たちま》ち真っ黒に萎《しぼ》んで枯れるに違いない「ジョーク」を連発しては僕を悩ませた。一度この医者から、「よう、ゴマ君、元気か？」と呼びかけられて、「はい、コブ先生」と言ってやったことがある。小学生の言い争いみたいだが、効果はあった。相手は壁土みたいなざらざらの顎《あご》の下に作ったヒョウタン形の小さい瘤《こぶ》をよほど気にしていたと見えて、顔を強張《こわば》らせて黙ってしまった。以後、「よう、ゴマ君」はよほど減った。

このコブ医者は流行《はや》りの代替治療にも熱心で、僕を含め軽症患者達は園芸療法やアロマセラピー、果てはチベット体操というのまでやらされていた。

その雨の日の午前中、僕は他の患者と一緒にこのチベット体操で四肢の関節をギシギシ痛めつける「治療」を施されていたが、午後になってロビーのテレビのニュースで初めてシモナザ集落の災厄を知った。雨の中、自衛隊員や消防団が必死に土嚢《どのう》を積んでいる同じ映像が繰り返し流されていた。メディアもそれから先の場所へは進めないのに違いない。まだ生き埋めになっている人がかなりいて、河川の氾濫で孤立している民家もあるということだった。

山中と海沿いの違いはあっても（和歌山はどのみちこの二つに一つだが）、小関町はこの市とは隣町も同然で、現に患者の中には興奮気味にテレビの映像を指差しながら「あ、あそこの道知ってる！」と素《す》っ頓狂《とんきょう》に叫ぶ者もいたし、砂利でも弾《はじ》けるような勢いで窓ガラスを叩《たた》く雨音に混じって、災害現場に急行するらしいヘリの音が遠雷のように聞こえてくる。

で、僕はというと、突然「行かなきゃ、行かなきゃ」と念仏みたいに呟《つぶや》きながら、何かにとり憑《つ》かれたようにロビーを歩き回った。もちろん僕はビョーニンであって偽善者でもナルシストでもないから、「行かなきゃ」の動機がヒューマニズムやヒロイズムとは無縁なことは骨の髄から分かっている。なのになぜそんな衝動が起こったのか、またどうしてシモナザ集落の災害に対して起こったのか、我ながらその時は不思議だった。ひょっとして何か新しい関係妄想にでもとっ憑かれたかと怖くなったが、どこをどう押しても僕の二十三年の全人生と熊野山地の僻村《へきそん》の間には、どんな関係式も成立しない。なのに、「行かなきゃ」の衝動は少しも衰えず、寧《むし》ろ高まる一方だった。

何にしても病院はあくまでも病院だったし、まして精神科、「ちょっと救援活動のボラしてきます」なんてことで外出許可を求めたところで許される筈《はず》もない。第一、例のコブ医者は週に一回しかやって来ないので手続きを踏んでいる間などない。そこで僕は、翌日夜が明けると同時に病院を抜け出した。

例によってまずタオルを首に巻き、昔、友人からプレゼントされて以来ずっと愛用しているＬＡドジャースの帽子を目深に被《かぶ》った。この恰好《かっこう》は、病院では僕のトレードマークみたいになっていて、以前、ナースセンターの黒板にそういうイラストが描いてあるのを見かけたことがある。特徴をとらえた上手な絵だった。イラストの下に、マル文字で「ゴマ君」と書いてあった。

更に病院の玄関を出る際にもゲンを担ぐ。正確に言えば、十五、六歳の頃から山ほど貯め込んできた強迫観念の一つが文字通り足を引っ張る。どんな具合かというと、ガラス扉の貼り紙『当院ではすべての外来患者の皆様を対象に院外処方箋《しょほうせん》のみを発行します。お薬は院外薬局で受け取ってください』の文字がちらっとでも目に入ったり、普通の歩幅で歩いてきて玄関を踏み出す一歩が左足だったりすると、もう一度最初からやり直さねばならない。「何だってそんなバカなことを?」という問いに答える根気は僕にはもう残っていないが、とにかく玄関で行ったり来たりを八回繰り返してやっと外に出られた。

空を仰ぐと、低く垂れ込めた雨雲があちこちでちぎれ始めていて、その上に青いステンドグラスのような蒼穹《そうきゆう》が覗《のぞ》いていた。時おり眩《まばゆ》い朝日が雲を射貫《いぬ》き、その直後に湿った生温《あたた》かい雨が短く横なぐりに降ったりした。市内を縦貫して小関町に続く国道をひっきりなしに消防、警察、自衛隊などの緊急車両が通過していく。

告白しなければならないだろうが、僕はその時ほど爽快《そうかい》な気分を味わったのは生まれて初めてのことだった。なんだか雄叫《おたけ》びでもあげたくなるような解放感が湧き上がり、事実何か叫んだかも知れないが、よく覚えていない。僕には明らかにクスリによる記憶障害がある。こんなことを言うとコブ医者はいつも躍起になって否定し、離人神経症による記憶喪失などと言うが、僕は信じていない。

2

熊野はどの主要都市からも遠い。大阪からも、京都からも、名古屋からも、そもそも同じ和歌山県の太平洋側に位置する各市からも不便な後背地で、最後のアクセスは車しかない。さらに状況が状況だったので、熊野地域に隣接する市に住む僕が乗り込んだローカルバスでさえが、小関町の隣町で運行を中止していた。仕方ないのでそこから先は歩いた。

ある程度予想していたことだが、被災地に通じる国道は既に厳重な交通規制が敷かれていた。おまけに山裾《やますそ》を縫うようにして走る国道は一車線の部分も多く、既に相当な渋滞となっていた。緊急車両は言うまでもなく、脳天気な「ボラ」のヒッチハイクに停車してくれるような車は一台もなかった。一度など、路肩で手を挙げている僕の方へ寄ってきた近畿地方整備局の四輪駆動のバンが減速もせずに走り抜け、危うく足を轢《ひ》かれそうになった。

あの日の昼近く、強行軍の果てにようやく小関峠にたどり着き、そこから眺めた光景はいまだに忘れられない。その被災現場は、僕の頭の中を飛び回るゴマ蠅を暫《しばら》くの間忘れさせてくれるほど奇怪で、非現実的で、それでいてこの上もなく美しかった。

細長い小ぶりな谷間の上に、狭い底抜けの青空があった。報道関係のヘリが三機、四周の山腹に複雑なエコーを伴う轟音《ごうおん》を響かせながら禿鷹《はげたか》のように飛び交っていた。谷の中央部を蛇行する熊野川支流の言問川は既に川ではなく、きらきらと眩い輝きを放つ泥の海だった。川上はそれでもまだ河川の形態を留《とど》めていたが、中央部で堤が決壊し、そこから泥流が扇状に拡散して辺りの田畑を灰色の汚泥の底に沈めていた。堤防沿いに、虫のように動きまわる自衛隊員の国防色の制服とヘルメット、消防団員の青い作業服、あるいは玩具《おもちゃ》のように見える土木重機、ダンプカー、トラック、また排水ポンプや発電機、投光器などの機材が遠目からもはっきり認められた。そのどれもが、傍らを暴走する濁流の圧倒的な質量《マス》や凄《すさ》まじいハイドロ・ダイナミクスに比べると、哀しいほどちっぽけで心細く、僕は子供の頃見た怪獣映画の一場面を思い出さずにおれなかった。

山腹の木々の七割方が錦《にしき》織りという昔からの形容そのままに色づいていて、それがこれから紅葉の最盛期を迎えるのか、それとも台風と長雨で散った後なのかは、その時の僕には判断がつかなかったが、とにかく見とれるほど華やかだった。その絢爛《けんらん》とした色模様の下方部から裾野のシモナザ集落にかけて、ちょうど「リ」という字に引っ掻《か》いたように山が二筋崩れていた。灰色の巨大なナメクジが二匹山肌を這い降りたような図で、短い方は二車線の立派な農道を切断、田畑まで押し出した後に動きを止めて、そこに分厚い土砂の堆積《たいせき》を造っていた。長い方は、一気に集落の家並みの三分の一を削ぎ取ってから氾濫中の川に流れ込んで奔流を一旦《いったん》塞き止め、更にそこから複雑なパターンの二次氾濫を起こしていた。

白状すると最初峠に立って眺めた時、確かに言問川の氾濫には息を呑《の》んだが、山崩れは「なんだ、この程度か」と思ったことも事実だ。遠近感が狂っていたのだ。「リ」の短い方でも、へたな高層ビルより遥《はる》かに長大なものであるという事実は後で分かった。

＊

現地対策本部は、高台の雑木林を造成して作ったらしい小関東小学校に設けられていた。

学校の施設という施設が既に満杯状態であることは一目瞭然《りょうぜん》だった。広い、泥だらけの運動場は国防色のヘリとトラックでぎっしり詰まり、溢《あふ》れた車両は乱暴に近隣の畑に畦道《あぜみち》を壊して突っ込んでいた。石の門柱には車両が掠ったらしい真新しい痕跡《こんせき》が幾つも付いていて、開け放たれた校門の鉄柵《てっさく》からは、『関係者以外の無断立入りを固く禁じます。学校長』と読めるプレートが、留め金の外れたまま斜めに垂れ下がっていた。

大音量にセットされた校内放送が、様々な部門の誰彼を殆ど五分おきに対策本部に呼び出している。行き交う人は皆小走りに駆けていく。当然だろうが、顔が疲労や心労で恐ろしく険しかったり、あるいは魂が抜けたように無表情だったりする。まだまだ外部のボランティアを組織できる状態ではなさそうだった。

いずれにせよ僕は誰かに尋ねる必要があり、その事を考えると怖気《おじけ》づいた。また告白じみるけれど、僕はもう長い間医師や看護師以外の人とまともに話をしたことがない。それに、眼鏡をかけた人と視線を合わせるのが怖い。理由は恥ずかしくて言いたくない。

暫く辺りをうろうろしていると、中年の警官がひとりせかせかした足取りで校舎から出てくるのが目に入った。一瞬、病院からの連絡で僕を保護しに現れたのかと思ったが、すぐに、非常事態の只中のこんな山奥の被災地まで来る筈はないと考え直した。それに、どういうものか、僕は警官とか駅員とか公務で制服を着ている人には例外的にあまり気後れしない。見ず知らずの他人に「嫌われている」とか「憎まれている」とかの被害妄想が比較的生じ難《にく》いからだそうだが、この際そんな病理解説はどうでもいいので、とにかくボランティアの受付部署を聞き出さないと話にならない。

「すみません」と僕は警官の顔をまっすぐ見て言った。言ったつもりだった。だが、激しい鼓動で声が掠れた。（しまった……）と思ったが、案の定その警官はすたすたと僕の眼前を通り過ぎて行った。もう一度呼び止める勇気は湧かなかった。やっぱり呼びかけた時に、両足を揃えていたのがまずかった。ちゃんと右足を前にして立つべきだった、というゴマ蠅が一匹しきりと僕の頭の中を飛んだ。

それでも体育館を見つけるのは簡単だったし、あの警官に教えられなくても、その中に現地本部が設けられているだろう位の予測はついた。しかし一歩中へ入ると僕はたちまち圧倒された。

二百人近い雑多な人々の声が、うわぁーんと共鳴し錯綜《さくそう》している。体育館の奥の方の半分を、着の身着のままの避難家族が占めている。敷かれている布団が妙に生々しい。老人が多いがペットも多い。興奮しやすくなっている犬がそこかしこでけたたましく吠《ほ》える。そんな光景を、中継中でもないのにテレビカメラのライトが無作法に照らし続けている。自分達が映っているモニターを、一様に同じトレーナーを着た子供達が嬉《うれ》しげに覗きこんでいる。入口側の半分は様々な資材の集積所に使われていて、整理の悪い倉庫のようだった。種々の最新通信機器のラックが、テーブルに山と積まれた炊き出しの握り飯と仲良く並んでいるかと思えば、ゲタ箱の上に、T町役場資材とマジックインキで殴り書きされた、真新しい、高価そうな大容量バッテリーのカートンが山と積み重ねてあったりした。

現地対策本部は、色とりどりの制服組が始終慌しく出入りしているのですぐにそうと分かった。あちこちから掻き集めてきたらしい、てんでバラバラの間仕切りで区切られていたが、その外でうろうろしているだけでもかなりの情報を耳にできる。「不要不急の電話を避けるように要請」云々《うんぬん》という怒鳴り声は一般電話回線もケータイもパンクしている状態を想像させたし、陸路の確保が不十分だと報告する声や、医療班の増援を求めている声もある。またトッカが、トッカが、としきりに言っているので何かと思ったら、伊丹《いたみ》基地から空路で派遣されてきた自衛隊の特科連隊のことだった。

何にしてもその時点での現地対策本部の雰囲気はまだまだ殺気立っていて、「ボラ」

の受付けどころではなさそうだった。僕は、それらしい部署を探してスラムじみてきた広い体育館を歩き回ったが、そんなものはありそうもなかった。朝方病院を飛び出した時の昂揚感《こうようかん》は萎《な》えて、お馴染《なじ》みの離人感覚が生じた。僕は自分ではこれをバリアと呼んでいる。現実世界から飛んでくる失意や絶望ビームから身を守るバリアだ。

僕の離人症性障害の臨床特性は、恐怖症だらけの脳から一時的に恐怖のタネが消えて何一つ怖いものがなくなる代わりに、現実感の喪失や、どんな熱意も萎え果てる無感動、あるいは人の声と騒音の区別がつき難くなる聴覚異常が生じる。

こう言うと何か凄《すご》いことのように聞こえるが、別に予後の悪い特異症状というわけではなく、複数の病気に共通する一般的な症状だ。なのに、時々「離魂病」とか場合によっては「幽体離脱」なんてもの凄いものと混同されたりする。精神病とオカルトが結びついたのは中世の話で、離人症はそんなロマンチックなものではなく、基本的に自己防衛的現実逃避反応に過ぎない。

何にせよ、バリアをおろしている時は必然的に判断機能も鈍るので、僕は出口を間違えて体育館の側面の芝生の庭に出てしまった。そこに、大字《おおあざ》ナニガシ消防団、大字ナントカ消防団と書かれた幾張りものテントが連なっていた。シモナザと山襞《やまひだ》を挟んで隣接する各集落からの救援組織だ。

父親の転勤で東京と大阪を往復しながら育ったのでその種の事情に疎かった僕は、それでやっと思い当たった。つまり、村落共同体には元々「市民ボランティア」なんて甘っちょろいものは存在しない。嘘かマコトか、非常時に少しでも働ける者はハナから全員消防団に組み込まれていて軍隊みたいに動員される、と聞いたことがある。逆に言えば、これこそが僕の探し求めていた「ボランティア」なのだった。

また、シモナザとはどう書くのかもその時点では分からなかった。下の字、の詰まったもので「下字」と表記すると知ったのは、「小関町役場　下字災害対策現地本部」という立て看板のある大テントを見つけてから後のことだ。

＊

小関町の現地本部は、実質的に近隣の字から来た各消防団の本部でもあった。青い作業服を泥だらけにした団員達が、恐らくは不眠不休の作業の後なのだろう、そこら中で体育館の壁に凭《もた》れて座り込んでいる。居眠りする者、昼食をとる者、タバコを吸う者、その誰もが白いヘルメットを脱ぐと髪まで乾いた泥をこびりつかせている。

外目には、僕は何かの相談にやってきたシモナザ集落の住民に見えたのかも知れない。また僕自身もそんな風に見えることを望んでいたのだが、予想通り尻《しり》を蹴《け》飛《と》ばされて追い払われることもなく本部の大きなテントに入れた。中でうろうろしていてもあまり目立たなかったのは、他にも同様の人が大勢いたからだろう。カウンター代わりの折り畳み机を挟んで、村役場の職員らしい人達が作業服の袖を捲《まく》り上げたまま懸命に応対している。地域の老人が多いため、交わされる会話が地言葉そのままで、僕には聞き取れないことが多かった。例えば、ある職員が手にした携帯に向かって、

「アライデョ！　何シカ、ソコタイノウワエクチャデ連絡ツカヘンサケ、シヤナイヤカ！」

と怒声を張上げた時は、何だか外国の難民キャンプにでも迷い込んだような気がした。

何にしてもボラの受付場所はここしかない、ということはすぐに分かった。

大都市で勃発《ぼっぱつ》した地震災害などと違って、小関町の災厄は非常に局地的なものだ。それに、決壊した堤防の修復、生き埋めになった人の救出、遺体の収容、あるいは行方不明者の捜索といった危険を伴う作業は、体育館の中にある現地対策本部の統括下、徹夜の土嚢積みで消耗した消防団から自衛隊の組織的な活動に移行しつつある様子だった。事実、増援部隊が続々と到着していた。

その点ここの現地本部では、飛び交う和歌山語に耳を澄ましていると、僕でも役に立ちそうな事がありそうだったし、現に米倉庫に漬かった汚泥の掻い出し作業を依頼している人もいた。僕はこれだと思って足早に即席のカウンターの前に飛んで行き、何人かの背中の後ろから「ボランティアですが、お手伝いさせてください」と、我ながら力んだ声で志願した。

しかしタイミングが悪かった。僕がそう言い終わる以前に、相手の職員は立ち上がってせかせかとテントを出ると、大声で消防団員が屯《たむろ》する方に呼びかけた。

「アリサカの兄《にい》やんら。おまんら、悪《わり》けど米倉庫行ってくれやんかの」

役場の職員というより地まわりの若頭という感じの声で、表現とは裏腹に否応《いやおう》を言わさぬ響きがあり、こういう状況下ではいかにも頼もしい。大字アリサカの「兄やん」達は、疲労で編上靴を引きずるようにぞろぞろ出発して行った。

一方、僕は取り残された間の悪さをごまかそうとして、——いや、もう、正直に言ってしまうと、人との話が中断した時のマジナイとして、せっせと指で宙に三角形を二十回描き続けていた。

その時、別の用件で即席カウンターの端に座っていた年配の住民が驚いたような顔で僕を見つめているのに気づいた。明らかに染めていると分かる不自然な黒い髪を、今時珍しく七三にくっきり分けた上品そうな人だったが、あんまり不思議そうに見つめられるので僕は自分が一昔前のパンダにでもなったような気がした。

若頭の職員は席に戻って来ると、その初老の住民に「ワタナベさん。マアチット待って下さい」と話しかけた。「今、地盤のことが分かる者《もん》が来よりますさけ」

ワタナベさんは染めた頭を何度も下げてしきりに恐縮し、

「シモナザがこんな有様になっているとは、つゆ存じませんでした。カミナザの方は後日で結構でございますので、どうぞ生存者の救出を優先してくださいますよう」と言った。その丁寧な言葉遣いといい、礼儀正しさといい、控え目ながらも人間として一種古風な威厳があった。この混乱の場ではそれが明らかに異彩を放っていて、僕はひどく心をうたれた。「まだこんな人も世の中にいるんだ……」という驚きだった。それは役場の職員も感じているようで、標準語に切り替えて、「お気遣いには及ばんです。生存者も仏さんも両方大事ですから」と答えた声に、相手の礼節に対する明らかな尊敬の響きがこもっていた。

　僕もまたその時にはもう「この人の手助けをしよう」と決めていた。その心を読んだようにワタナベさんは僕に軽く会釈して、座っているパイプ椅子の間隔を詰める仕草をした。自然、引き込まれるように僕はその隣に座った。この僕が、その時少しも躊躇《ちゅうちょ》しなかった。

　やがて呼ばれた消防団員が二人、のろのろした足取りでテントに入ってきた。「地盤のことが分かる者」とは四十がらみの、牛のように色の黒い大男だった。本業が何か知らないが「アキやん」と呼ばれたその男を一目見るなり僕は「アブナそうな奴だ」と直感した。正《まさ》しく農耕牛のように濁って血走った大きな目をして、視線が絶えずうろうろと落ち着かない。埃、汗、タバコ、それから紛れもない酒の臭いの入り混じったきつい体臭がプンと鼻を突く。

　もう一人は「新家《しんや》のまっちゃん」と呼ばれる僕と同年輩の茶髪の若者だったが、のっぺりした顔に始終場違いな笑みを浮かべ、くわえタバコでウォークマンを付けたままやってきたので、こいつも何だか別の意味でアブナそうな、と思わずにおれなかった。

　役場の職員がまず「カミナザからやって来られたワタナベさん」を紹介した。次いで、国土地理院や林野庁の地図を前に地域住民同士が早口で交わす打ち合わせは、よそ者の僕には半分も理解できず、しばしば蚊帳《かや》の外に置かれた。そもそも職員の簡潔な第一声、「カミナザのサンマイが崩れた」からして分からなかった。

後でワタナベさんに解説してもらってやっと分かった全体像は、概《おおむ》ね次のようだった。

――カミナザ集落は人家二十数軒の小集落で、悲運に見舞われたシモナザ集落から言問川沿いに三キロほど川上に位置する。そのカミナザから更に二キロ奥まった谷あいにある同集落の墓地の一部が、昨日午後崖崩れによって崩壊した。県が各ポイントに設置している監視システムのデータ分析では、カミナザ集落にも墓地近辺にも、それ以上の崖崩れが発生する危険はまずなさそうだった。そこで墓地の応急処置作業が開始された。しかし次第に隣のシモナザ集落の惨状が分かり始め、人手は全員シモナザに回された。そこへ今日の昼近くカミナザからワタナベさんがやってきて、「崩れた墓地の表土に、人骨の破片が露出している。放っておくと泥濘《ぬかるみ》と一緒に流出してしまうかも知れないので、応急処置を急いでもらいたい」と依頼してきた。と、そんなような経緯《いきさつ》だった。

「人骨」と聞いて新家のまっちゃんは薄い眉《まゆ》をひそめ、ワタナベさんに不躾《ぶしつけ》に聞いた。

「おいやん、カミナザのサンマイは土葬じょ聞いたことあるけんど、ほんまけ？」

茶髪の若者が何を連想したのか、僕自身同じ連想をしたのですぐに分かった。以前、DVDで見たアメリカのホラー映画で、墓地が地崩れを起こし、中からゾンビーまがいの腐乱屍体《したい》や骸骨《がいこつ》がぞろぞろ飛び出してくるシーンがあったが、大方、そんな風な想像をしたのだと思う。「アッポケか。いつの話をしとるんよう」と役場の職員がたしなめるように言ったが、ワタナベさんはどこまでも丁寧かつ生真面目に答えた。

「いえ、アナタ、それは確かに昔はそうでしたけれども、あれは昭和三十年頃でしたか、お役所の指導で地下水汚染などが起こるので火葬にせよというお達しがございましてね。以後、今日まで土葬というようなことは一度もありません。それに昨今は、御骨と言ってもカケラをほんの少し骨壺《こつぼ》に入れるだけで灰も残さないようなことでございますから」

ワタナベさんのゆっくりした言葉遣いに、新家のまっちゃんがぽかんとした顔で「アア、ソーデスカ」と外国人のような相づちをうった。

アキやんは不機嫌そうに押し黙ってワタナベさんの話しぶりを聞いていたが、やがて村落共同体特有の閉鎖的な猜疑心《さいぎしん》を丸出しにしてこう切り出した。

「カミナザなら全戸ワタナベやいしょ、おまはん、どこのワタナベさんなら？」

都市部なら間違いなく問題になるところだろうが、露骨な身元確認を受けた当人も地域住民なので、屈託なく、

「カミナザ北角の渡部省吾でございますが、ご存じで？」と逆に聞いた。尋問者は愚鈍な口調で「知らん」と答え、役場の職員がその芸のない尋問ぶりにいっそ呆《あき》れたのだろう、「何な、そら」と苦笑した。

職員はまた、墓地現場にはパイプシャベル等の工具や汚泥ポンプの他に、「ヤンマーだか小松だか、どっちかの」ミニユンボが一台放置したままになっているが誰か操作で

きるかと尋ね、まっちゃんができると請け合った。一方、アキやんは斜面変化監視システムのデータを回収する役目を負わされ、ひとしきりたらたらと不平を言った。

旧式の坂田式地滑り計なら扱った経験があるが、初めて見るロガーからデータ回収するなどという作業は自信がない。だいたい、「何故《なれえ》本部のパソコンでデータ拾えんなら？　危《あむ》ない現場へわざわざ出向かんと拾えんて、おまん、今時そげなハカいかん（非効率な）ことドグサすぎるわして（お粗末過ぎるではないか）」

よほどこの任務を嫌がっているようだったが、顔役みたいな役場の職員は否応言わせなかった。

「とにかくなあ」センサーの設置現場から直線距離で五〇〇メートルの地点にある監視小屋のポートハブまで、雨量計と伸縮計の信号線が結線されている。そのデータを「コントローラのSAVEキイ押してとってくりゃええんじゃ」

そう言って、アキやんを見据え、その分厚い胸板にメモリーカードを押しつけた。アキやんの目がぎょろっと揺れて、見ている方がはらはらさせられた。

僕は大学で森林植生の動態調査について少し齧《かじ》ったことがあり、計測システムについても少しは分かる。だからそれがハザードマップ作成用解析ソフトのデータらしいと見当が付いたが黙っていた。役場の職員は、更に交信用として携帯式のデジタル防災行政無線機を二人の消防団員に貸与し、「往路で一度、現場到着時に一度、作業終了時に一度、必ず連絡を入れて下さい。くれぐれも二次災害には気をつけて」と、公務員の顔に戻って言った。

最後に職員が消防団員に貸与したものは数珠《じゅず》だった。あまりの手回しのよさに僕は呆れたが、後で校舎の一角に複数の遺体を収容している光景を見た時、そんな捉《とら》え方自体が浅はかだったことが分かった。ある意味必需品なのだろう。

「ほな、頼んどか」と言い捨てて、威勢のよい職員は慌しく別の部署に去っていった。とうとう僕の住所氏名は聞かれずじまいで、心の芯《しん》がヒリヒリ痛んだ。こんな時、僕は殆ど自動的にと言っていいくらい、他人がすぐ傍にいるにもかかわらずあらぬ夢想に耽《ふけ》ってしまう。アキやんがデータ回収作業に失敗して途方にくれていると、それまで冷たく扱われていたボラの僕がテキパキと片付けてやるのだ。本部に戻って皆から驚きと共に大いに感謝されるが、僕は名も告げずクールに去っていく……。そんな情景を空想すると自己陶酔で目頭がつんと熱くなる。これまで現実に傷つけられるたび、僕はいつもこんなような白昼夢的応急手当をして凌《しの》いできた。

その場の現実世界では、ワタナベさんが立ち上がり、アキやんと新家のまっちゃんに向かってペコペコとアタマを下げ続けていた。

「お手間をおかけ致しますが、何卒《なにとぞ》よろしく御願い申します」

「ナカナカ（いえいえ）」と新家のまっちゃんは薄笑いしただけだったが、アキやんは、「こらぁウタといこっちゃ（厄介なことだ）。うっとしわぁ」と、周りの者の顔が歪《ゆが》むような嫌味を言ってワタナベさんをあからさまに睨《ね》めつけた。人間、見ず知らずの相手にここまでの嫌味はなかなか言えるものではないので、こいつはまともじゃない、と僕は改めて思った。しかしカミナザ集落の紳士は、少しも変わらぬ誠実さで、

「本当に申しわけのないことでございます。何しろもうカミナザはこういう時に働けない年寄りばかりでございまして」と心底辛《つら》そうに弁解した。

二人の消防団員が車の準備に去ると、ワタナベさんは改めて僕に聞いた。

「アナタも来てくださるのですか？」

穏やかな微笑を浮かべたその小作りの顔はとても愛嬌《あいきよう》があり、そこら辺の田舎道の脇に立っているお地蔵さんそっくりで、僕はわけもなく心が癒《いや》されるように感じた。「喜んで」と僕は言った。

――使える車は660ccの小さなピックアップトラックしかなかった。ワタナベさんと僕は荷台に押し込まれた。小学校の敷地を出る時、ぞろぞろと戻ってきた別の消防団の一隊から全身泥まみれの若者が一人出てきて、明るい笑顔で運転席の新家のまっちゃんに「どこ行くなら？」と呼びかけた。まっちゃんは手の数珠を窓の外に突き出してぶらぶらと振り、「カミナザのサンマイ崩れたさけ、穴掘りと御骨拾いじゃ」と言うと、自分が真っ先にキャハハと笑った。すると別の一人が傍らからこう言って冷やかした。

「気ぃつけよ。あそかぁ、よう出る言うさけ」

僕はワタナベさんの心情を思うとこの軽口の応酬に居たたまれなくなったが、助手席のアキやんはまた別の感じ方をしたのだろう、まっちゃんの肩越しに唐突にヒステリッ

クな怒声をはりあげた。

「ココラワリ（気持ち悪い）ことぬかすな！　クラッソ（くらわすぞ）！」

辺りが一気に険悪な雰囲気に陥った時、最初に声をかけた若者が進み出ると、泥だらけの顔で運転席を覗き込み、アキやんに向かって妙に静かな声で言った。

「おっさん、何をイキっちゃーん（いきがってる）のよ。子供が泣いちょる前で潰《つぶ》けた新仏《にいぼとけ》掘り出すよりナンボカましやろよう」

「お、お、お」と運転席のまっちゃんが慌てて呟き、キレかけている若者の肩をトントンと叩いて車を急発進させたので、ワタナベさんと僕は荷台で仲良くひっくり返った。

こうして、何だか心許《こころもと》ないような四名の「カミナザ集落墓地崩壊調査班」は小関町現地本部を出発した。

3

僕らを乗せた公用ピックアップトラックは、被害の少ない谷の南側の国道を順調に走った。時には自衛隊の仮設橋を渡らせてもらって障害を迂回《うかい》しながら、予想より遥かに目標地点まで近い所まで距離を稼げた。ピックアップトラックの荷台の上で揺られながら、最初に僕とワタナベさんの交わした会話はこうだった。

「みんなお墓のことをサンマイって言ってますが、和歌山の方言なんですか？」

ワタナベさんはちょっと苦笑して教えてくれた。

「三昧《さんまい》は梵語《ぼんご》のサマディーが語源と言いますね。瞑想《めいそう》という意味だそうですけれども、仏教伝来以降『墓』という漢語とどう使い分けてきたかとなると、はてどうでしょう。火葬場をサンマイと呼ぶこともあるようですが、詳しいことはワタクシも存じません」

自分の無知を曝《さら》け出したようで、僕は思わず「ハア、スイマセン」などと無意味なことを呟く始末だったから、あまり新家のまっちゃんの「アア、ソーデスカ」を笑えない。しかし随分と博識な人であることが分かったのでそのように言うと、ワタナベさんは慌てた風に両手で宙に壁塗りをした。「滅相もない、そんな、アナタ」と真顔で否定し、「田山花袋《たやまかたい》ではありませんが、一介の田舎教師でございました」

そう言って、ホホッという感じで笑った。冗談のつもりらしかったが、タヤマ・カタイについては高校入試の暗記用の豆本で名前を覚えた程度の僕には、愛想笑いも難しかった。さらに、ワタナベさんはこう言った。

「ただ熊野の土地者ですから、若い時分は南方熊楠《みなかたくまぐす》先生の御作など愛読致しましてね。よく熊野古道の山歩きなど致しておりましたものですから」

南方熊楠で少し話の接点ができた。森林植生エコロジーのパイオニアではないか。ゼミで論文を読まされたこともある。しかし、熊野信仰の歴史、原始宗教、神仏習合に本地垂迹説《ほんじすいじゃくせつ》というような分野に及ぶと、僕の理工系の知識では相手の話についていけないことも明らかになった。ワタナベさんもやがてそう悟ったのだろう、

「まあ一口に言って、この辺りは昔から山の神様がどっさりと住んでおられましてね。そこへ六世紀に仏様がいらして、さらに真言密教からお大師さんが独り立ちされたような按配《あんばい》ですから、アナタ、それはもう何でございますよ、オシクラマンジュウと申しますか、神仏には不自由しない土地柄でございます」

と子供に説いて聞かせるように言って、またホホッと笑った。

どうであれ、あの時、あのアマチュア民俗学者と交わした会話を思い出すと、多少の気恥ずかしさと共に胸がいっぱいになる。前にも言った通り、僕は山ほど詰込んだ不安症や恐怖症のために、長い間医師や看護師以外の人とまともに話をしたことがなかった。それが、ワタナベさん相手なら不思議なほど何の支障も起こらず、次々と言葉が噴き上がってきた。

僕の狂おしいような饒舌《じょうぜつ》は、相手のこんな言葉がきっかけだった。

「最初アナタをお見かけした時は、本当に驚きましたよ」

おかしな奴が迷い込んで来たってことか、と、僕はこのチームに潜り込むまでの苦心惨憺《さんたん》ぶりを思い出して苦笑いしたが、口ではこう言った。

「まだまだここらでは、ボランティア活動って一般的じゃないんでしょうね」

言ってからちらっと、ボランティアなんて言葉分かるかな？という懸念が湧いた。

元教師は、「そういうこともありましょうけれど」と呟き、暫く俯《うつむ》いて何か適切な表現を探しているようだったが、やがてこう結んだ。

「やはり御縁と言いますか、御導きでございましょうね」

「ボラ」と「御縁」、それがそのまま僕とこの老紳士の間に横たわる世代差なのだ。

その時はそう思った。

ワタナベさんは、それから何気なく手を伸ばしてきて僕の膝頭《ひざがしら》に置いた。他人との身体接触にもいっぱい「マジナイ」を抱えている僕は反射的に腰が浮きかけたが、ズボン越しに伝わるその掌《てのひら》の体温が不思議に心を落ち着かせてくれて、みっともない真似をせずに済んだ。

打ち解けてしまうと、僕は息せき切って話し出した。どれほど饒舌に話し続けたか、いまだに信じられないことだが、あの時僕はとうとう身の上話までした。それも何一つ隠さず、病気のことまで話した。ワタナベさんは、別に質問を連発するわけでもなければ、頻繁に相槌《あいづち》を打つわけでもなかった。荷台に座り、揃えた両膝を抱え、あの温和なお地蔵さん顔のまま静かに僕の話を聞いてくれた。病気という名の、息のできないような孤絶感、胸苦しい自縄自縛の狂騒、あるいは回復期に舐《な》めさせられる苦い劣等感、脊《せき》椎《つい》を突き上げるような焦燥感、——精神科医でもないのにそんな病んだ心の澱《おり》みたいなものを聞かされる者こそとんだ災難だが、ワタナベさんはどこまでも優しく、辛抱強い人だった。

最も忘れ難いのは、一度、車が路上の土砂に乗り上げて大きく揺れて、僕が弾みで前のめりになった時のことだ。ワタナベさんは僕を両手で支えてくれた。その時、僕が決して人前では取らないことにしている首に巻いたタオルが、それまでの道中で緩んでいたのだろう、ハラッと解《ほど》けた。更に体がよろけて、タオルは落ちた。

普通なら僕はまず間違いなくみっともないパニックを起こしていただろうが、その時はワタナベさんの人柄のおかげだろう、ただ真っ赤になってうなだれているだけで済んだ。但し、人前で裸になるより恥ずかしかった。今、ワタナベさんの目には、警察への報告書に「縊死《いし》未遂」と記された僕の首の青黒い傷痕《きずあと》が映っている筈だ。いつまでたってもなかなか消えてくれないので、この頃は整形手術も考えている。

何にしても、その時僕は慌てて弁解した。

「いや、あの、これって結局、病院側の不注意なんですよ。事故みたいなもんっていうか。眠剤でボーッとさせられてた時期で。もう何もかも面倒くさくって。なのに担当医が抗鬱剤《こううつざい》の分量間違えて処方しちゃったに違いないんです。おまけに、病院は人員削減で保護監視もしてなくって」

みんな本当のことだ。あの夜、オレンジ色の小さな常夜灯がともる機械室の天井のパイプに結束用のPP製ロープを通した時も、半分以上夢の中で遊んでいるような感じで、「落ち込み」もなければ何の悲愴感もなかったし、「未遂」直後の記憶もきれいさっぱり欠落している。

寧ろ、キツかったのは入院以前の方が多い。病気への不安、恐怖、段々と歯車が軋《きし》んでいく日常生活、僕のために兄の縁談が壊れたと泣いて罵《のの》しった母親、「大阪よりも自然の多い地方の病院の方が病気に良いだろう」というもっともらしい理由を付けて、縁もゆかりもない地方都市に僕を追い払った父親、……でも、今となっては分からなくもない。「家族の理解と温かく見守る姿勢が、患者さんの治癒には最も有効です」なんてことをしゃあしゃあと書く「ウツ本」の作者の家族には「患者さん」はいないものだ。

ワタナベさんは黙ってタオルを拾い、僕に手渡した。僕はまだ顔を赤くしながらそれを受取り、急いで首に巻き戻した。するとワタナベさんの温かい掌がまた僕の膝頭に置かれた。しかし今度は、何度も膝頭を擦《さす》ってくれた。

「お若いのに、いろいろお辛いことでございましたな……」

僕が狼狽《ろうばい》したことには、ワタナベさんはそう呟くと、不意に窓ガラスを雫《しずく》が伝い落ちるような涙をこぼした。思わず、「スイマセン……」と僕がまた芸なく呟いてしまったのは、何となくこんな立派な、人の好《よ》い人物を詐欺みたいに騙《だま》したような気がしたからだ。それでも僕は、(こんなこと言うとバチアタリみたいだが)、やっぱり年をとっている人だから同情とか憐《あわ》れみとか何かちょっとズレてる、と感じないではいられなかった。

現代では鬱病なんて風邪ひきと同じで、誰でもなるし治癒率も高い。再発したらまた治療すればよいのも風邪と同じだ。僕の場合はヒキ（コモリ）だった頃に初期治療が遅れ、大分こじらせてしまった。それでもあのコブ医者が口癖のように言うとおり、難病でも何でもない。もちろん現実的な問題はいっぱいあるけれど、いずれは社会復帰できると信じている。

そんなようなことを急いで言うと、古風な紳士は麻のハンカチを取り出して目頭を拭《ぬぐ》いながら、うんうんと頷《うなず》いた。それから、ちょっと悪戯《いたずら》っぽい、秘密めかしたような語調で、「年をとると多少の物事には動じなくなるとか申しますでしょう?」と言った。

「あれは、アナタ、真っ赤な嘘でございます」

僕にもこの上品なユーモアは理解できた。

――その時、僕はやっと気づいた。ワタナベさんのハンカチで涙を拭《ふ》いている様子を、「アキやん」が汚れたガラス窓の向こうから、何とも形容しがたい濁った目でじっと睨《にら》んでいた。僕は一瞬オゾケをふるって目を逸《そ》らせたが、やがてそれ以上に激しい怒りが湧いてきた。

僕も含めたビョーニンは、皆この種の不条理で偏執狂的な敵意をよく知っている。しかし、いわゆる世間の「健常者」にこういう奴が多いことを、健常者は知っているだろうか。近頃ささくれ立つ一方の世の中で負け組に入れられたりすると、子供から年寄りにいたるまで、こういう目つきをした奴がそれこそゴマ蠅のように繁殖してくる。僕らは自分を責めてビョーニンになるが、こういう連中は自分を責めるのが嫌さに、手当たり次第他人を憎み賤《いや》しめてケンジョーシャになる。

それにしたって、一体、ワタナベさんが何をしたというのだろう。今の世の中、これほど控え目に、謙虚に公共サービスを依頼してくる市民など滅多にいるもんじゃない。いくら自分に課せられた任務が不満だからといって、アキやんの態度は文字通りフッーじゃない。僕は何とかワタナベさんに警告しようとしたが、汚れた窓の向こうで底光りする目に自分も見据えられているようで、その場は手の打ちようがなかった。

＊

谷間が急激に窄《すぼ》まって、国道と共に更に北西へカーブしていく地点で、僕らは当初の計画通りピックアップを乗り捨てた。そこから先はトレッキングというかハイキングというか、そういう道しかない。地元のカミナザ集落では端的に「サンマイ道」と呼んでいる、とワタナベさんが教えてくれた。カミナザから墓地の近くまで車で行ける農道もあるのだそうだが、作業車両の事故で塞《ふさ》がっているということだった。

幸い、アキやんは途中、何箇所かの出水チェック地点に立ち寄らねばならず、新家のまっちゃんもそれに同行したので、カミナザ集落墓地崩壊調査班は自然二組に分かれて前後しながら進む具合になった。ここぞとばかりに、僕はアキやんの理不尽な敵意についてワタナベさんに耳打ちした。するとワタナベさんは困ったような顔をしながらも、どこかのどかな口調で「知らず知らず、ワタクシが何か失礼な振る舞いをしたのかも知れません」と言ったので、僕は拍子抜けした。

「何しろこの歳になって、世間様とも長らく御無沙汰しておりますので」

「でも気をつけないと危ないです、ああいう奴は」と僕が重ねて言うと、

「まあ、皆さまお疲れのようですから、気が立っているのでしょう」と、実に淡々とした返事が戻ってきた。根拠もなく人を誹謗《ひぼう》するものではない、とそれとなく窘《たしな》められているような気がして僕は黙った。やっぱり人格者なのだ。その鷹揚《おうよう》な態度に、やがて僕も幾分かリラックスして、辺りに目をやる余裕ができた。

今辿《たど》っている幅一メートル半程度の渓谷沿いの道は、紅葉のアーケードに覆われた道だった。僕らは秋の柔らかな木漏れ日を浴びながら、鵯《ひよどり》のピークルルという音に送られ、赤、橙《だいだい》、黄色のモザイク模様の絨毯《じゅうたん》を踏みしめて登って行った。

やがてサンマイ道が渓谷から離れて道幅も半分に狭まり、辺りの樹影が一際濃くなり始めた時、不意にワタナベさんが僕の肩を叩いて、

「あれがご覧になれますか?」と木立の奥の一角を指差した。あれ、と言われても、相手が指差す先には鬱蒼《うっそう》としたコナラが屹立《きつりつ》しているばかりで、僕は空しくその辺りに視線を移ろわせるしかない。するとワタナベさんは「ではちょっと道草していきましょう」と言うと、僕の手を引き、草叢《くさむら》を踏みしだいて木立の中へ分け入っていく。さすがにこの子ども扱いには閉口したが、他人との身体接触から来る僕の儀式的な自動反応は、嘘のように収まったままだった。

そこには、明らかに鳥居を模していると思われる、注連縄《しめなわ》で結ばれた二本の楓《かえで》の巨木が聳《そび》えていて、その注連縄の向こうに小さな古ぼけた祠《ほこら》があった。祠の屋根は、頭上の楓からの紅葉が真っ赤に積もり重なっている。祠の傍らの斜面から流れ落ちる湧水を、

半ば朽ちた添水《そうず》と苔《こけ》で覆われた蹲踞《つくばい》が受けている。辺りは林冠が分厚いので灌木《かんぼく》の類《たぐい》が蔓延《はびこ》らず、そのため祠の周辺一帯が神社の境内のように妙にすっきりしている。よく見れば、殆ど人の肩幅ほどの獣道じみた小径《こみち》が森の奥から出てきて、この祠の前を過ぎると、また反対側の森の奥へと続いている。

「さて、これを何だと思われますか？」と、ワタナベさんは何だかクイズの出題者みたいな楽しそうな声で僕に尋ねた。僕はワタナベさんにサミしい思いをさせたくなかったので、いかにも興味ありげにもう一度祠を観察するフリをしながら、当たらず障らずのことを言ってみた。

「さっきのお話の熊野信仰と関係あるんですか？」

「ございますとも」と、アマチュア民俗学者は子供のように嬉しそうな笑みを浮かべ、「これは本宮社への王子《おうじ》なのですよ。いわゆる熊野九十九王子には数えられておりませんけれども、この近辺にはたくさんございます」と言ったが、案の定僕には「王子」からして分からなかったので、暫くワタナベさんのブリーフィングに耳を傾けた。

熊野信仰は平安時代後期に最初の隆盛を誇り、以後、明治の神仏分離令で衰退するまでの長い歳月、この国のありとあらゆる階層の祈願を一切の禁制なしに受け入れてきた。人々の狂熱的な熊野信仰への傾注ぶりと、途絶えることのない参拝者の列を言い表して、往時「蟻の熊野詣《もうで》」と呼ばれたほどだった。

だが、例えば京の都から紀伊《きい》路を経て、峻険《しゅんけん》な山路である中辺路《なかへち》を辿る熊野詣は、道程およそ三〇〇キロ。苦行の意味から往路は徒歩と定められていたので、半月という日数の巡礼行を要した。その道標として、紀伊路の出発点の淀川《よどがわ》河口付近から熊野三山に至るまでの長い道中の区間ごとに、熊野権現の御子神《みこがみ》を祀《まつ》る小さな社《やしろ》が設けられていた（御子神の社、これがワタナベさんの言う「王子」の意味だ）。大きな街道沿いでこそ宿場や休憩所の役割を果たしたこの王子社も、一度熊野の山中に分け入るとその辺りの路辺の地蔵と何ら変わりなくなるが、とにかくその数の多さから熊野九十九王子と呼ばれた。

この時、ワタナベさんが柄杓《ひしやく》を手に蹲踞の脇に立ち、あの妙に悪戯っぽい顔になって、「ではワタクシがこれから先達《せんだつ》になって垢離《こり》を掻いてさしあげますので、こちらへおいでなさい」と言いだした。今度は解説してもらわなくても何となく推測できたので、僕は笑った。「垢離」とは、何かを祈願して水ゴリする時などに言う「コリ」だと思ったが、その推測は当たった。ワタナベさんは、往時の熊野参拝者の旅行ガイド兼シェルパだった山伏になり、しきたり通り冷水で潔斎してあげよう、という意味のことを言ったのだ。この頃には僕は、この人の持つ独特のレトロ感覚や、ちらりと覗く子供のようなアソビ心が大好きになっていたので、我ながら驚くほど気安く「水浴びにはちょっと涼しすぎるシーズンだと思うんですけど」なんて軽口が口をついて出た。

しかしワタナベさんはどこまでも真面目な顔つきで柄杓に湧水を直接汲《く》むと、「そうですな。アナタの場合水垢離は不要でございましょうから、では、お手なりとお出しなさい」と言った。僕は言われた通り両手を差し出しながら、クスクス笑った。こんな非常時に、何だか二人で子供みたいに水遊びでもしているような気がしたからだ。しかし、ワタナベさんはどこまでも厳粛な顔をしてゆっくり柄杓を傾けた。

（うわっ！）と身を震わせて悲鳴をあげたのは僕だった。一瞬、白煙を上げるドライアイスの塊を掌にポトリと落とされたような、あるいは長大な氷柱《つらら》で掌を貫通されたような激痛が走った——いや、走った気がした。体毛という体毛が猫みたいに逆立ったように感じた。しかしそれが感覚の混乱に過ぎないことは、目の前でただ冷水に濡《ぬ》れている自分の手を見れば分かる。寧ろ、徐々に水の清冽《せいれつ》さが心地よく感じられてくる。大丈夫ですか？　と、ワタナベさんが生真面目な顔で問いかけてくるので、大袈裟《おおげさ》な反応をした自分が恥ずかしくまた顔が赤らんだ。すいません、と僕は詫《わ》びて正直に言った。

「自分でも分からないんですよ。脳に色んな化学物質が蓄積してて、臨床的に未確認の反応が起きて感覚異常になるのか、とか色々考えると怖くなります。時々、記憶トンだりするし」

　相手はまた、うん、うんとうなずきながら僕の手を濡らし続けた。

　垢離を終えると、ワタナベさんは祠に向かって拝礼した。それから、よく響くバリトンで「観自在菩薩《かんじーざいぼーさー》　行深般若波羅蜜多時《ぎょうじんはんにゃーはーらーみーたーじー》」と般若心経《はんにゃしんぎょう》の読経を始めた。「経供養」のことも聞いていたので驚きはしなかったが、注連縄の下がる社に向かって経を読むその姿に、なるほど熊野信仰の神仏習合とはこういうものかと実感した。

もう一つ実感したことがある。

アソビ心なんてとんでもない。一心に読経するワタナベさんの横顔を見ていると、神仏習合がどうであれ、この人はまぎれもなく「熊野ニマス神」の敬虔《けいけん》な信徒なのだと分かった。

＊

木立を抜けてサンマイ道に戻ると、アキやんと新家のまっちゃんが不機嫌そうな顔つきで待っていた。アキやんが色黒の分厚い頬を歪めて、

「どこいてたんなら？　こんな時、勝手なマネせんといてくれやんけ」と苦々しげに言ったので、ワタナベさんは恐縮してまたペコペコと頭をさげた。ムカついた僕は何か言い返してやろうと思ったが、タンカの一つも思いつく前に二人はとっとと先を歩き出した。あるいはそれでよかったのかも知れない。そういう真似をすると、喧嘩《けんか》が成立する以前に僕はしばしばパニックを起こしてワケが分からなくなったりする。だから僕は今までの二十三年の人生で、一度も喧嘩というのをしたことがない。

――新家のまっちゃんが手に持った林野庁の五〇〇〇分の一の地図をまるめて「ここらしい」と指し示した脇道は、土を叩き固めて滑り止めに丸石を並べただけの坂道で、クヌギやコナラの雑木林の斜面を三〇度近い急勾配《こうばい》で長々と上っていた。下から見ると、

まるで空に向かって一直線に伸びているように見える。県が設置している斜面変化監視システムの監視小屋がその上にある。

その時、まっちゃんがワタナベさんに向かって意外とまともな顔で、

「おいやん、まくれ（転げ）落ちてもつまらんさけ、ここで待っとったらワ？」とまともなことを言ったので、僕はこのいかにも軽そうな茶髪を少し見直した。

するとワタナベさんは、にっこり笑って、

「ワタクシでしたら大丈夫です」と言い、自分から先頭に立ってその急勾配の坂道を登り始めた。この年配の人にありがちだが、年寄り扱いされてムキになったのかなと思い、「らしく」なくてちょっと可笑《おか》しかった。ところが登り始めると、ワタナベさんは実際に目をみはるほどの脚力の持ち主で、若い頃の熊野古道歩きがダテではないことを証明した。寧ろ後続の若いまっちゃんが、日頃不摂生な生活をしているのだろう、どんどん離されて行く。最後尾を行く僕から見ていても、不甲斐《ふがい》ないほど大きく肩で息をしているのが分かる。そのうち、とうとうまっちゃんは息切れして脚を止め、

「どうよ、あの大将《たいしょ》、でぇらい達者な。山伏かえ」と半分悲鳴のような負け惜しみを言ったので、僕は内心「ピンポ〜ン」と言いたかった。

アキやんも大きな息をしながら、その傍らに立ち止まった。滑るような速度で先行する元教師の背中を、無言で凝視している。僕もまた、自分でも驚くほど何の疲れも感じず快調に登り、自然追いついてしまったが、二人は一向に気づかない風で脇に退こうと

もしない。仕方なくそこで立ち止まっていると、不意にアキやんが振り返って僕をまともに見つめた。ドキッとしたが、その視線は例によって焦点が小刻みに揺れていて薄気味悪い。何を言うのかと僕が身構えていると、アキやんはまた前方に目を戻して、「てきゃあ（あいつは）、なんか妙じゃ。気ぃつけなぁよ……」と言った。言われたワタナベさんこそいい面の皮だが、その時は咄嗟《とっさ》にそれが誰に向けて言った言葉か分からず、

「え？」と僕は反射的に問い返し、同時にまっちゃんも、

「何て？」と言った。

しかしアキやんはそれ以上何も言わず、粘っこい視線をワタナベさんに向けたまま、シー、シーと歯の洞を吸った。偶発的とは言え、その場の会話に加わってしまい、こんな男の偏執狂的なコダワリの仲間入りをさせられたような気がして僕は胸が悪くなった。じかし、新家のまっちゃんもさすがに辟易《へきえき》したのだろう、

「年寄りにあんまりやかりなや（カラむなよ）」と言ったから、僕はまた見直した。

——県が雑木林の中に設置した斜面変化監視システムの監視小屋は、工事現場の簡易トイレを一回り大きくしたようなシロモノで、中には市販のL型アングル棚に雨量計、伸縮計、コントローラなどが置いてあるだけだった。データはアキやんが難なくメモリーカードにセーブし（あの不平たらたらは何だったのかというようなものだが）、僕はヒーローになりそこねた。

新家のまっちゃんが無線で、これからサンマイ道に戻って墓地に向かうと現地本部に報告を入れた時だった。それを聞いていたワタナベさんが意外そうな顔で、「ここからならわざわざサンマイ道に戻らなくとも、もっと楽な近道がございますけれど?」と口をはさんだ。坂道でバテていたまっちゃんがすぐさま「そりゃええワ」と応じたが、アキやんは吃《ども》るような早口で「勝手なマネするな」という意味の口汚い土地言葉を言った。これは出過ぎたことを、とワタナベさんはすぐに引いたが、まっちゃんは納得しない。

「なんでよ?　近道があるなら行こらよ」

アキやんは黙っていろという風に若者の肩をこづき、ワタナベさんを見据えて、「おまん、我《わえ》らをどこ連れてこうっちゅんなら?」と言った。

絵に描いたような被害妄想だ、と僕はすぐ思い当たった。同病相憐れむ、かも知れないが、この男の方がよほど重症だ。あまり刺激しない方がいいのに、ワタナベさんは熱心にルートの説明を始めた。

それは先刻僕の水ゴリをしてくれた熊野本宮の王子を通る、あの獣道じみた小径のことだった。もちろん僕には、「中辺路の水岳王子から北東におよそ二五〇メートルの黒瀬谷」とか、「富田川《とんだがわ》を渡る」とかいうワタナベさんの説明は全く理解できなかったし、言葉だけ聞いていると何だかタフそうな迂路《うろ》のように聞こえる。

そんなことなら、この監視システムの監視小屋から直線距離で五〇〇メートルという目的の墓地まで、今来たサンマイ道を辿る方が無難ではないかと、一瞬僕でさえ思った。しかし、同時に、山中の直線距離というのは殆ど何の意味もないことも分かり始めていた。直線距離五〇〇メートルは、只の五〇〇メートルではない。例えばワタナベさんに熊野本宮社の位置を尋ねた時、「ああ、それでしたら、そこの山裾の向こうです」と、近所のコンビニの場所を教えるような返事をもらったが、この地域では鳥でもない限り「直線距離五〇〇メートル、徒歩二時間」というのは決して珍しくないのだ。

アキやんはさらに警戒心を露《あら》わにして、富田川の渡河に喧嘩腰の難癖を付けた。

「富田川が安全レベルまで減水してるて、おまん、よう保証できるんかい」

ワタナベさんは困ったような顔をして、さあ、どうなんでございましょう、と最初は暫く考え込んでいたが、

「専門的なことは存じませんけれども、現に今日ワタクシが歩いて渡ってきましたから、お若い方々ならまず大事ないのでは」と答えた。

アキやんはそれでも執拗《しつよう》だった。こういう人間の特徴として、しばしば論議の内容よりも相手への不信、嫌悪、あるいは畏《おそ》れの感情が優先する。「曖昧《あいまい》で不安定で不安感を生じさせる人間関係を、感情を爆発させることによって、たとえ最悪の形であっても固定化させたい欲求の現れ」という素人向け解説書を読んだことがあるが、その典型例のように、

「ウラはこの年までそげな遍路、いっこも聞いたことないわ!」

という捨てゼリフを吐いた。

これに対してワタナベさんは、

「それは、アナタ、ワタクシも同様でございまして。この年でいまだに知らない古道がどっさりございます」と軽くあしらったが、僕はおやっ？　と思った。聞きようによっては少し執拗な感じがし、ワタナベさん「らしくない」気がした。確かに、勘ぐれば、未知のルートへ誘導しようとしているようにもとれる。

しかしどのみち遍路に話が及ぶとワタナベさんの一人舞台で、「古道や王子はおろか本体の神社そのものの数が、明治政府の神仏分離令による強引な合祀《ごうし》統合の記録に基づいているに過ぎない。廃社処分を受けた後も、地域の住民が維持し続けてきた社祠《しゃし》は数多い。それ以前に、平安の延喜式《えんぎしき》神名帳の昔からずっとリストに載っていない由緒不明の社祠の数も一通りではない」云々というウンチクに口を挟める者はその場にはいなかった。しかし、ワタナベさんは、最後はどこまでも礼儀正しくこう結んだ。

「いえ、アナタ、どうも話をややこしくしてしまったようで不本意でございましたが、ワタクシはただ、少しでも楽な道の方が皆様にとっておよろしいかと思いましただけで」

結局、疲れ切っていた新家のまっちゃんの苛立《いらだ》たしげな一声が、進路を決定した。

「文句言いなや。楽な道、行こらよ！」

こうして僕ら「カミナザ集落墓地崩壊調査班」は、文字通りワタナベさんの先達の下に別ルートを辿ることに決まった。

4

雑木林を出て狭い低湿地を渡り切ると、およそ標高一〇〇〇メートル程度と思われる山の麓《ふもと》に熱帯樹林を思わせる緑の生々しい原生林が広がっていた。ワタナベさんの説明にあった黒瀬谷というのはここだ。その先導に従って、僕らは椎《しい》、姫榊《ひさかき》、粗樫《あらかし》などの繁茂する照葉樹林の中に分け入った。

照葉樹の森は暗い。堅くて葉肉の厚い葉のぎっしり詰まった樹冠が、分厚いカーテンのように陽射しを遮蔽《しゃへい》する。前にも言った通り僕は大学で森林植生について少し学んだが、この種の原生林はもう日本では数少ないと聞いた。しかしこれほど薄暗いものだとは、テキストからは想像できなかった。多分、熊野山地特有の黒潮による温暖多雨条件も重なって、林床は年中じっとり湿っているのだろう。シダ類が蔓延り、菌類が根を張り、黒い土は黴《かび》臭い。

先頭を行くワタナベさんの足取りは例によって飄々《ひょうひょう》と軽かったが、後続の僕らはぬめって滑りやすい表土や根株に難渋しながら黙々と歩いた。楽な近道とは、とても思えなかった。僕も一度山蘇鉄《やまそてつ》の群生に足を取られてよろめいた。よろめいた時、思いもかけず(あ、来そうだ)というあの予感が悪寒のように湧いた。以後僕に起こった現象は、今まで言葉でうまく説明できたタメシがない。

「パニック症候群の発作の予感」という表現は一種の自己撞着《どうちゃく》で、来そうだと予感した時は実はもうパニックを起こしているのだそうだが、それでもまだ僅《わず》かにセルフ・コントロールはきく。但し、外目には尿意に堪えている人のようにソワソワと落ち着かなくなる。やがて具体性のない不安が、低周波の空気波動のように繰り返し襲ってくる。何か悪いこと、恐ろしいことが起こりそうな予感、あるいはその場で昏倒《こんとう》してしまいそうな予感、と言えば少しは想像してもらえるだろうか。自律神経が暴走して俄《にわか》に動悸《どうき》が高まり、全身の毛穴が開いて大量の発汗を起こしたりする。

その後のパニック状態中の行動は患者や状況によって違うが、とにかく僕はと言えば、顔や背中を脂汗で濡らし、喘《あえ》ぎながら歩いた。息苦しさのあまり過呼吸気味になっていた。一刻も早くここを出たかった。僕の恐怖症《フォービア》レパートリーには閉所恐怖症や暗所恐怖症はない筈だが、この暗い森が無性に怖かった。何もこの深い森を縦走するわけではない。林縁部に沿って少し歩くだけで、すぐ富田川という川に出るのだ——さっき聞いたワタナベさんの説明の断片を必死に思い起こしながら歩き続けた。

車を乗り捨て、あの紅葉の絨毯を踏みしめて山道を歩き始めた時の昂揚感は跡形もない。あの時は、社会復帰の確かな第一歩と実感できたし、その実感があればこそこの森に至るまでの、僕にとっては恐ろしくハードな大冒険にも堪えられた。本質的にその実感が真実であることは、現在も何ら変わりない筈だ。なのに、なぜ今になってパニックなのか？

僕のウツや神経症は何をどうしたって結局治らないのか。

親に連れられて行った神経科クリニックで初めて診断を下されて以来、実は片時も忘れたことのないそんな予感が噴き出してきて顔が歪んだ。で、とうとう僕は蹲《うずくま》ってしまい、しばらく呼吸を整えていると、頭上でワタナベさんの囁《ささや》くような低い声が聞こえた。

「大丈夫ですか？　あの方達が見ていますし変に思われてもナンですからね、もう少しですのでがんばってください」

僕は（我ながら健気《けなげ》だったが）ありったけの見栄と自尊心を掻き集めて顔を上げ、

「変に思われるのは慣れっこですよ」と答えた。

するとワタナベさんはきょとんとした表情になり、次に大真面目な顔で、

「いえ、いえ、そういう意味で申しあげたのではございませんよ」と言い、ちらっと後の二人の方を見た。一〇メートルほど離れた所で、新家のまっちゃんは木に凭れかかってかなり疲労気味の様子だったが、アキやんは予想どおり猜疑心でぴりぴりした眼差《まなざ》しをこちらに注いでいる。ワタナベさんは彼らに背を向けて自分も屈《かが》み（そうやって僕の醜態を隠してくれたのだろう、と思った）、白い義歯を見せて笑いながらこう囁いた。

「今はちょっと、何です、マが悪くてお話しできませんのですが、アナタはね、何の心配もありませんのです。安心なすっていいのですよ。どうぞワタクシを信じてください」

意味はよく分からなかったが、この人に話しかけられているだけで少しは気分が楽に

なり、僕は幼児のようにこくりと頷いた。少し落ち着いてくると、（これではボランティアどころか足手まといだ）という思いが湧いて（事実その通りなのだが）、僕は居たたまれない気になり、あれこれ言訳じみたことを言うと、ワタナベさんは途中で穏やかにそれを遮って、

「こういう所は誰でも恐ろしゅうございます。縄文の狩猟採集の民の頃から、私達は何万年もこういう薄暗い、人界の果てのような場所を畏れ憚《はばか》って生きてきたのですからね。あるいは、イザナギがイザナミの死霊から命からがら逃げだした黄泉比良坂《よもつひらさか》と言った方が当たっているのかも知れません」

と言って、僕をじっと見つめた。

そういう言葉に呼応したかのように、アキやんの先を急《せ》かせる苛立たしげな声がした。

「何《なん》やってんのヨウ！　日ぃ暮れら」

＊

「少し落ち着いた」というのは、やはり見栄に過ぎなかった。

川の瀬音がはっきり聞こえてくると、僕はやみくもに駆け出した。息せき切って皆を追い越し、暗い森から明るい岸辺に文字通り転がり出た。川岸の砂地に這いつくばい、ひとしきり喘いだ。悲鳴を上げなかったのが上出来なほどだ。大量の汗で不快極まりな

く背中に貼りつく衣服を、川面《かわも》を渡る冷たい風が乾かしてくれたが、激しい動悸や喘ぎは一向に止まなかった。

富田川は思ったよりも川幅が広く、増水による濁りが残っていて流れも速かった。余所者《よそもの》の慣れぬ目には急流としか映らない。「減水が充分でない」とまたひとしきりアキやんが文句を言っていたが、その後、念の入ったことには、木の枝を手に自分で渡河ポイントの水深をチェックし始めた。それを汐《しお》にワタナベさんがやってきて、僕の傍に腰を下ろした。

まだ犬のように喘ぎ続けている僕を尻目に、

「この川を下って行くと大斎原《おおゆのはら》という所に出ます」

と、のどかな口調で語り出した。大斎原とは、熊野川、音無川《おとなし》、岩田川《いわた》の合流点にできた三角州で、元々熊野本宮社が崇神《すじん》天皇六十五年という神話時代の昔から鎮座していた聖地だが、その本宮社は明治二十二年の大洪水によって洗いざらい押し流された。これが契機となって、南方熊楠が洪水の原因を乱伐による生態系の紊乱《びんらん》と指弾し、体を張って熊野の森を守る抵抗運動を起こす。――そういう歴史話をひとしきりした後、話は一転、信仰体系の解説に移った。

「本宮の御本尊は阿弥陀《あみだ》如来ですから、当然大斎原は西方浄土と目されておりましてね。参拝人はこの川で最後の禊《みそ》ぎをしてから極楽浄土に参るという見立てだったのでしょう。平家物語にも『此河の流を一度も渡るものは、悪業煩悩無始の罪障消ゆる』と記されております。言うなれば何ですよ、アナタ、これは阿弥陀如来の西方極楽浄土に渡る三途《さんず》の川なのでございますな」

とワタナベさんが言った時、

「僕はまだ死にたくないです」と邪険な受答えをしてしまったのは、さすがにこのとめどない衒学《げんがく》趣味的な饒舌に苛立ったからだ。その語調にワタナベさんはちょっと戸惑った顔をし、バツ悪そうに黙った。僕は内心大いに後悔したが、謝る気にもなれなかった。それほど、起こる筈のないパニックが起きたことがショックだったのだ。

やがてアキやんのチェックが済んで、僕達は川を渡ることになった。

まず二人の消防団員が水勢に足を取られぬよう、蟹《かに》の横這いのような恰好で流れを横切り始めた。僕が続いて渡ろうとすると、不意に後ろからワタナベさんが僕の腕を摑《つか》んで引き止めた。痛いほど強い力だった。

「何スか！」苛立ちで感情的に不安定になっている僕が（多分、人から見ればアブナそうな目つきで）振り向くと、ワタナベさんは、

「もう、こんなものは要らないでしょう」と言って僕の首のタオルをするっと解き、さも汚らしげに指で抓《つま》んで富田川の流れに投げ棄《す》てた。その一連の動作がひどくスムーズだったからか、あるいは完全に気を呑まれていたためか、僕は呆然《ぼうぜん》と立ち尽くしたまま逆らうこともできなかった。こうして、長年「ゴマ君」のトレードマークの一つだったタオルは、古来から無数の参拝者の罪業を洗い清めてきた川の早瀬に揉《も》みくちゃにされ

つつ、あっけなく流れ去った。

次に、ワタナベさんはハンカチを出して川の水に浸し、それで僕の首の周りを丹念に拭った。一瞬、先刻の王子の時のように激痛のような感覚異常が起こるかと身構えたが、そういう風にはならなかった。日焼みたいなひりひりする感覚はあったものの、寧ろそれが心地よかった。やがてその手を止めると、ワタナベさんは、まるで幼児の体を洗う母親のように僕の首を拭い続けた。

それから僕の両肩をトンと叩いて、「さあ、行ってください」と渡河を促し、「さて、もういいでしょう」と、満足そうに言った。

「ワタクシは浄土宗系はあまり詳しくございませんので、経文といっても阿弥陀経しか存じ上げないのですが、間違えましたら御容赦いただきます」

と、相変わらず御丁寧なことを言い添えた。

僕は急流に足を踏み入れた。確かに気を抜くと水中に押し倒されそうなほど流れは速いが、渡河地点の水深は、深くても精々膝の上程度だ。川床の足場に気をつけさえすれば何と言うことはない。そう思った。少し動悸は高まったが、心配したパニックは襲ってこなかった。なのに流れの中央部にさしかかった時、今度はどういうものか萎えたように足に力が入らなくなった。こういう身体症状は、心の中の何かが無意識に抵抗しているからだ。ヒステリーの一種らしい。そのくらいの知識はある。

だが、なぜだ？

僕の無意識は何を嫌がっている？

一体、何を恐がっている？

どうであれ、僕は狼狽した。歩みが止まると、水勢に押されて転倒しそうになる。転倒したところで溺死《できし》するような深さではないが、それが再度のパニックの引き金となることを恐れた。酷薄な人間は、パニック持ちに対して「もう慣れてるんじゃないか」などと言う。何かの事故で複雑骨折でもした負傷者に、二度目は慣れてるからそう痛くはないだろう、と言うのと同じだ。痛みを知れば知るほど、余計怖れは強くなる。

僕は転倒すまいと中腰になり、今にもぷかりと水に浮いてしまいそうなほど力のない足を必死に両の手で押さえつけた。我ながら情けなさに涙が出た。

その時、背後で瀬音を圧するようなワタナベさんの読経が聞こえた。人間の発声器官のどこをどうするとこんな大音声が出るのかと思うほど、朗々と響く。

如是我聞《によーぜーがーもん》　一時佛在《いちじーぶつざい》　舍衛國《しゃーえーこく》　祇樹給孤獨園《ぎーじゅーぎっこーどくおん》　與大比丘衆《よーだいびーくーしゅー》　千二百五十人《せんにーひゃくごーじゅうにん》　倶《くー》
皆是大阿羅漢《かいぜーだいあーらかん》　衆所知識《しゅーしょーちーしき》　長老舍利弗《ちょーろーしゃーりーほっ》　摩訶目揵連《まーかーもっけんれん》　摩訶迦葉《まーかーかーしょー》　摩訶迦旃延《まーかーかーせんねん》
ワタナベさんは両肘《りょうひじ》を高々と上げた合掌の姿勢のまま、あのよく響くバリトンで阿弥陀経を唱えつつ渡って来た。少しの躊躇も見せない足取りで水しぶきをあげながらやってくると、僕の前に怖い顔で立ちはだかって言った。

「手を合わせなさい」

「お経なんか知らないですよ！」

上ずって叫ぶ僕にワタナベさんは尚《なお》も言い重ねた。

「黙って手を合わせなさい」

「だからァ、お経なんて知らないってば！」

すると、ワタナベさんのあの強靭《きょうじん》な握力の手が伸びてきて僕の腕を摑み、僕は突き上げられるように上体を浮かせた。弾みでバランスを崩したが、ワタナベさんががっちりと支えてくれた。僕は一瞬、ここへ来る途中のトラックの荷台でよろめいた時のことを思い出したが、相手は森の中で言った言葉を繰り返した。

「アナタはね、何の心配もありませんのです。どうぞワタクシを信じてください」

僕はそれでまた、言われるままに合掌した。ではお進みください、とワタナベさんは落ち着いた声で言い、また読経を始めた。

幷《びょー》　諸菩薩摩訶薩《しょーぼーさつまーかーさつ》　文殊師利法王子《もんじゅーしーりーほーおーじー》　阿逸多菩薩《あーいったーぼーさつ》　乾陀訶提菩薩《けんだーかーだいぼーさつ》　常精　進菩薩《じょーしょーじんぼーさつ》
與如是等《よーにょーぜーとー》　諸大菩薩《しょーだいぼーさつ》　及《ぎゅー》釋提　桓因等《しゃくだいかんにんとー》　無量諸天《むーりょーしょーてん》　大衆《だいしゅー》　倶《くー》

突然、麻痺《まひ》が嘘のように消え、歩けるようになった。

読経の声で追い立てられる牛か羊のように、バシャバシャと歩いた。その後から、ワタナベさんが断固とした足取りで続く。確かにそれは滑稽《こっけい》で奇妙な光景だったに違いなく、既に渡り終わったアキやんと新家のまっちゃんが対岸から目を丸くしてこちらを眺めていた。

もっとも、こういうのを神秘的な現象と思うほど僕の病歴は浅くない。健常者があまり知らない事実のひとつだろうが、僕のようなビョーニンで、精神医学や病理の知識のない身内に新興宗教に放り込まれ、この手の「スパルタ式治療」を受けたあげく、症状を複雑化させて病院に舞い戻った者は決して少なくない。だから、それまで思いもかけなかったが、これ以降僕の心にワタナベさんに対するある種の不信感が湧いた。ひょっとして何かの怪しげな教団の狂信的な信者なのではあるまいか、と思った。

渡河を終えると、この行者まがいの人物は川辺に立ったまま、阿弥陀経を最後の一節の「歓喜信受《かんぎーしんじゅー》　作礼而去《さーらいにーこー》　仏説阿弥陀経《ぶっせつあみだきょー》」まで一心不乱に読み終えた。新家のまっちゃんは口を半開きにしてその様子に見入っていたが、読経が終わると傍らのアキやんに意味もなく笑いかけた。

無論アキやんは、少しも笑っていなかった。濁った眼で、相変わらずワタナベさんをあからさまに睨み据えている。

やっぱり嫌な奴だ、と僕は思ったが、それにしてもその歪んだ憎悪がなぜ僕に向かわないのか不思議に思ったのも事実だ。無論ワタナベさんは一風変わっているが、公平に見てアキやんの偏執的なコダワリの対象にふさわしいのはやはり僕の方だろう。

何であれ、僕の悪戦苦闘の冒険の旅にも終わりが来た。

5

富田川を渡って再び紅葉の山路に入り、モミジを踏みながら緩い坂を登り詰めると、そこは本殿もなければ鳥居もない廃社址で、古びた祠の紙垂ればかりが白く目につく。その裏手と思われる一角に石段の道が下っていて、そこがカミナザ集落の墓地だった。

元々落葉樹林だったのか、それとも斜面を削って造成したのかは分からないが、樹冠に赤、黄、橙の原色を豪奢《ごうしゃ》にまとった千鳥の木、コナラ、大モミジ、イロハモミジ、麻の葉楓などは、間違いなく意図的に植林されたものと思われた。地形的な影響で風が舞うらしく、墓石や卒塔婆《そとば》の上を、鮮やかな黄落《おうらく》・紅落《こうらく》が蝶《ちょう》のように飛び交っていた。春には、墓地の外縁部に沿って植えられている八重桜が、薄いピンクの花吹雪を舞わせて死者を慰めるのだろう。

ワタナベさんはまた恐縮しきりという声で、「では御手数でございますが、なにとぞ一つよろしく御願い致します」と二人の消防団員に頭を下げた。アキやんは返事もせず、とっとと石段を下って行った。それでも、墓地の敷地に入る前に、数珠を取り出して合掌し、深々と頭を下げたのがおかしかったが、おかしかったのは僕も同様で、墓地に一歩踏み入れた途端、また変調を来した。

唐突に離人症状が起こった（こいつは猫のように、いつも何の前触れもなく突然現れる）。ワタナベさんに対するネガティブな感情が生じたことからの現実逃避反応だろうと僕は心のどこかでアタリをつけたが、やがてそれもどうでもよくなる感覚が僕の自我を満ち潮のように侵食した。金魚鉢の中に閉じ込められたように、僕と世界との間にガラスの壁ができた。

これ以降の経過は、僕にとっては古いモノクロ映画を眺めているのも同然で、全く現実感が伴わない。僕は何をしていたかというと、墓石の一つに腰をおろし、膝を抱えたまま見物していただけだ。今朝、病院を抜け出して以後の、人生が懸かった乾坤一擲《けんこんいってき》のアドベンチャーにとってはのけぞってしまうようなアンチ・クライマックスだが、別に望んでそうしたわけではない。ただ意識の片隅で、最後のセーフ・ガードである自己保存本能がカチッと注意ランプを点灯させたことだけは辛うじて分かった。

石段の上から見ている分には気づかなかったが、斜面が崩れた辺りの地表は先発隊の中断された作業の混乱がそのままで、小関町役場の職員が言った通り、周囲にパイプシャベルや排水ポンプが散らかり、キャタピラを泥だらけにしたミニユンボが一台置き捨ててあった。ぬかるみようもひどく、現場をチェックする二人の消防団員が一歩歩くと、その編上靴がずぶっと深い足跡を穿《うが》ち、その後にすぐさま茶色い水が滲《にじ》み出た。

崩れ落ちた土砂は、敷地の一部を卒塔婆ごと削ぎ取って、更に一段下にある湿地に落ち込んでいた。「崩れた墓地の表土に人骨の破片が露出している」というのはその辺りのことらしいが、既に一面泥濘の沼と化している。もし周縁部が崩れでもしたら一気に数メートル下方の渓流に流出しそうな気配だった。

その泥の海の中央部に溜《た》まった土砂に、高さ二メートルばかりの御影石《みかげいし》の観音立像が転落したまま、座礁船のように半身を沈めていた。

「あらぁ、ミニユンボではどもならな（どうしようもないな）」と、まっちゃんが呟くと、

「それはもう重々承知致しておりますので、どうぞ御骨だけでもお手伝い戴けましたら」とワタナベさんが応じた。

結局、次のような応急処置をとることになった。

まず汚泥移送ポンプを使って、可能な限り人骨を含んだ汚泥を吸入する。地盤の確かな場所へ吐出《としゅつ》して人骨を選別回収する。同時に暫定的にユンボで穴を掘り、その中に仮埋葬する。幸い、作業中だった小型発電機や汚泥ポンプはそのままになっているので、据付の手間は省ける。

「となったら、ちっと性根《しょね》入れてやらなあかなよ」とアキやんがまっちゃんに声をかけて作業が始まった。たちまち墓地には、ユンボのエンジン音やアームの油圧機構の音、あるいはけたたましく唸《うな》る発電機の重油の臭いなどが立ちこめた。

公平に言って、機器類の扱いに慣れているらしい二人の消防団員は驚くほど有能だった。あの職員がなぜこの「アブナそうな」連中を選抜したのか良く分かった。

アキやんは汚泥ポンプのホースを手早くカップリングで連結し、吐出側先端部を墓地

中央部の敷石に引っぱってきた。ホースのストレーナはメッシュが細かすぎて目詰まりするというので、まっちゃんは代用品を求めて辺りを物色したが、やがて敷地の隅に設置されてあるゴミの簡易焼却炉に目をとめた。周囲を織金網で囲っている。茶髪の若者はくわえタバコのままちょっと考えた後、馬でも乗りこなすように巧みにミニユンボを操作して、金網を土台のブロックごと手荒に掘り起こした。そのまま敷石の上に置かれたブロック付き織金網は、ちょうど手頃なサイズの人骨分別フィルタになり、僕はまっちゃんのとっさの応用能力に感心した。

まっちゃんはまた、仮埋葬の穴をどこに掘るかでワタナベさんと協議した。

ワタナベさんはコナラや大モミジの植えられた敷地の一角を指定して、

「この辺りにでも、こう、このように（と、手振りで横一列を示し）七つ掘っていただけますでしょうか」と頼んだ。

まっちゃんが意外そうに「何《なん》てよ？　七つて」と聞くと、ワタナベさんは崩れて流出した墓は七基であると答えた。まっちゃんが苦笑して、

「ちゅうても、おまはん、あんだけワエクソになっちゃーるのに、誰が誰の骨やわからんやろがよう？」と、至極もっともな疑問を口にすると、ワタナベさんはちょっと具合悪そうに口ごもっていたが、やがて言い難そうに、

「まあ、その、アレでございます。戦時中の例でございますが、分からないというより、これが間違いなく身内の遺骨であるとお国に断言して戴いた方が、後々……」

まっちゃんもその言わんとする所が分かったようで、「ああ」と頷くと、後は黙って穴を掘り始めた。一方、アキやんは下の湿地で汚泥移送ポンプのスイッチを入れた。連結ホースが脈動で蛇のようにのたくり、やがて土の溶け込んだ真っ黒な汚泥が即製の分別フィルタ上にどくどくと吐き出され始めた。

＊

作業は順調に進み、やがて終わった。一切の機械音が停止し、鼓膜を圧するような沈黙が墓地に戻った。墓地の中央部は泥だらけになっていたが、仕方がない。既に時刻は五時を過ぎ、西側の雲がそろそろ茜色《あかねいろ》に染まりかけている。

よく働いた消防団員達は、山の湧水から引いているらしい簡易水道を使って手足を洗った。まっちゃんが無線連絡をとると、事故車両のために塞がっていた農道が復旧し、カミナザ集落から迎えの車を出すということだった。帰路はあの難路を辿る必要がなくなったということだ。二人はほっとしたようだった。当然のことで、夜間に行けるルートではない。

後はワタナベさん一人が動いた。

それは一連の儀式のようなものに感じられ、僕達は黙って見ていた。

西方浄土に向かって西向きに居並ぶ墓石はどれもこれも揃って「渡部家先祖代々之

墓」であり、裏に俗名何某、何年何月何日没、享年何歳と刻まれているものもある。これら難を免れた墓標に比べて、ワタナベさんがどこからか運んできた竹の代用卒塔婆はいかにもみすぼらしかったが、これも仕方のないことで後日の本格的な補修を待つよりない。竹には、それぞれ俗名と享年が達筆に記されていた。

ワタナベさんはきちんと七つに分別した骨片を、いわゆる「プチプチ」と呼ばれる緩衝包装材に包んだ。墓地の物置小屋にあったものなのだろう、かなり薄汚れていた。

紅葉樹の下に一列に掘られた穴は、精々一メートル足らずの深さだったが、それでも底は滲出《しんしゅつ》水でぬかるんでいた。ワタナベさんはその一つ一つに刈り取っておいた笹葉を敷き詰め、その上にプチプチの骨の包みを置いた。合掌も読経もしなかったが、代わりに、

「びっくりしましたか」とか、

「まあちっとの辛抱じゃ」とか、

いちいち生ける人に向かうように語りかけた。この作業は老人の人力では時間がかかった。ワタナベさんが六つ目の穴の傍らに竹の卒塔婆を立てた時には、空は鮮やかな茜雲で満ちていた。

待ちくたびれたまっちゃんは、既に何本もタバコの吸殻を辺りに散乱させていたが、「言い忘れておりました。恐れ入りますが」とワタナベさんに呼びかけられて、「何なら？」とだるそうに立ち上がった。ワタナベさんは申しわけなさそうに、しかしはっき

りとした意思を示して言った。

「この穴はもっと深く掘って戴けませんか。それと幅も少々広くしてもらって」

仕事にケチをつけられた形のまっちゃんは嫌な顔をしたが、やがて「年寄りゃ細こいワイ……」と観念して、ワタナベさんの言うとおりにした。再びエンジン音が響き、新たな土が堆《うずたか》く穴の横に積み上げられた。

ワタナベさんはまっちゃんに改めて礼を言うと、どういうわけかその穴にはぞんざいに骨の包みを放り込んだ。それからの動作はあまりに自然に行われたので、僕らはとっさに何の違和感も感じなかった。

カミナザ集落の老紳士は穴の傍でゆっくりと膝を折り、泥の上にそのまま正座した。背筋を張り、よく響く深い声で、

「御一同様に一言御礼申しあげます」

と言った。

夕焼けの逆光となって表情ははっきりしなかったが、染めた髪が風に揺らぎ、その毛の根元の白さが露わに照らされていた。その頭上で、夕映えの金色に映えるたくさんの落葉がくるくると舞い交っていた。

突然、僕の頭の中で生存本能が非常警報を作動させた。離人症のバリアがガラスのように粉々に砕けた。人に聞かれるかと思われるほどの激しい動悸が始まり、僕は雪崩のように落ちかかってくる思いもかけない感情の大波に必死に堪えていた。

恐怖だった。

掘り下げた墓穴の傍らに正座している老人は、濡れた土に両手と額を埋めるようなお辞儀をした。

「この度はかような一大事の出来《しゅったい》にもかかわらず、ワタクシ共の身勝手な御願いを御聞き届け下さいましたこと、まことに有り難く、心より御礼申しあげます」

そう言ってワタナベさんが再び額を泥に投げ出した時、アキやんがダッと逃げた。僕の目の前で足を滑らせて一度転び、すぐさま跳ね起きて石段を駆け上がり、そこでまた一度転んでから姿を消した。最初に転んだ場所に、靴底の深い跡と小関町役場貸与の数珠が残った。

ワタナベさんは委細構わず淡々と続けた。

「ワタクシ共はただただもう、浅ましい態《なり》を白日の下に晒《さら》し続けるのはいかにも切なく、堪え難《がた》うございました。しかし他に術《すべ》ないまま、結果として皆様を欺くような仕儀と相成りましたことまことに心苦しく、偏《ひとえ》に御《ご》寛恕《かんじょ》を乞《こ》うばかりでございます」

「何てよ?」取り残された新家のまっちゃんは、その文語調の口上が理解できずうろたえ気味に問い返したが、逃げたアキやんとても、単にワタナベさんの足元に置かれた代用卒塔婆の文字に気づいただけの話だろう。

『渡部省吾　昭和三十四年六月十三日没　享年七十歳』

とすれば明治二十二年生まれという計算になる老人は、この時まっちゃんを見て微笑

し、

「最後までご苦労ですが、アナタ。今からワタクシも入りますのでね、上から土をかけ、この卒塔婆を差し込んでくださいますよう」と頼んだ。まっちゃんはどこまで分かっているのか、白い顔をして、うん、うん、と立て続けに頷いた。

ワタナベさんはしばらく顔だけ振り返ってイロハモミジ以上に赤く染まった夕空に眺め入ったが、やがて、

「美しゅうございますなあ……」としみじみした声で呟いた。

それから僕の方を見てにっこり笑うと、オイデオイデと手招きした。

「さあ、一緒に参りましょう」

新家のまっちゃんがつられて僕の方を振り返った。その目はそっくりアキやんと同じで、焦点が定まっていない。対象を求めて、不安定に揺れている。

遅まきながら、僕はその時やっと全てを理解した。

まっちゃんには僕が見えていないのだ。アキやんのように、小関町役場の職員のように、僕の前を通り過ぎた警官のように、僕の足を轢きかけた近畿地方整備局の四輪駆動のバンのドライバーのように、病院のロビーで一緒にテレビニュースを見ていた患者仲間のように……。

分かったか？　という眼差しで、ワタナベさんは僕をじっと見つめた。

「じゃあ、あの時」と僕は呆《ほう》けたように呟いた。やっちまったのか、本当に……。

あの時、あの夜、オレンジ色の小さな常夜灯がともる機械室の天井のパイプに結束用のPP製ロープを通し、手近にあった灯油缶を足場にして……。

以来、ぼんやりしたまま、ずっとあの病院の中をさ迷っていたのか。

それで、闇雲な衝動に駆られ病院を抜け出して迷い込んできた僕に、

「やはり御縁と言いますか、御導きでございましょうね」と感じ入ったワタナベさんは、成仏させてやろうとわざわざあの西方浄土に至る禊ぎの古道を辿ってここまで連れてきてくれたのか。正しく「先達」として。

ワタナベさんは殊更「そうだ」という返事をする代わりに、また僕に手を差し伸べた。

しかし、僕は文字通り腰を抜かしてその場に頽《くずお》れ、子供のようにただイヤイヤと首を振った。恐怖と、言いようのない哀しさで涙が噴き出てきた。

するとワタナベさんは、「では後からおいでなさい」と言い残し、膝や手を泥で汚しながらノソノソ穴に這い寄ると、そのまま岩でも転がり落ちるように無造作に落ちて行った。何の物音もしなかった。

思えば失笑ものだが、僕は先達が見えなくなったことに狼狽して「死にたくない、死にたくない」と喚《わめ》きながらワタナベさんを追って穴の際まで這って行き、同じように落ちた。驚いたことに痛かった。

穴の底には「プチプチ」の包みが一つ転がっているだけだった。しかし、泣き続ける僕の耳元でどこまでも面倒見の良い老人の声がして、最後まで「らしい」ことを言った。

「さあ、さあ、アナタ、少しも怖いことはございませんよ。アナタは阿弥陀如来と結縁《けちえん》なすって救済《ぐさい》戴くのですから、手を合わせて南無阿弥陀仏と御唱名《ごしょうみょう》なさい」

僕はそうした。やがてミニユンボのエンジン音が聞こえ、頭の上から土がばらばらと降って来た。

第十四回
日本ホラー小説大賞
《短編賞》受賞作
（二〇〇七年）

鼻

曽根圭介

曽根圭介（そね・けいすけ）

一九六七年静岡県生まれ。早稲田大学商学部中退。二〇〇七年「鼻」で第十四回日本ホラー小説大賞《短編賞》を、同年『沈底魚』で第五十三回江戸川乱歩賞を受賞。〇九年「熱帯夜」で第六十二回日本推理作家協会賞短編部門を受賞。一一年『藁にもすがる獣たち』で第二回山田風太郎賞の最終候補作となる。他著に『暗殺競売』『腸詰小僧　曽根圭介短編集』など。

「この作者には、ホラーに怜悧な部分で切り込んでいこうというぎりぎりの部分が見られるような気がした」

——林真理子（第十四回日本ホラー小説大賞選考委員座談会より）

中央公園は騒然としていた。

装甲車の周りを、全身黒ずくめの隊員たちが走り回っている。公園の奥では火の手が上がり、悲鳴や罵声《ばせい》が聞こえてくる。

周りで見物していた野次馬が目を押さえて移動を始めた。催涙ガスだ。

突然、顔にタオルを巻き、薄汚れた服を着た男が植え込みの中から走り出てきた。男は奇声を発しながら、鉄パイプで特務隊員に殴りかかる。叫び声、ホイッスル、数人の特務隊員たちが駆け寄り、その男を取り押さえ、警棒でめった打ちにした。

野次馬から歓声があがる。隊員の一人が、男の顔に巻かれたタオルを引き剝《は》がした。露《あら》わになった顔に、警棒が振り下ろされる。鈍い音が私のところまで聞こえ、男は鼻を押さえてうずくまった。その指の間から血が滴り落ちる。

取り囲んだ隊員たちは、無抵抗になった男を、今度はコンバットブーツで蹴《け》り始めた。野次馬の中には目を背ける者もいるが、多くはこの過剰としか思えない暴力を、食い入るように見つめている。男がぐったりすると、特務隊員が両側からかかえ、護送車に引きずっていった。

警官の「立ち止まらないでください」というアナウンスにもかかわらず、あたりの見物人は増え続けている。その群衆をかき分けるように、窓に金網が張られたバスが数台、公園の駐車場に入ってきた。

まもなく公園の奥から行列が現れた。皆一様にぼろきれのような服をまとっており、中には靴を履いていない者すらいる。それぞれ荷物を抱え、重い足取りでバスに向かって行進していく。行列の中には小さな子供もいた。

催涙ガスの刺激臭に混じって、人間の集団が発する、すえたような臭いが漂ってきた。

「うぁ、臭《くせ》ぇ」近くにいた若者が鼻を手で覆った。

特務隊員たちが行列の左右に立っている。列を作って行進している集団の頭には、皆白い袋がかぶせられていた。顔が見えないようにという配慮なのだろう。

「あんな袋意味ねぇ、どうせみんなテングなんだ」隣に立っていた中年の男が、吐き捨てるように言った。

「ちょっと、あんた」

男の妻なのか、横にいた女が、周囲の目を気にしながら、肘《ひじ》で突《つつ》いた。

「何だよ、だってそうだろ。この公園はテングの巣だったんだから」

「テング、テング、テングって、声が大きいよ」

「何言ってんだ。テングはテングだ。オーイ。特務隊の諸君。ガンバレよ。テング掃除は任せたぞ」

——テング——は、当局が差別用語として使用の自粛を呼び掛けていた。しかし守る者は少ない。

道の向こうで、「差別撤廃、特務隊、警察は人権を守れ」と書かれたプラカードを持った団体が、「テングは出ていけ」と叫んでいるスキンヘッドの集団と小競り合いを始めた。

「何が人権だ。税金も払わずに、こんなところに勝手に住み着きやがって」

「テングのクズ野郎どもめ。特務隊、やつらを甘やかすんじゃねーぞ」

「ぶっ殺しちまえ」

群衆の中からヤジが飛ぶ。

「あのガキ、やけにきれいな服着てるな、どうせどっかから、かっぱらったんだろ」

そばに立っていた若い男の声が耳に入った。

男の視線の先を見て、私は思わず息を呑《の》んだ。

子供と、その手を引いた母親らしい女が行列に並んでいた。二人とも頭に袋をかぶせられ、顔は見えないが、子供の着ているピンクのトレーナーに見覚えがあった。

気が付くと私は野次馬の間を抜け、遠巻きに眺めている群衆の先頭に出ていた。それ以上は特務隊に止められ、行列には近づけない。

「オーイ」私は自分でも驚くほどの声を出して、その母娘《おやこ》に手を振った。しかし周囲の喧騒《けんそう》が、私の声を掻《か》き消してしまう。もう一度大声で呼んだが、やはり声が届かないのか、母娘は私の方を見ない。

しかしバスに乗り込む直前、子供が私に気付いた。

少女が私に小さな手を振っている。母親もこちらを見た。間違いない、あの母娘だ。

私は精一杯手を振ったが、すぐに特務隊員に促され、二人はバスの中に消えてしまった。

汚れた服を着た一団の中で、少女の着たトレーナーの鮮やかなピンク色は、ぬかるんだ泥の上に落ちた、桜の花びらのようだった。

動き出したバスを、私は見えなくなるまで目で追っていた。


その母娘に初めて会ったのは、半月ほど前のことだった。

食糧配給所にできた長い行列に、二人は並んでいた。

偶然目に留まった女の顔に私は視線を奪われ、しばらくその場に立ち尽くしてしまった。

女の髪は何日も洗っていないらしくべったりと固まっていて、服は元の色が分からないほど汚れ、異臭を放っている。

「あの」

女に近寄り、声をかけた。しかし女は私を見ようとせず、警戒するように、少女を自分の方に引き寄せた。

私は前に回り込み、女の顔を覗《のぞ》き込んだ。

似ていた。亡くなった妻のトモミに。

もちろんトモミはこんな汚い恰好《かっこう》をしてはいなかった。しかし顔の作りは、トモミに瓜二《うりふた》つだった。

女は自らの汚れた姿を恥じらうように顔を背けた。横では少女が不思議そうに私の顔を見上げている。少女も粗末な服装をし、足には靴の代わりに布を巻いているだけだった。

少女は私と目が合うと、「何かくれ」というように手を出した。

私はポケットの中を探り、小銭を数枚その小さな手に握らせた。少女はにっこりと笑って、大事そうに私の渡した硬貨を見つめている。

財布を出して、母親の手にも紙幣を握らせた。後ろに並んでいた男が、物欲しそうな目で女の手元を見つめている。

名刺も渡そうとしたが、私の意図を訝《いぶか》ったらしく女は受け取ろうとしない。

半ば強引に、着ていたコートのポケットに押しこんだ。

「困ったことがあったら連絡してきなさい」

なんでそんなことをしたのか、自分でもよく分からない。彼女はトモミではない。トモミは死んだのだ。しかし理性を超えた何かが、私を突き動かしていた。

しばらく歩いてから振り返ると、女も私を見ていた。

それから四、五日はたっていただろう、雨と風の強い夜だった。

ドアをノックする音を聞いた気がして、目が覚めた。風が庭の木々を揺らし、雨が窓を打っている。空耳かと思い、ベッドの中で耳をそばだてていると、やはり誰かがノックしている。急患だろうか。

私はベッドから出て、勝手口の前に立った。

「どなたです」

応《こた》えはなかった。

「用なら表に回ってください」

ドアの外で人が動く気配がし、足音が勝手口から離れていった。私はクリニックの入り口に回り、ガラス戸の中から外をのぞいた。黒い影が二つ、暗闇の中に立っている。看板の電気をつけた。明かりの中に浮かび上がったのは、あのトモミに似た女と少女だった。

すぐにドアを開けた。「入りなさい」

二人とも真っ青な顔で、服の裾《すそ》から水を滴らせ震えている。

近くにあったタオルを渡し、暖房をつけた。

「すぐに暖まるから」

キッチンでミルクを温め、ビスケットをのせた皿を添えて、二人の前に置いた。

少女はカップを覗き込み、私を見た。私がうなずくと、今度は許可を求めるように母親の顔に視線を移した。女は力のない笑顔で応えた。

　少女は小さな手でマグカップを持ち、ピチャピチャと音を立てながらミルクを飲み始めた。飲みながら私を見る目が笑っていた。女は手をつけようとせず、黙って俯《うつむ》いている。

　バスタオルを女に渡そうとしても、自分たちの汚れた姿を気にしてか、受け取ろうとしない。私は一枚を女の前に置き、もう一枚を少女の肩にかけた。

「君の子供？」

　女はうなずいた。

「外は寒かったろう。体を拭《ふ》いた方がいい」

　女はまだ震えていたが、思いつめた顔をし、じっと立ったままだった。少女はミルクを飲み終えると、あどけない笑顔を見せ、礼のつもりか、おかわりが欲しいのか、飲み干したマグカップの底を私に向けた。

「もっと飲むかい」私が聞くと、女は自分の分を少女に渡した。

「どうしたの、何か困ったことでも？」

　女は顔を上げ、初めて私の目を見た。見れば見るほど、トモミに似ている。手には私が渡した名刺が握りしめられていた。

「これを見て、お医者様だと」消え入りそうな、細い声だった。

「そうだよ」

　また下を向き、しばらく黙ってしまった。

少女はよほど腹をすかしていたのか、ビスケットを口いっぱいにほお張って、私と母親の顔を交互に見比べている。

「どこか、悪いのかい？」

「手術をしてほしいんです」

「手術って、何の」

「先生たちみたいに……」

女は私の表情から、自分の願いがかなえられないことを悟ったようだった。それでも、わずかな望みにすがろうとするかのように、

「お金は、お金は後からちゃんと……」と続けた。

ため息が出た。「そういう手術はね――」

「この子だけでいいんです。この子だけで」目には涙がたまっている。

「お金じゃないんだよ。そういう手術は禁じられているんだ。モグリでやっているところもあるようだが、私はできない」

私は女の肩に手を置いた。

女の目からは大粒の涙がこぼれた。

「この子の父親は？」

「亡くなりました」

「住むところはあるの？」

女は首を振った。

「今はどこに？」

「駅北に」

駅の北側に、家のない人々が無許可で住みついたスラム街があった。

「特別区に行くといい、この子のためにもその方がいい」

「あそこに行けば殺されます」

「そんなことはないよ。君たちの間でそんな噂が広まっているようだけど、まったくのデマだ。特別区はそんな所じゃない。住まいも仕事も保障される。医療だってそうだ。贅沢《ぜいたく》な暮らしとは言えないだろうけど、少なくとも今よりは、人間的な暮らしが出来る」

女はひざまずき、床に額をつけた。

「お願いです、子供だけでも」

女は声をあげて泣き始めた。子供は不思議そうな目で母親を見ている。

「さあ顔をあげなさい、他にいい方法を考えよう」

女は両手で顔を覆い、嗚咽《おえつ》していた。

「今お風呂の用意をするから。びしょ濡《ぬ》れじゃないか、温まっていくといい」

風呂場からは水の流れる音に混じって、子供の笑い声が聞こえてくる。

キッチンのイスに座り、私は知らぬ間に泣いていた。

少女の無邪気な声は、私に自分が一番幸せだったころのことを、思い出させた。まだこの家の中が、笑顔と、会話と、あたたかい空気で満たされていたころのことを。

何もかも変わってしまった。家も、世の中も、そして私も。今となっては、それが現実にあったことなのかすら、確信がもてなくなっていた。

私は母娘のために、トモミとリカの服を出した。

この七年間、私は二人がずっとこの家にいるかのように、衣替えの季節が来ると、衣装ケースを出しては箪笥《たんす》の中の物と入れ替えてきた。一度も着ていない女性物のコートを、クリーニングにも出した。人に言えばばかげていると思われるだろうが、やめられなかった。二人を失ったとき、私は未来を捨てた。トモミとリカと私の三人で作った思い出の上に、それ以上何も重ねようとは思わなかった。

なるべく暖かそうな服を選んで脱衣所に置き、ボストンバッグには、着替え用の衣類をつめた。

風呂場のドアが開く音がした。

「そこにあるものを着なさい」風呂場に向かって声をかけた。

「すいません」女の声が返ってきた。

すでに雨はやんでいたが、夜が明けるまでまだ時間があった。

「ゆっくりしていけばいい」そう言って振り返ったとき、後の言葉を失った。

トモミが立っていた。リカを連れて。

じっと見つめている私に、トモミは恥ずかしそうに頭を下げた。

「流行後れで悪いけど……」

女は首を振った。

窓ガラスに自分の姿が映っている。老けたなと思った。二人を見ていると、まるで自分の時間だけが進み、周囲の時は止まったままでいたかのような気がして、胸が詰まった。

出してやったキャラクターの付いたピンクのトレーナーがよほどうれしかったのか、少女は鏡に自分の姿を映し、様々なポーズをとっている。

「着替えを適当にバッグにつめておいたから、それを持っていくといい」

女は深々と頭を下げ、また涙をふいた。

大事にしてきたトモミとリカの思い出の品を、この親子にあげてしまうことに、何の迷いもなかった。なぜかそれが自然なことであるかのように感じていた。

「それからこれ」

現金の入った封筒を女の前に出した。

「最近は難しくなっているようだけど、君たちでもまだ借りられるアパートはあるはずだ。あのスラムは人の住むところじゃない。すぐに出たほうがいい。ただ約束してくれ、この金で手術をしようなんて考えちゃだめだ。モグリの整形外科医が金をだまし取ったり、ろくに技術がない者が請け負って、事故になったりする例も多いと聞いている」

女はうなずいた。

「部屋を見つけたら仕事を探しなさい。どうしても見つからなければまたここに来るといい。何か力になれるかもしれない」

私は女にではなく、トモミに言っていたのかもしれない。

少女はラグの上に丸まって、眠り込んでいる。

うるさく窓を叩《たた》いていた風も、いつのまにかおさまっていた。

無意識に女を引き寄せていた。女はまったく抵抗しなかった。女の髪からはシャンプーの香りがする。両腕に力をこめ、強く女を抱きしめた。女のうなじに顔を埋《うず》め、声を殺し泣いた。

「トモミ」

トモミも華奢《きゃしゃ》な体をしていたが、女はそれ以上に痩《や》せていた。この時代に、いかに苦労をして少女を育てているのか、その体が語っていた。

私は強く抱いた。逃げようとする記憶を捕まえておこうとするかのように。その唇も胸も、私にとってトモミだった。

窓から差し込む陽光が私の顔をなでた。目を覚ましたとき、二人はもうそこにいなかった。テーブルに置かれた二つのマグカップが、昨夜のことが夢ではなかったと、教えてくれていた。

コンビニの雑誌売り場、俺の横に立ったサラリーマン。しきりにクンクン鼻を鳴らし、周囲の臭いを嗅《か》ぎだした。

犬野郎だ。

三十代、スーツ、ネクタイ、メガネ、靴、ブリーフケース、こだわりの品々、一級品。

犬野郎がコンビニを出る。俺は犬野郎を追跡する。

犬野郎は商店街を抜け住宅地に入る。携帯を出し、歩きながらいじり始める。明かりは街灯だけ、みんな寝ている、前よし、後ろよし、左右よし、上は？　上では月が、俺を応援してくれてる。

ゆっくりと犬野郎に近寄る。携帯に夢中の犬野郎。後ろから肩を叩く。犬野郎が振り向く。その鼻にパンチ。

声も出ない。ひざから崩れる犬野郎。左わき腹に俺の右足を一発。

「うっ」小さな声がして犬野郎がアスファルトに寝転ぶ。鼻から血が出始める。メガネがどこかに飛んじゃった。

次の瞬間、みぞおちに俺の左足が食い込んでる。犬野郎は腹を押さえてうずくまる。ひと休み。

犬野郎は口から何か吐き出した。汚ねぇ。

周りを見回す。誰もいない。

俺は犬野郎を引き起こす。もうフラフラだ。今度はほっぺに、パンチ。

犬野郎が飛んでいく。

さあとどめだ。もう一度立たせる。グラグラしてる。しっかりしろ、犬野郎。ああ、犬は二本足で立てない。ダメな俺。

鼻にパンチ。犬野郎はまた崩れる。

周りを見る。誰もいない。

犬野郎のスーツの内ポケットから札入れが出てる。俺の手が伸びる。

おい、何してる。俺は中を見る。福沢諭吉が四人。おい、やめろ。福沢諭吉が俺のポケットに移ってくる。お前、何してる。

俺は札入れを犬野郎に放ってやる。犬野郎はウンウン言ってる。返してやったのに礼を言わない。

さようなら。

翌日の朝の会議。俺の最も嫌いな時間。

相棒はいけ好かないやつ。俺のことを嫌ってる。熱心にメモを取ってるフリをする。

会議の後、相棒は俺の前で地図を出す。

「手分けしましょう、私は今日こっち側、あなたはこっち側の地区をお願いします」

相棒は地図に線を引く。俺はにっこり笑って同意する。

相棒は何処かへ消えていく。クソ野郎。相棒は俺と一緒に歩かない。俺が臭いからか、俺の臭いが我慢できないからなのか。

俺は今日も一軒一軒地道に回る。今日も靴底をすり減らす。

ピンポーン。

ばあさんがしゃべってる。俺の前で機関銃のようにしゃべってる。

平日の昼。いるのはヒマな年寄りばかり。ばあさんはあてにならないことをしゃべってる。俺はうなずきながらメモを取る。


主婦が集まってる。子供が周りで騒いでる。

手帳を見せる。主婦たちが顔を見合わせる。

初めてみた刑事。ドラマの俳優と比べてる。

若い主婦がいろいろしゃべる。子供が足にまとわりつく。うるさい、うっとうしいんだよ。でも俺は笑いかける。

いくちゅかな～。子供言葉で聞いてる俺。

「怖いわね～。子供を外に出せないわ」主婦が言う。

お前の顔の方がよっぽど怖い。

あっち行け、ガキ。

じいさんがしゃべってる。俺は耳を傾けてる。ニコニコ笑いメモを取る。また話がそれ始める。じいさんは政治が悪いと言ってる。官僚が悪いと言ってる。若者が悪いと言ってる。じいさんが怒ってる。昔はこんなじゃなかったと嘆いてる。

俺はうなずく。なに同意してる、お前。


デブったおばちゃんがしゃべってる。

「何か気付いたこと？　不審人物？」おばちゃんはにやりと笑う。おばちゃんはいろいろ気付いてる。

おばちゃんは声を潜める。

「刑事さん。あの事件でしょ。女の子が二人行方不明の」

そう、あの事件。

「やっぱりほら、ロリコンって言うの？　そういう変な人よね、恐らく」

お前の推理なんて聞いてない。

「ここだけの話なんだけど」

おばちゃんが有力情報を持っている。俺は耳を傾ける。

「隣のお嫁さんが不倫してる」

「燃えるゴミに空き缶入れてるのは、あの角の家」

「あそこのご主人は癌らしい」

「あそこの娘は帰りが遅い、きっと風俗に勤めてる」

俺は笑いながら話を戻す。

おばちゃんの嫌いな家の家族は、すべてあやしくなる。すべて不審人物になる。

そして俺は、協力的な市民に感謝の言葉を並べてる。

勝手なこと言うな。俺の口。


若造が俺の前でびびってる。

どこにいた。

「急に言われても」

若造は考えるフリしてる。ちらちら俺の顔を見てる。

こいつには前がある。専門学校生、二二歳。未成年の時にカメラを持って団地に侵入。

腐ったロリ野郎。

ロリは死ななきゃ治らない。

「学校に行っていたと思いますけど……」

事件の日は日曜だよ、ロリ野郎。

「友達と……」

友達の名前は？　本人に確認取るぞ、ロリ野郎。

「刑事さん。友達に話すんですか、ぼくの昔のこと」

俺は笑って首を振る。昔じゃないだろ、たかが三年前だ、ロリ野郎。

ロリ野郎は不安そうな目で俺を見る。

俺はにっこり笑う。ロリ野郎の肩を叩き、首を横に振る。

安心しろよ。ネットの掲示板には現住所と実名書き込んでおくだけだから。

「刑事さん、あの事件の捜査ですか」

その通り。

犯人は、どうせお前みたいな腐ったロリ野郎。

一日の聞き込みがようやく終わる。捜査会議の前に相棒と待ち合わせる。

「何かありましたか？」

俺は黙って首を振る。

「こちらもです」

相棒は本庁の捜査一課、俺は所轄。相棒は三十代。俺は四二、厄年。相棒は俺に何も教えない。だから俺も何も教えない。

捜査本部。午後九時。

署長、課長、管理官。みんな仲良く並んでる。お雛《ひな》様みたいに並んでる。

みんな苦しそうな顔してる、みんなが楽しそうじゃないとき、俺は楽しい。

マスコミが騒いでる。世論が沸騰している。だから本庁も焦ってる。察庁も焦ってる。捜査員を増やしてる。俺たちは怒られる。でも捕まらない。手掛かりも摑《つか》めない。

隅の方では、本庁の一課がこそこそ話してる。自分たちだけで情報交換。俺の視線に気付いて話をやめる。

くだらない捜査会議がようやく終わる。午前一時を回ってる。俺は署には泊まらない。あんな臭い武道場には泊まらない。あんな臭い布団では眠れない。体に臭いがついちまう。


仕方がないからタクシーを拾う。

タクシーを降りて歩き出す。ズボンを尻《しり》までずらして穿《は》いた、バカが前からやってくる。バカは犬を連れている。すれ違う時、犬がクンクン、俺の尻の臭いを嗅ぐ。

俺の尻は臭うのか？

俺はしばらく立ち止まり、そのバカ犬を観察する。そのバカ犬は、ほかの通行人の尻は嗅がない。

なぜ俺の尻だけ？

俺はクソをした時、携帯ウォシュレットを使ってる。

パンツを穿いたまま、屁《へ》はしない。

しちまったら、予備のパンツに穿き替えてる。

それでも俺の尻が臭うのか。

バカ犬を連れた若造にロックオン。

次の瞬間、若造はもう地面をのたうってる。腹を押さえてひーひー言ってる。俺は髪の毛をつかみ、アスファルトと鼻骨の勝負をしてみる。グシャ。アスファルトの勝ち。

若造、しっかりバカ犬のしつけをしておけ。

バカ犬は、若造がやられるのを黙って見てる。やっぱりバカ犬。

チェーンの付いた財布をズボンから引き抜く、中には野口英世が二枚だけ。

タクシー代にもならない。でも仕方がない。俺は野口英世を尊敬してる。

クリーニング代には十分だ。俺は毎日、スーツをクリーニング屋に出さなきゃならない。一回着たらクリーニング。ワイシャツだってクリーニング。金が要る。

靴下は一日二度替える。予備もバッグに入ってる。

臭うはずがない。


深夜に突然の訪問を受けてから、私はずっとあの母娘のことが気になっていた。外出するたびに、駅の北側十ブロックにわたって広がるスラムの方へ、無意識に足が向いてしまった。

彼らの多くがここに住んでいた。治安の悪さと劣悪な環境に恐れをなし、一部のボランティアを除いて、我々はまず立ち入ることはない。

私も中に入る勇気はなく、いつも入り口のゲート前広場をうろうろするか、置いてあるベンチに、ぼんやりと座っているだけだった。広場で遊ぶ同じ年頃の子供を見かけたときなどは、あの少女ではないかと顔を覗き込み、違うと分かると安堵《あんど》と軽い失望を味わった。もうこのスラムにはいない。そう思っても、外に出るとつい駅北に足が向いた。

その日も広場に置いてあるベンチに腰掛け、時間をつぶしていた。

「隣、いいですか？」大柄な男がいつのまにか横に立っていた。

「どうぞ」

男はスーツを着て、ブリーフケースを右手に持ち、身なりはきちんとしていた。あきらかにこのスラムの住人ではなかった。

「よくいらっしゃってますね、ここ」

私は思わず男の方を見た。男もじっとこちらを見ていた。眼光はするどく、固く結んだ口の下に大きな傷跡がある。軍人だろうか。

「別に監視していたわけじゃありませんよ」体格に合った野太い声で笑った。「私は毎日のようにここを通っています。先週たまたまあなたが目に付いた。それからよくお見かけするので気になっていたんです」

「私たちは珍しいですからね」

「確かにこのあたりをうろついているのは、我々貧乏テングばかりだ」

「そういう意味では……」

「ではどういう意味です。今、『私たち』とあなたは言った」

男は笑顔だったが、その目は笑っていなかった。

どうやらこの種の問題に敏感な人らしい。軍人ではなく、人権活動家、もしくは宗教家だろうか、どちらにしても、普通のサラリーマンではなさそうだった。

「私はこういうものです」

男は私の心を読んだかのように、名刺を出した。

〈NPO法人　プログレス　オブ　ヒューマンソサイアティ　代表　ヒビノ〉

「主に貧困者救済活動とか、無料の医療活動とかをスラムでやってます。もちろん活動の対象は、我々、あなた方を問いません」

最後の部分に男は力を入れた。

やはり私のことを差別主義者だと思ったのかもしれない。

「私は医者をしています」

「そうですか」

「小さなクリニックをやってます」

「このあたりには、わずかな金で臓器を売るテングもいますから」

私はヒビノをにらんだ。「私はそんなつもりでここにいるんじゃない」

「そういう人もいるということです」ヒビノは私の気分を害したことなど、気にする風もなかった。

「たしかにこの場所に、目的もなく座っている私のような者を、あやしいと思われるのも分かりますが」

「あやしいなんて思っていませんよ」

「気になっている母娘がいるんです」

「このスラムの住人ですか」

私はうなずいた。

「よかったら、話してみませんか」

「あなたはここの事情にお詳しいんですか」

「一応毎日のように行ってます」

少し迷ったが、ヒビノに例の母娘の話をした。

「あれからどうなったか気になって。スラムから出ているといいんですけど」

「それで毎日ここへ？」

「ええ」

「我々が今、粗末なアパートですらなかなか借りられないのは、金の問題じゃない。さすがに広告に書くことは禁止されていますが、不動産は事実上『テングお断り』物件ばかりだ。その母娘もあなたが渡したお金があったとしても、スラムを抜けられたかどうかはわかりませんよ」

「ええ、分かってます。だからまだここにいるようなら、何とかしてやれないかと」

「スラムには多くの人がいますからお約束はできませんけど、一応当たってみましょう」

初対面ではあったが、ヒビノの落ち着いた物腰から、信用できる人間だと感じた。その後、ヒビノとさまざまな話をした。患者以外の人と、まともに会話をしたのは久しぶりだった。

別れ際、名刺を渡した。

「どんなことでもいいんです。分かったら教えてください」

ヒビノは黙ってうなずいた。


おばちゃんの情報。

「あやしい男がいるのよ」

俺は興味を示したフリをする。でもおばちゃんたちのガセネタにうんざりしてる。

「何年か前に事件おこした男でさ、ずっと見かけなかったんだけど、この間ばったり。歩いてたの、夜中に。でっかいマスクして。すぐそこの道を。すっかり中年太りしちゃってたけど、間違いないわ」

いいぞおばちゃん。そういう話を待っていた。マスクをした変態が深夜に徘徊《はいかい》。さあ詳しく話してみろ。

「その男がやったのが傷害事件なんだけどね、それも相手は自分の娘」

ざけんな、ばばあ。子供への虐待。よくある話。児童相談所に言えよ。

俺が捜しているのはロリ野郎。薄汚い変態幼児性愛者なんだよ！　と思ってるが俺はメモを取る。うなずく。そうすると、おばちゃんはどんどん調子に乗ってくる。

「家はね、この先、大きな家なのよ。アパートも二つ持ってて、相当貯めてるわね」

さすがご近所ＣＩＡ。でももういいよ。

「お嫁さんがその事件で、子供を連れて逃げちゃって。まぁおばあさんがさ、気の強い人だからいろいろあったみたいだけど」

もういいって。

「おばあさんていうのは、その男のお母さん。この辺じゃ強欲ババアって言ったらあの人のこと」

お前も似たようなもんだろ。

「その男も、子供のころに通り魔って言うの、そういうのにやられてるのよ」

何年前の話だよ、おばちゃん。いいかげんにしろよ。

俺が知りたいのはロリ野郎。子供を連れ去る変態の情報だよ。

しかしおばちゃんは得意になって話してる。

「その通り魔事件ってのがひどい話でさ、その男が子供のときにね――」

おばちゃんの話す通り魔事件。

俺の頭の中の赤色灯が回りだす。サイレンが鳴る。

ピーポー、ピーポー。

俺はおばちゃんに礼を言う。

「ねぇ、あの家行くんでしょ。何か分かったらおしえてよ」

俺は笑ってごまかす。もうお前に用はない。


俺はマスク男の家に行く。

ばあさんが出てくる。これがうわさの強欲ババア。

「あの事件？　女の子が二人いなくなってるんだろ。ニュースで見たよ」

「あやしいやつを見なかったかって、最近はあやしくないやつの方が少ないだろ」

「息子？　今はいないよ」

強欲ババアは警戒した目で俺を見る。

「いつ帰るかなんて分からないよ」

強欲ババアは隠してる。俺の刑事の勘がそう言ってる。

「仕事？　息子の仕事はアパート経営、うちで持ってるアパートだよ」

通り魔事件に触れてみる。

「ああ、そうさ。とんでもない話だよ。小学生だったんだようちの子は。あんたたち警察も情けないよ、結局犯人捕まえられないで。だから税金泥棒って言われるんだよ」

もっと聞かせろその通り魔事件の話を。

「もういいだろ。そんな前の話。思い出したくもないよ」

じゃあ、マスク男に会わせろ。

「いないって言ってるだろ」

本当かババア。痛いところを突いてやる。マスク男がやった、娘への傷害事件。

「だから何なのあんた。うちの息子をあの事件の犯人だと疑ってるのかい。いいかげんにしなよ。息子の件はもう済んだことだろ。近所に変なこと言わないでおくれよ」

ババアが嫌がってる。

「あの事件もね、元はといえば原因は嫁なのよ。どこかで水商売やってた女で、うちの財産が目当てだったの。家事もろくにやらないで。あの嫁が来てから息子が変になったんだから」

マスク男をおかしくした元女房。それも会いたい。

「あの女は出ていったんじゃないわよ。追い出したの」

「子供？　あの女が連れてったよ」

強欲ババアは俺が迷惑、早く帰れと目が言っている。でも俺は帰らない。

「いつ帰ってくるかなんて知らないよ。離れに住んでるんだから。それにね、何度来たってあの子は会わないよ。人見知りなの」

人見知り。会わない。そう言われれば、ぜひ会いたい。

「しつこいね、あんたも。いいかげんにしとくれよ、言っとくけどね、うちの息子を疑ってるんだったら見当違いだよ」

事件なんてどうでもいい、おれはただ、そのマスク男に会いたいだけ。

強欲ババアは俺を無視してドアを閉める。

覚えておけ、何度でも来てやる。


スラムの前で会ったヒビノから、あの母娘について連絡があったのは三日後のことだった。それらしい母娘は、すでにスラムを出たという。それを聞いて、少なくとも今はあの劣悪な環境にいることはないのだと思い、わずかだが気持ちが軽くなった。

「引き続きどこへ行ったか、我々のネットワークを使って調べてますよ」

「ありがとうございます」

「先生、その代わりというわけではないのですが、一度我々のセミナーに参加してみませんか」

断りきれなかった。正直そのような社会活動に参加するのは気が重かった。しかし母娘の行方を調べてもらったことに恩義を感じていたのと、二人のその後の消息も気になった。セミナーの誘いを断ったら、ヒビノとの線が切れてしまう気がした。

ヒビノと待ち合わせたのは、スラムとは反対側の、駅の南側にあるバスターミナルだった。約束の時間に、古いセダンがタイヤを軋《きし》ませて私の前に停まった。運転席にヒビノ、後部座席には若い女が座っている。私はうながされるまま、助手席に乗り込んだ。「すぐ近くですから」そう言いながら、しきりにバックミラーを気にしている。ヒビノの運転は荒っぽかった。突然車線を変えたり、ウィンカーも出さずに、小さな路地に入ったりした。

「ちょっと君、まるで尾行でも警戒しているようじゃないか」私は不安になり、声をかけた。

すると側頭部に硬い物があたった。それが拳銃《けんじゅう》だと分かった時には、後部座席に乗った女の手が私の首に回っていた。

「先生、手荒なことはしたくない、言うことを聞いてください」ヒビノが言った。

動揺が収まる間もなく、次の瞬間には鼻と口を布で覆われた。刺激臭がして、しだいに意識が遠のいていった。

気が付いた時、私がいたのは殺風景な部屋だった。

天井から裸電球が一つ下がり、家具などは何もない。ヒビノと車に乗っていた若い女が正面に座り、私の背後には戦闘服姿の大柄な男が二人立っている。二人とも黒い覆面をしていた。

「セミナーなんて嘘なんだな」

ヒビノは答えなかった。

「君たちは解放戦線か」

「ええ、そうよ」女が代わって答えた。頰はこけ、神経質そうな狐目をしている。

「私を誘拐したところで身代金など取れないぞ」

「そんなつもりはないわ、ただ先生に協力して欲しいだけ」

「協力？」

「そう、我々の運動に」

「悪いが、私には無理だ」

女は立ち上がり、前に立つと、腕を組んで私を見下ろした。

「あなたはこの社会をなんとも思わないの」

「そういう話はもっと若い人たちにしてくれ。私は妻と娘を亡くして以来、社会との接触を極力避けてきた。これからもそうやって生きていくつもりだ」

「自分さえ良ければいいということね」

「どう取られてもかまわない。それに私は君たちのやり方には賛同できそうもない」

「じゃあ現政権には賛同できるの。あなたが捜している母娘も、現政権の差別促進政策の犠牲者なのよ」

「政府は君たちのために、いろいろな優遇策をしてるじゃないか」

「それも政府の罠《わな》なのよ。我々だけに与えるろくに効果のない保護や援助を宣伝するのは、それがあなたたちの不満や嫉妬《しっと》を煽《あお》ることを計算に入れてのことなの。犯罪もそう。政権はメディアに圧力をかけて私たちの起こした犯罪ばかりを報道させる。そうすれば必然的に我々は危険であるという偏見が生まれる。統計的に見ればあなた方と変わらなくてもね」

「君たちこそ、政府に対して偏見があるんじゃないか、だいたい政府が何のためにそんなことをする必要がある」

女はあきれたように、頭を左右に振った。

「もっと目を開いた方がいいわ、権力というものは狡猾《こうかつ》なのよ。やつらは国民の不満の矛先が自分たちに向かないようにしているの。大衆がお互いいがみ合っていれば、結束する心配はない。限られた利益を自分たちで独占できる。権力を持った者が取る手段は、昔から何も変わらないのよ」

昔から変わらないのは、こういう反政府活動家だ。女は自分の言葉に興奮し、自己陶酔しているようにしか見えなかった。

ヒビノは無言で、私の顔を見ている。

「企業の経営者を誘拐したり、特別区に爆弾を仕掛けたりすることが、差別の解消になるとは私には思えないよ」

「特別区の実態をあなたたちは知らないからよ」

「あそこで君たちが殺されていると、解放戦線が言いふらしていることは知ってる」

「それが事実、特別区は人間の殺戮《さつりく》工場よ。人間と言っても、あなたたちから見れば我々なんて、人間ではないのかもしれないけどね」

「あそこは社会的に恵まれない人に、職と住まいとを提供するという目的で——」

「国民宥和《ゆうわ》特別措置法の内容なら知ってる、あなたに聞くまでもないわ。そんな話を信じてるの？　あなたはあそこから帰ってきた人を見たことがある？」

「さっきも言ったように、私は社会との係《かか》わり合いを避けて生きてきた。友人も知人もほとんどいないんだ」

「特別区では働ける者以外すべて殺される。だから帰ってくる人はおろか、電話もメールも手紙も来ないの」

「君たちはこんな話をするために私をここに連れてきたのか」私は無言で座っているヒビノに向かって言った。

ヒビノは答えずに、じっと見つめ返してくる。

「協力してもらいたいことがあると言ったでしょ」答えたのは、また女の方だった。

「悪いが私は爆弾の知識もないし、拳銃も使えそうにない」

「そんなこと頼むつもりはないわ」

「じゃあ何をしろというんだ」

「手術をして欲しいの」

「手術？」

「転換手術よ」

「それは君たちの主張と矛盾しているんじゃないのか。我々と君たちは平等なんだろう」

「ええそうよ、あなた方と我々を分けているのは、わずかな外見上の違いだけ、それ以外何の差異もない」

「じゃぁナゼだ」

「今度、東京にも特別区ができて、法律が改正される。自立支援という名目で、我々はそこに収容される。強制的にね」

「強制だと？」初めて聞く話だった。「しかしあの貧しいスラムより、その方がまだいいだろう」

「特別区が当局の発表通り、夢のコミュニティーならね」

「その特別区で君たちが皆殺しにならないように、私に手術しろと言うのか」

「信じていないようだけど、これは事実よ。政府の中にも、我々の思想に賛同して情報をくれる者がいる。当局が特務隊や警察を使って拘束を始めたら、私たちの組織だけじゃ守りきれない。だからまず子供たちの安全を確保するために、不本意だけど手術は有効な手段なのよ」

「もう帰して欲しい。私は力になれそうもない」私はヒビノに言った。

私に恐怖感はなかった。それはヒビノの目が、目的のためには手段を選ばぬ者のそれとは違っていたからだ。

「そうは行かないわ。あんたは――」

ヒビノが女を手で制した。

「先生、騙《だま》してこんなところへ連れてきて悪かった。おい、帰してやれ」

「しかしヒビノさん」狐目は不満そうだったが、ヒビノと目が合うと、言葉をのみ込んだ。

「先生、気が変わったら連絡してくれ。あんたがその気になってくれれば、救える命がある」そうヒビノは呟《つぶや》き、部屋を出ていった。

その後、私は目隠しをされ、車に乗せられてしばらく走った後、クリニックの近くで降ろされた。


マスク男の家。ピンポーン。ピンポーン。

母屋からババア登場。

「留守だよ。知らないね、どこへ行ったかなんて。来るなって言ったろ」

マスク男に会わせろ。

「待ってたってだめだよ。どうしてもうちの息子に会いたいなら、令状持っといでよ。

こっちも弁護士用意しておくから」

絞め殺すぞ。何が弁護士だ。

「もう来ないどくれ」

いやだね。明日また来てやる。

俺はどうしてもマスク男を見たい。


連日ババアに追い返され、俺はイライラしている。どうしようもなくイライラしている。

「おじさん」女子高生が近寄ってくる。俺に向かって女性誌を振る。

何のまねだ。

「おじさんでしょ。ほら、これ」また女性誌を振る。

「その週刊誌、週刊トップ、グレーのスーツ、メールくれたのおじさんだよね」

出会い系。堕落した十代。

違うよ、うせろ。俺はそっけなく言う。

女子高生は鼻をクンクンさせ、顔をしかめる。「なーんだ」

犬女だ。

実はメール送ったのはおじさんだ。突然態度を変える俺。

「やっぱりなー」短いスカートに化粧をした女子高生は言う。「すぐ行く？　私、時間ないんだけど」

俺は黙ってついていく。

女子高生はホテルに入り、いきなり服を脱ぎ始める。

「前金ね」

手を出す女子高生。

俺がしゃべるたびに、顔をしかめる女子高生。

やっぱり犬女だ。

俺の口が臭うのか。オイ。はっきり言え。

俺は歯ブラシを携帯してる。歯磨きガムも洗口液も持っている。口臭止めスプレーも一時間に一回吹いている。

それでも俺の口が臭いか。

次の瞬間、なぜか俺のパンチが、犬女子高生の顔にめり込んでる。ゆがむ犬女子高生の顔。

茶色い髪をつかんで起こす。犬女子高生は伸びている。

鼻に、パンチ。鼻がぺちゃんこになる。

これで臭くないだろ。

俺は座ってタバコに火をつける。床で犬女子高生が熟睡してる。

その顔にタバコでお灸《きゅう》をすえる。いやな臭いが部屋にただよう。

大丈夫、俺しか嗅いでない。

夜の捜査会議が終わる。

係長が眉《まゆ》を吊《つ》り上げて俺を呼ぶ。

「君は何をやってるんだ」

係長が怒ってる。

「署にクレームがあったぞ。うるさそうな年配の女性だ。家の周りを、毎日うろついている刑事がいると言ってたが、君だな」

あの強欲ババア。おぼえてろ。

「その家の息子さんに会わせろとしつこく言ったそうだが。どういうつもりだ」

俺はマスク男に会いたい。どうしても。

「捜査？　ふざけるな。どうして寝たきりの息子さんが、この事件の容疑者になるんだ」

寝たきり？　嘘をつくな強欲ババア。マスク男は深夜に近所をウロウロしてる。

でも俺は係長に謝る。ぺこぺこ頭を下げてる。俺は卑屈に笑ってる。

係長が、蔑《さげす》むような目で俺を見てる。

「君は明日から、捜査本部に出なくていい」

目の前に座った青年の、皮肉な笑みを浮かべた口元に、見覚えがあるような気がした。しかし私の記憶にかかった靄《もや》は、青年のマサキという名を聞いても、すぐに晴れることはなかった。

その靄を吹き飛ばす風の役割をしたのは、私と話をしているときの彼の眼だった。時折周りを見回す、まるで下見に来た犯罪者のような目付き、それは子供のときから変わっていなかった。

マサキは娘のリカよりも三つか四つ年上で、子供のころ近所に住んでいた。まだこのあたりも、我々と彼らがなんのこだわりもなく一緒に住んでいた時代だった。

マサキは他の数人の子供たちと一緒に、よくうちに遊びに来ていて、彼が帰った後は、決まって何かがなくなっているのに私は気が付いていたが、子供のいたずらだと思い大目に見ていた。しかし成長するにつれマサキの行為はエスカレートし、いつしか近所の厄介者として、大人たちから白眼視されるようになっていた。

リカが亡くなってからは直接会う機会もなくなり、マサキがいつごろまでこの近所に住んでいたのか、まったく知らない。

「大きくなったね」マサキの来意を訝りながらも笑顔を作った。

「ええ。先生は変わりませんね」

彼の背は私よりも大きくなっていた。しかし何かを物色するように、部屋の中に抜け目なく視線を配るところは、子供のころと変わっていない。

なかなか本題に入ろうとしないマサキに、私の方から切り出した。

「どうしたの今日は？」

マサキはニヤニヤと笑っているだけだった。

「私に何か用かな」

「ええ、この間、リカさんに会ったんですよ」

「えっ」

「懐かしくてね」

「そんなはずはない」

「どうしてです？　リカさんですよ。間違いありません」マサキは口元に笑みを浮かべ、私の反応を窺《うかが》っている。

「リカは死んだ」

「じゃあ僕が見たのは幽霊だったのかな」

「他人の空似ということもあるからね」

「そうは思えないな。先生できればアルコールが欲しいんですけど」

キャビネットからウィスキーとグラスを出し、マサキの前に置いた。

「モリサワリカ、今のリカさんの名前ですよね」

「…………」

「先生、本当のことを教えてくださいよ」

「養子縁組をしたんだ。妻を亡くし、私も病気をした。男手一つで育てられる状況じゃなかった」

「へえ」マサキは興味なさそうに聞いていた。

「…………」

「不思議なことがあるんです」

額に汗が出てきた。

「リカさん、テングでしたよね。ぼくと同じで。でもこの間会ったリカさんは、なぜかブタになっていた。たしかリカさんのお母さんもテングでしたね、きれいな人だったな」

私はコーヒーに手を伸ばした。

「先生、手が震えていますよ。大丈夫ですか」

「それはリカじゃない。そんなことがあるはずがない」

「それなら当局に通報して調べてもらいますよ。住所も分かってる。いいんですか」

「…………」

「先生。こんな安物のウィスキーじゃなく、あのブランデーにしてもらえませんか」

マサキはキャビネットを指さした。

「好きなものを出せばいい」

マサキはブランデーを三本取り出し、二本を自分のバッグに入れた。そして一本は直接口にくわえ、喇叭《らっぱ》飲みしだした。

「最近は酒も飲めない生活でしてね」

「悪いが診察の予約が入ってるんだ」

「お邪魔ですか？　帰りますよ、テングで生まれたリカさんが、なぜブタになってるのか教えてもらえればね」

「テングとかブタなんていう言い方をするな」声を荒らげていた。

「ハハハ、差別反対ですか。すばらしい、さすがインテリの先生だ」

「帰ってくれ」

「そうは行きませんよ。テングをブタに変える魔法の秘密を教えてもらうまではね」

「そんなことは知らない」

マサキはテーブルの上に片足をのせ、身を乗り出した。

「おい、俺をなめるなよ」

私は彼らに偏見を持っていない。だから周囲の反対を押し切ってトモミとも結婚した。彼らの知能指数が低いなどというのは、無教養な人間だけが持つ思い込みにすぎない。我々と彼らとの間には、その外見以外、何の違いもない。しかしたとえ生物学的にそうだとしても、そもそも偏見は科学的根拠や合理的説明などを必要としない。それは強い感染力を持つウィルスのように、ひとたび蔓延《まんえん》すれば根絶することは難しい。

妻のトモミを亡くし、幼いリカと二人だけになった直後、私は体を壊した。「血が汚れる」と言って、トモミとの結婚に反対だった親類の援助は、まったく期待できなかった。

私の古い知り合いに、子供のいない夫婦がいた。二人は人間的にも尊敬でき、経済的にも恵まれていた。

もちろんその夫婦も私同様、彼らに偏見を持っていなかった。もし差別主義者だったら、私は大切な娘を託しはしないし、それ以前に、彼らもリカを引き取りはしなかっただろう。

彼らは、そのままのリカでいいと言ってくれた。しかし当時私は、変容していく社会に不安を覚え始めていた。進学、就職、結婚、社会のあらゆる局面で彼らに対する差別が顕在化してきていたからだ。

私はリカの将来を考え、手術を決断した。生涯でたった一度、私が行った転換手術だった。こういう世の中になり、当時の決断は間違っていなかったと確信している。私はそれ以来、リカには会っていない。

「何も見なかったことにして欲しい、リカの将来のためだ」マサキに向かって手をついた。

「どーしよーかなー。先生次第ですよ」マサキはからかうように言った。「当局に通報したって、俺は一文の得にもならないんでね」

「金か」

「誠意ですよ。知らない仲ではないんですから。ただでさえこのご時勢、我々テングはあなた方と違って恵まれてなくてね。援助していただけるなら助かります」

それ以後、マサキはうちにやってきては、金をせびるようになった。しかし妙な話だが、しだいに私は、彼の来訪を心待ちにするようになっていた。

マサキは来ると必ずリカの現在の生活ぶりを口にした。彼にしてみれば、自分はリカから目を離す気はないという脅しのつもりなのだろうが、それによって私は、ずっと会っていない娘の近況を知ることができた。リカを養女に出した時、二度と会わないと心に決めていた。リカは死んだ。そう思って今まで生きてきた。マサキの存在はそんな私にとって、現在の娘の姿を垣間《かいま》見ることができる、覗き窓だった。

捜査本部から追い出された俺。仕事がない俺。
みんなが俺を笑ってる。役立たずとバカにしてる。
俺は署の資料室に入る。
二七年前の通り魔事件。被害者にマスク男の名前。
未解決。時効。
何度も何度も読み返す。当時の捜査資料。

馬鹿な刑事たち。犯人を取り逃がす。

被害者の顔写真。

こっそりポケットに入れる。

パチンコ屋に入る。

どうしても、マスク男のことが頭から離れない。

写真を見る。

やはり今の顔が見たい。

想像したマスク男の顔が、目の前をちらつく。

我慢できない。


2Kの汚いアパート。隣の部屋から子供の声。壁に染み込んだ生活臭。俺は女と向き合って座ってる。

靴下の穿き替えを忘れた。俺は自分の足の臭いが気になってくる。

女はマスク男の元妻。

「あの人とは別れてから、一度も会ってないんですよ」

思い出したくもないといった顔。

「まだあの家にいるんですか。あの人」

いる。でも俺には会おうとしない。マスク男に会いたい。

女は疲れてる。パート明けで疲れてる。人生にも疲れてる。

女がインスタントコーヒーを入れてくる。まずいコーヒーを飲みながら話す元女房。

その黒い湯を飲みながら、俺は聞く。

「私は最初の亭主と別れてから夜の仕事をしてまして、店にあの人が客として来たんです。会社の同僚に連れられて。真面目そうに見えましたよ、実際真面目だったし。あの人、周りにまるで女っけがなくて、会社の同僚もからかうつもりで連れてきたんです。私が少し優しくしたら勘違いしたみたいで……。それから一人で来るようになって、すぐに関係ができたんです。変わった感じの人だったけど、私も子供一人抱えてうんざりしてて、この人でいいかって」

資産家の息子、コブ付きホステスに引っかかる。なるほど。

「変わってるって、刑事さんもお分かりでしょ」

分からない。俺はマスク男にまだ会えない。

「店の女の子もみな気味悪がってましたよ」

気味悪い。あー、会いたいマスク男。

突然女が立ち上がり、窓を開ける。

オイ、なぜ窓を開ける。暑くないぞ。臭うのか？　オイ、俺の足が臭うのか。

お前も犬女か。俺は拳《こぶし》を握りしめる。

「いいですか？」女はタバコを出す。

タバコか、俺はホッとする。

「あの家には財産があったから、金目当てだって相当言われましたよ。私に子供がいたのも気に食わなかったらしくて。でも何とか結婚できたのは、あの人それまでに見合いで連戦連敗、このままじゃ結婚できないって心配してたからなんです。そりゃこっちも、向こうの財産をまったくあてにしてなかったといったら嘘になりますけどね」

最初からそれだけが目的だろ。

「でも財産があるって言っても、あのけち臭いばあさんが財布を握ってて、あの人は母親に何も言えないし、私も気が弱い方じゃないから毎日喧嘩《けんか》ですよ。あのばあさんが死ぬまでと思って我慢してたけど、娘の事件をきっかけにとうとう飛び出しました」

マスク男とこの女の娘。

結婚してすぐ生まれた娘。

しかし傷害事件。マスク男に傷つけられた娘は、いまだに入院中。

「そうです、娘は入院したきり、いまだに一言もしゃべりません。ボーッと遠くを見てるみたいで。今は私と実家の母が交替で病院に行っています。あの事件のせいなんですよ娘があんなになったのは。でもあのばあさん、私の育て方に問題があったなんて言いふらして。冗談じゃないわ」

女は怒ってる。俺は神妙な顔で聞いている。

「娘の治療費と息子の学費は払うって約束なのに、あのケチな家は電話しないと振り込んでこないんですよ」

やっぱり強欲ババア。

ドアが開く。

「お帰り」

制服を着た、中学生が立っている。

「息子です」

目つきの悪い、生意気そうなガキ。

「別れるときに、学費は全額出すって言ったから、嫌がらせに上の子は私立の中学に入れたんですよ」

いかにも私立な制服。むかつく制服。

「刑事さん。あの人がどうかしたんですか」

中華新京、親父が前掛けで手を拭きながら、俺の前にやってくる。坊主頭のラーメン屋、小太り、ラーメンの食いすぎか。嫁さんが心配そうに、ちらちらとこっちを見てる。

俺は用件を言う。ラーメン屋はようやく安心したような顔になる。

ラーメン屋は天井を見ながら、昔を思い出している。男がうなずき出した。思い出したな。さあ話せ、マスク男の思い出を。俺はマスク男について知りたい。どんなことでも。

「ええ、ええ、彼ね、思い出しました。通り魔にあった彼ね。ハイハイ、覚えてますよ。小学校四年のときだったなあの事件は。かわいそうにあんなことされて、その前までは明るいやつだったんだけどね。それ以来、人が変わったように暗くなりましたよ。表に出たがらなくなって、あんな風にされたんじゃ、無理もないですけどね。しばらくは皆同情して優しくしてたんだけど、しょせん子供だから。だんだんからかうやつが出始めて、そのうちにいじめられるようになって。性格が暗いのも悪かったんだろうな。一度だけ俺に言いましたよ、『何も悪いことをしてないのに、何でこんな目にあうんだ』って。中学に行ってもいじめの対象ですよ」

「彼女ですか？　いない、いない。それどころか、フォークダンスはまず女の子が手をつないでくれないし、遠足に行けばバスの隣の席には誰も座らない、教室でも皆で無視したりしてね。気持ち悪いとか言って、大した理由なんてないんだよ。ただ皆がやるから自分もいじめに加わるわけ。本当に暗い顔して毎日学校に来てたな、マスクして。やっぱり通り魔にやられてからですよ、あいつが変になっちまったのは、それまで俺たちと皆でワイワイ野球やってたんだから」

　真面目そうなオヤジが俺の前に現れる。かしこまった顔で俺に名刺を差し出す。バーコードと額にうっすらと汗、こめかみのほくろからは長い毛が一本。真面目が服を着て歩いているような会社員。しかしこういうやつがセクハラしてる。電車の中で女子高生に触ってる。

「ええ、彼は私の部下でした。ちょっと人見知りと言うか暗いと言うか、だから営業向きではなかった。ずっと内勤でした。結局、出世も同期で一番遅かったですよね、やはり部下をまとめるのは難しいですよ、あの性格では」

「娘さんにあんなことをしたって聞いたときは驚きました。おとなしいタイプだったから。兆候ですか？　うーん、分かりませんでしたね」

「思いつくことですか？　特にないですね。ああ、そうそう、同期の社員が忘年会で彼の横の席に座ったとき、何かの拍子にヒトラーの話になって、そうしたら彼が急に饒舌《じょうぜつ》になったらしいですよ。なんでも自宅の部屋は第三帝国の本でぎっしりだそうで。それも単なるうわさかもしれないですけど、そういうところも皆が彼を避けていた原因なんでしょうけどね。ええ、避けてましたね。女の子は特に。気持ち悪いとか言って。僕はかわいそうだと思ったんだけど、やっぱりあの外見のせいもあったと思いますよ。ほとんど一日中マスクしてましたからね。人は見た目じゃないなんて言っても、それはあくまでも建前でね」

私はあの母娘のことがずっと気になっていた。しかし解放戦線のヒビノからは、二人の消息について連絡はなかった。彼らに協力することを拒んだ以上、こちらの頼みだけを聞いてくれるはずがないことは承知しているつもりだったが、電話が鳴ると、つい期待してしまう自分がいた。

中央公園で、あの母娘が連れていかれるところを偶然目にしたのは、そんなときだった。

スラムは出たものの、やはりアパートを借りるのは難しかったのだろうか、結局行き着く先は、公園しかなかったのかもしれない。

特務隊の掃討作戦以来、危険で立ち入ることのできなかった中央公園は市民の憩いの場に戻り、晴れた日は散歩する老人や、小さな子供のいる家族連れの姿も目にするようになった。

私はそのときまだ、特別区を貧困者救済施設だと信じていた。だからあの母娘は、きっと特別区で幸せに暮らしているのだと思っていた。

いや、そう思いたかっただけなのかもしれない。

「救国青年団に入ったの？」

その日マサキは、救国青年団の茶色の制服を着てやってきた。胸にはサクラとSの文字を模《かたど》った図案のワッペンがついている。

「ずっとメンバーだったのさ。俺はテングだからなかなか正式メンバーにはしてもらえなかったんだ。ようやく認められてね」

　マサキは得意気だった。

「どんなことしてるの」

「テング狩りだよ」

「テング狩り？」

「ああ、テングを見つけ出して、特別区に送るんだ」

　それを聞いて、解放戦線の女の言葉を思い出した。「特別区ってどこの？」

「東京だよ。隅田川《すみだ》の向こうにできたんだ」

「見つけ出して送るって……。特別区に行くのは希望者だけだろ」

　マサキは馬鹿にするような目で私を見た。「何言ってんだよあんた。保護条例を知らないのか」

「保護条例？」

「テングはみんな、特別区にぶち込むっていう法律だよ」

「強制的に？」

　マサキはうなずいた。

「だって」言いかけた言葉を、のみ込んだ。

「俺自身がテングだって言いたいんだろ。俺はやつらに協力してるから大丈夫なんだ。反抗的なやつや、病人、女子供はだめだけどね」

マサキは財布の中からＩＤカードを出した。

「俺みたいに、ブタに協力しているテングは、このＩＤカードさえあれば拘束されない」

「彼らは特別区で何をしてるんだい」

マサキは「さあな」と言ってにやりと笑った。

その意味ありげな笑いが気になった。

「やっぱり工場があるんだろ。自動車とか電化製品とか、住宅も企業から提供されて……」

確認したかった。解放戦線の女が言った「特別区は人間の殺戮工場」という言葉が脳裏をよぎった。

「あんた石器時代の話でもしてるのか」マサキは履いていたブーツを見せた。「いいだろ」

「これも特別区の製品なんだね」

祈るような気持ちだった。あそこは恵まれない彼らに、職と住まいを提供する場所なのだ。そう自分に言い聞かせた。

「あれもそうだよ」マサキは自分が着てきた、壁に掛けてあるコートの方へあごをしゃくった。

「世間とは没交渉でね。こういう衣料品も作っているとは知らなかったな」

「患者はいないのか」

「最近はめっきりだよ」

「あんたがその気になれば、もっと稼げるのによ」マサキはチラッと私を見た。「リカにやったみたいにな」

「その話は……」

　マサキは声を上げて笑い「冗談だよ、冗談」と、私の肩を叩いた。

　自分の息子ほどの年齢のこの若者を、怒らせるわけにはいかなかった。

　私自身のためではない、リカのためだった。この関係が一生続くとしても、娘のために耐える自信があった。ましてマサキが与党の青年支部である、救国青年団のメンバーと分かったからには、なおさら機嫌を損ねるわけにはいかない。

　マサキは救国青年団の正式メンバーになれたのがよほどうれしかったのか、いつもより上機嫌だった。

「食いなよ」自分が持ってきたビーフジャーキーの袋を私の前に置き、ブランデーを口に運んでいる。

「美味《うま》いだろ。これも特別区で作ったんだぜ」

「おいしいね、こんな食品も作ってるんだね。おじさんは遅れてるな」

「今度はこんなジャーキーじゃなくて、あんたにもブーツを持ってきてやるよ」

「ありがとう。最近は物が高いから助かるよ。さすが君は顔が利くんだな」

「そうでもないさ。フフフ」

「どうしたの」

「これ、何の革か分かるか」

マサキはブーツを前に出し、私の顔をじっと見ている。

「やわらかそうだね」

「ああ、やっぱり革は女に限るよ」

えっ？

「まさか……」

マサキは笑った。

「女の体ってのはすごいよね。生きてるうちはもちろん楽しめるし、死んでからも捨てるところがない。皮はブーツや服、そして肉はさ」マサキは笑いながら持っていたビーフジャーキーを、いや私がビーフジャーキーだと思っていた物を振った。

「これは……」

私は口に入れた肉を吐き出し、床にうずくまった。

「今度ボディソープも持ってきてやるよ。よく落ちるし肌に優しいんだ。そりゃそうだよな、なんたって原料は……」

私は耳を両手で覆い、トイレに駆け込んで嘔吐《おうと》した。背後からはマサキの笑い声が聞こえていた。

マサキが帰るとすぐに、解放戦線のヒビノに電話をした。もらった名刺に書いてあるNPO法人の電話番号はまだ使われていた。

「もしもし」

「………」

「あの、ヒビノさんはいらっしゃいますか」

「そちらは？」男の警戒している声だった。

「医者と言ってもらえれば、分かると思います」

「どうしてこの番号を」

「ヒビノさんに直接聞きました」

「こちらから連絡する」相手はそれだけ言うと電話を切った。


じっとしていられなかった。特別区の真実を知った以上、今までのように目と耳を塞《ふさ》ぎ、このクリニックに閉じこもって暮らすことなど、もうできなかった。

あの母娘に手術をしてやれば、彼女らは特別区に送られずにすんだかもしれない。その思いが私を押しつぶそうとしていた。何かをしたかった。誰かと話したかった。

いつまで待っても電話はかかってこなかった。まさかヒビノもテング狩りで捕まってしまったのだろうか。すでに日付は変わっていた。

電話の前に座っていた私は、突然背後から肩を叩かれ、驚いて振り向いた。ヒビノがいつのまにかそこに立っていた。

「勝手に入らせてもらった」

「無事だったんですね」

「俺は警察や特務隊なんかに捕まるほど、間抜けじゃない」

相変わらずその態度からは、動揺のかけらすら見出《みいだ》すことはできなかった。

「電話をくれたそうだが」

マサキに聞いた特別区の話をした。ヒビノは表情も変えずに聞いていた。

「この間言ったはずだ。あんたがこの病院に閉じこもって、漫然と日を送っている間に、何人のテングが特別区に送られたと思う」

「しかし、まだ私には信じられない。今の時代にそんなことが行われるなんて」

ヒビノは哀れむような目で、ため息をついた。

「隅田川に行ってみろ。川の向こうに立つ高い煙突から、二十四時間出ている煙の臭いを嗅いでみるんだな」

それ以上何も聞かなかった。

あの少女がピンクのトレーナーを着て、うれしそうに自分の姿を映していた鏡を見つめた。そこには無精ひげを生やした、惨めな中年男が映っているだけだった。

私が手術を断った時の、トモミに似た女の絶望した表情。私は不幸な母娘の前に、希望という糸を垂らしておきながら、母娘が必死に登ってくると、目の前でそれを切った。何という残酷なことをしたのだ。

「泣いていても始まらないぜ、先生。どうする、協力する気はあるのかないのか」

「何でも言ってください、できることなら何でもします」


数日後の深夜、ヒビノが四歳くらいの女の子の手を引いて、裏口に現れた。

「どれくらいかかる？」

「手術はすぐ終わります。でも術後の経過を見たいので、ここに最低二日は入院していてもらいたい」

「見つからないように気をつけてくれよ」

「ここは私しかいません。客もめったに来ないから大丈夫です」

「例の救国青年団の男はどうなんだ」

「二階の病室に行くことはありません」

「明日また来る」

「ちょっと待ってください、一気に連れてこられても無理です、せいぜい二人ずつが限度ですよ」

「分かった。当局のテング狩りも厳しくなっている、なるべく急いでくれ」

「この子の親は？」

「もう特別区へ連れていかれた。この子の兄弟と一緒にな」

「じゃあ、この子はこれから」

「手術が済めば、同志の家で実の子として育ててくれることになっている」

「同志」

「もちろんブタだ。この子はブタとして生きる。DNA鑑定でもしない限り分からんよ」

「当局はそんなことをする予定があるんですか」リカのことが気になった。

「今は全国で捕まえているテングを処理するだけで手いっぱいのはずだ」

それを聞いて胸をなでおろした。当面リカが特別区に送られるようなことはないだろう。自分の技術には自信がある。長く会っていないが、外見上は今でも分からないはずだ。

ヒビノは帰っていった。

残された女の子は、私をじっと見上げていた。この子の澄んだ瞳《ひとみ》には、自分の置かれた不条理な現実がどう映っているのだろう。

「さぁ中に入ろう、中は暖かいよ」

「ねぇ私も死ぬの」

「え？」

「パパもママも、ター兄ちゃんも死んじゃったんだって、私も死ぬの」

目の前の子供と、あのときの少女の姿が重なった。

「大丈夫。おじちゃんが守ってあげるよ」私は微笑んでその小さな手を握りしめた。

翌日ヒビノが連れてきた子供も、女の子だった。ヒビノの顔には疲労の色が見えた。

「大丈夫ですか」

「俺は平気だ。先生の方こそ気をつけてくれ。当局が医者を調べてる」

「手術がばれたんですか」

「モグリ医者が結構いるからな。今、転換手術をしていることがばれたら、免許剝奪《はくだつ》だけじゃすまないぞ、先生も確実に特別区送りになる」

「覚悟はしてます」

「くれぐれも用心してくれ」

子供を救い、その結果特別区に送られたとしても後悔はない。不思議と恐怖感はなかった。今まで精神的には死人も同様だった。これで命を落とすことになったとしても、肉体と精神が死という一点で一つになるだけのような気がした。

入団以来、マサキはいつも救国青年団の制服を着ていた。暴力の象徴のようなその制服を見るたびに、私は嫌悪感を覚えたが、マサキの前ではその感情を押し殺すしかなかった。

二人の少女は二階の病室にいた。マサキに悟られることがないように、鎮静剤を打って眠らせてある。

「先生、今日は折り入って頼みがあって来たんだよ」

口元にはいつもの卑しい笑いを浮かべている。

「どうしたの改まって」

「商売を始めようと思うんだ」

「商売？」

「ああ人材派遣業を始めようと思ってね」

「それで私に何を？」

この男の考えることだ。どうせろくでもないことに決まっている。

「手術だよ。リカにしたみたいにね。これは人助けにもなるんだ」

「意味がわからないんだが……」

「簡単さ。あんたたちブタの変態オヤジに、俺がガキを斡旋《あっせん》する。まぁ風俗業だね。と言ってもブタのガキをそんな商売に使うと、ばれたときに面倒なことになる。児童福祉法とかイロイロとね。その点、テングのガキなら当局も見逃してくれる。客にはブタの子供だと言うが、実はテングを整形した偽装ブタだという寸法さ」

聞くに堪えない話だった。それを得意げに話している。どこまでこの男は腐ってるんだ。

「私には無理だ。他の医者に頼んでくれ」

「あんた、そんなこと言える立場か」

「リカのことなら、もう十分金は渡したはずだ」

「まだ十分とはいえないな。それに追加料金ももらわないとな」

「追加だと」

「ああ、子供二人分の口止め料を追加してもらう」

そう言ってマサキは私の前に手を出した。

「最近小さいのが二人、このクリニックに来ただろう」

マサキは二階にいるのは分かってるぞ、というように天井を見上げた。

「知らない。何のことだ」

「先生は嘘が下手だ。俺が何も知らないと思っているのか。何ならうちのメンバーを呼んで、このクリニックをガサ入れしようか。そんな権限ぐらいあるんだぜ」マサキは携帯を出した。

「待ってくれ」

「へへへ、分かりゃいいんだよ。近々テングのガキを連れてくる」

「君はなんとも思わないのか」怒りで声が震えた。「人間としての心がないのか」

「別に。そのガキ共だって、このままテング狩りに遭ってつかまれば、特別区に送られて殺されるだけだ。たとえブタの変態たちにおもちゃにされようが、生きていられるだけましってもんだろ。そう思わないか、先生」

俺はマスク男に会うのはあきらめない。

下校途中のガキを待ち伏せる。

あのときガキが着ていた制服。桜のマークにエスの文字のワッペン。バカでも入れる私立中学。

発見。マスク男のガキがこっちを見た。俺はにこやかに片手を挙げる。

ガキは俺に向かって頭を下げる。礼儀正しいじゃねぇか、親父と違って。そうか、こいつはマスク男の本当の子じゃない、似ているはずがない。

可愛げのないガキは、いやな目で俺を見てる。

安心しろ、あやしい者じゃない。少なくともお前の親父よりは。

「ええ、たまには父のところに顔は出してますけど……。そうです、たいがい家にいますよ。仕事ですか？　よく分かりません。家賃で暮らしてるんじゃないですかね」

ガキは俺をじろじろ見てる。

「会いたいんですか、父に？　どうかな、難しいかも」

数日後。ブルブル。携帯が震える。画面に「ガキ」の文字が浮く。

「刑事さん。今日の午後、父のところに行きますけど。ご都合は？」

即決。ご都合なんてない。俺はいつもヒマ。

でも俺以外の刑事は忙しい。いくらやっても成果はない。あの事件もおそらく迷宮入り、ロリ野郎の高笑いが聞こえる。俺はそんなロリ野郎よりも、マスク男に会いたい。

制服姿で、ガキが駅前に立ってる。俺は喫茶店で、ケーキとオレンジジュースをおごってやる。

「すいません、突然で」

全然ＯＫ。マスク男に会えるなら、早朝、深夜、大歓迎。

「電話したら父の機嫌がよかったものですから」

機嫌がいい、悪い、どっちでもいい。マスク男に会えるなら。

親孝行なんだね、お父さんに会いに行くなんて。俺の口は心にもないことを言ってる。

「ええ、まぁ」

嘘つけ、俺はくだけたオッサンに早変わり、本音を引き出そうとする。

俺はプロ、ガキは簡単に歌いだす。ガキはずるそうに笑いだす。

「あの家見ました？　大きい家でしょう。あそこは父と祖母で住んでます。祖母が亡くなれば、いずれ父の物になりますよね。てことは、ゆくゆくは僕と妹の物ですよ。父に兄弟はいないし、妹はあんなだし、あの財産は僕が独り占めということです」

とんでもないガキだ。でも見事な将来設計。

「ただ僕は父の本当の子供じゃないから、不安なんです。妹に財産が全部行っちゃったら悲惨でしょ。最近は遺言信託なんてはやってるらしいから。だからゴマすりに行ってるんですよ。大体、母がバカなんですよね。飛び出しちゃって。あそこで我慢していれば、僕はこんな苦労しなくてすんだんです」

いいお母さんじゃないか。俺は言う。そんなことはこれっぽっちも思ってないが、俺は言う。

ガキは簡単に引っかかる。

「だめですよ。脳みそ空っぽなんです。何も考えてない。金目当てで結婚したくせに。僕はあんな人生はごめんですよ。母が死ねば、僕は父の家に戻れるかもしれないけど、ただ妹がいるでしょう。誰かが妹の面倒を見なくちゃならないから、生きててもらわないと。母が死ぬときはできれば妹も連れてってほしいな。でもね、妹も何も役に立たないわけじゃないんですよ。父も妹の話になると多少反応するんです。実の子ですから。僕のことなんて、息子だと思っているのかどうかも疑わしい。ハハハ。別に悲しくはないですね、あの人は定期預金みたいなものだと思ってますよ。すぐには下ろせないんだけど、僕名義の貯金があるってね」

吐き気がしてくる。俺の中学時代とそっくりだ。でも俺の親父には財産がない。やっぱり世の中は不公平。

＊

マサキは数日後、子供の手を引いて現れた。

「男の子じゃないか」

驚く私に、マサキはニヤニヤと笑いながら近寄り、耳元で声を落とした。

「世の中には、いろいろな趣味のやつがいるんだよ。先生」

まだ少年だった。中学生くらいだろうか。

マサキは少年の方を気にしながら、ささやいた。

「あのガキの親には、ブタへの転換手術をして逃がしてやると言って、金を受け取ってある。ガキには本当のこと悟られるなよ。逃げられたらまずいから」

「君という男は……」

「先生、これからは有望だぜ、この商売」

マサキは声を殺して笑った。

＊

ピンポーン。ガキがインタホンを鳴らす。

出てこいマスク男。出てくるな強欲ババア。
返事がない、息子がマイクに向かって言う。
「お父さん。僕だよ」
返事なし。
しかしドアがわずかに開く。いよいよマスク男とご対面。
ドアの隙間から、半分顔を出したマスク男。
マスク男は俺の顔を見て、目を見開いた。
気付いたか。
「この間話した、知り合いの人だよ」
ガキが言う。でもマスク男は何も言わず、俺から目を離さない。
「入るよ」
ガキが勝手に家の中に突入。いいぞガキ。
マスク男はまだ俺を見てる。
チビでデブ、顔にはマスク、太い黒縁のびん底メガネ、髪はひどい寝癖。
マスク男はガキにコソコソと話し出す。
汗が出る。やはり、ばれたか?
しかし何事もおこらない。
分からないのか、この俺が。

俺だよ、覚えてないか。

部屋の中はきれいに片付き、ピカピカしてる。息子と俺はソファーに座る。

マスク男が立ち上がり、どこかへ行った。

ガキが笑いをこらえながら、俺に顔を寄せてくる。

「飲み物持ってきますから、見ててください」

マスク男は、トレーの上にグラスを載せてガチャガチャ音をたてながら戻ってくる。

俺にはオレンジジュース。息子には水割り、やっぱりおかしい、マスク男。

「お父さん、僕は酒は飲めないよ。いつも言ってるだろ」

マスク男は答えない。

「何度言っても僕に酒を持ってくるんです」

俺が水割りをいただくことにする。勤務中だが関係ない。マスク男との再会を祝して。

乾杯！

＊

私は水割りとオレンジジュースを、二人の前に置いた。

マサキは少年がいるにもかかわらず、自慢げにテング狩りの話をしだした。

隣に座っている少年は、話を聞いているのかいないのか、盗み見るように、時折私に視線を送ってくる。

また少年と目が合った。

その瞬間、小さな光が私の中に点《とも》った。

どこかで会っただろうか。

記憶をさかのぼってみたが、少年の顔は見つけられなかった。

*

「今、ちょうど患者が帰ったところでね」

何のことか分からない。

息子がまた小声で解説。

「自分を医者だと思ってるんです。ここをクリニックと呼んでます」

ガキは笑いを押し殺してる。完全に親父を馬鹿にしてる。

そのとき、グラッ。世界が揺れた。地震か。

なんだか眠くなってくる。あんな水割り一杯で。

そのうちに床が波打ち出した。

マスク男がこっちを見てる。

ガキもイビキをかき出した。

「おい、正樹《まさき》君。どうした？」

俺はガキの体をゆする。熟睡してる。おかしい。

お前、何か入れやがったな。

マスク男、てめぇ、水割りに何入れた？

立ちあがる俺、すぐ尻餅《しりもち》をつく俺。

＊

しばらくすると、少年は舟をこぎ始めた。オレンジジュースに入れた薬が効き始めたようだ。

マサキは背もたれに体重を預け、すでにイビキをかいている。

いよいよだ。もう後戻りは出来ない。

私は窓際まで行き、カーテンの陰に隠しておいたバットを手に取った。

＊

マスク男がどこかに行く。

どうしようもなく眠くなる。まぶたがゆるゆる下りてくる。

マスク男が戻ってくる。

おい、何だそれ。何でバットを持ってる。

そのバットで何をする。

服を脱ぐマスク男。白ブリーフ一枚のマスク男。毛深いマスク男。

マスク男がブリーフ姿でバットをスウィングしだす。

ガキは熟睡。俺は朦朧《もうろう》。

マスク男は真剣に素振りをしてる。

バットがビュンビュンいってる。汗が飛び散る。マスク男の三段腹が揺れている。

マスク男が突然こっちを見る。

なんだ？　俺を見るな。

そのバットでどうする気だ。

マスク男が近寄ってくる。俺とガキの前にやってくる。やばい逃げろ。でも体に力が入らない。

マスク男が無言で見てる。無表情でこっちをにらんでる。

バットをかまえた。やられる。

スウィング。ブンッ！

ガンッ。

ガキの頭が、バットのスイートスポットにジャストミート。

おい、死んじまうぞ、やめろ。
マスク男は続けて振る。
ブンッ！
グシャッ。ペチャ。妙な音がする。
何度も振る。
ブンッ！
グシャッ。ペチャ。
顔に何かが貼りついた。
ガキの頭の中身が、俺の顔に飛んでくる。
やめろ。
マスク男は無表情でバットを振ってる。
息子の頭を、めった打ちにしてる。
ガキの肉と血が、雨のように降ってくる。
マスク男がバットを置いた。
呼吸が上がってる。額の汗を拭いている。
なに満足してる。なに充実した表情してる。
俺を見るな。
次は俺の番か。

おいどうなんだ。次は俺をジャストミートするのか。

こっちに来るな。

意識がどんどん遠くなる。

＊

マサキは頭から血を流して、目の前に横たわっていた。

これしかなかったのだ。呼吸を整えながら、自分に言い聞かせた。

少年はソファーで、薄目を開けている。

眠っていないのだろうか。いや、意識はないようだ。

君を守るために、仕方がなかった。

自分のつまらない倫理観に拘泥して、救える命を見捨てるようなことは、あの母娘だけでたくさんだ。

休んでいる暇はない。

ヒビノが連れてきた幼い子供たちと違い、中学生くらいのその少年は、両手で抱きかかえるには大きすぎた。

私は背中に背負って、少年を二階の手術室に連れていった。

＊

目が覚めた。
ここはどこだ。薄暗い部屋。
だんだん思い出す。マスク男との対面。マスク男の振るバット。
そうだ。ガキがやられた。
生きてる俺。助かった俺。
硬いベッドに寝かされてる。頭に触ってみる。凹《へこ》んでない。脳みそも入ってる。
ジャストミートされたのはガキだけだ。
起き上がる俺。でも頭はすっきりしていない。
おや。クンクン。嗅ぎ覚えのある臭い。
隣のベッドを見る。
毛布の下から小さな足が、四本出てる。
俺は毛布の端をつまみ、恐る恐る中を覗く。
ウッ。強烈な臭いが鼻を突く。日本中のハエが、たかってる。
これは……。
少女二人の行方不明事件、解決。

決まった、俺の昇進。警視総監賞は間違いない。

ほえづらをかく相棒。

俺に揉《も》み手をする、係長。

俺をバカにしていた刑事どもが、尊敬の眼差《まなざ》しで握手を求めてくる。

偉いぞ俺。凄《すご》いぞ俺。

ベッドから降りる。

グラッ。

まだ足元がふらついてる。薬の影響が残ってる。

しっかりしろ俺。

マスク男を逮捕して、英雄になれ俺。

カチャ。ドアが開く。

マスク男が入ってくる。ワゴンを押してる。ワゴンの上には手術道具。白衣に帽子、手にはゴム手袋。

何の真似だ。マスク男。

お前を逮捕する。少女二人の誘拐殺人の容疑だ。ついでにお前のバカ息子殺しも。

かっこよく俺は言う。ドラマみたいに俺は言う。

でも舌がもつれてる。

＊

準備を済ませて手術室に入ると、少年が目を覚まし、手術用ベッドの横に立っていた。少年はじっと私を見ている。その目を見て、やはりどこかで見たことがある気がした。次の瞬間、私の中である記憶が蘇《よみがえ》った。

あいつと似ている。

小学生の時だった。おそらく下校途中だったと思うが、よく覚えていない。一人で歩いていた私は、前から来た中学生とすれ違った。その直後、突然後ろから奇声が聞こえた。振り返るとその中学生が絶叫しながら私に向かって走ってきていた。

それからどうなったかは、まったく思い出せない。

私の前に立つ少年の目は、その時の中学生とよく似ていた。

恐怖と憤怒《ふんぬ》の入り混じった目。おそらくテング狩りから逃れるために、よほど恐ろしい物を見てきたのだろう。この世を覆う不条理の業火は、無垢《むく》な少年の眼の中にさえ飛び火するのだ。

「何も恐れることはないよ」

私は少年に歩み寄り、きつく抱きしめた。

＊

マスク男は俺を抱きしめる。
オイッ。やめろ。逮捕だ。
手に力が入らない。
マスク男は泣きながら、俺の頬をスリスリしてる。
「もう大丈夫だ。おじさんが助けてあげるよ」
何のことだ。
男の涙と鼻水が、俺のほっぺでネバついてる。
「手術はすぐに終わるからね。君は助かるんだ」
手術？
手術って何だよ。
マスク男は俺をベッドに連れていく。ベルトで手足を縛りだす。
逃げろ俺。やばいぞ俺。でも体がうまく動かない。
やめろ、助けてくれ。もがく俺。
マスク男が俺の顔を覗き込む。
この目、そうこの目だ。

二七年前、中学生だった俺、すれ違った小学生、そいつが鼻を鳴らした。

クンクン。

空耳？　いや確かに聞いた。

臭いのか。俺が臭いのか？

俺は臭くない。そんなに臭いのは、お前の鼻がおかしいんだ。この犬ガキ。

気がついたら、カッターを持って走ってた。

犬ガキを捕まえた。

泣く犬ガキ。頭を押さえる俺。

ザクッ。

泣きわめく犬ガキ、その目。


お前はやっぱりあの時の犬ガキ。

俺を覚えていないのか。

マスク男が泣いている。泣きながら何か言い始める。

「手術が終われば、ヒビノという強いおじさんが、君を安全なところへ連れていってくれるからね」

日比野？　日比野はお前だろ。お前が日比野じゃないか。

「隣のベッドを見てごらん。この子たちも、君と一緒に逃げるんだ」

逃げる?

もう死んでるだろ。なに言ってんだ日比野。

やばいぞ俺。逃げろ俺。

日比野が俺の鼻に、アルコールを塗りたくる。

日比野がワゴンからメスを取る。

おい、危ない。そのメスを離せ。

日比野が俺の鼻に、メスを当てる。

おい、やめろ。やめてくれ。

＊

先ほどからまた雨が落ちてきた。

窓辺に立って庭を眺めていた。雨の中を猫が一匹、庭を横切っていく。

私は心地よい疲労と、充実感に浸っていた。

少年の手術は無事に終わった。明日目を覚ました時、生まれ変わった自分を見ることになるだろう。

マサキの体は、解放戦線のヒビノの指示通り、細かくしてボストンバッグにつめてある。人を殺したという罪悪感はなかった。誰かがやらなければならないことだった。

時計を見た。もうそろそろヒビノが来るはずだ。マサキの処理も、子供たちの将来も、彼に任せれば安心だろう。

そして私は虐げられた人々を救うために、これからもこの身を捧《ささ》げる。

もう過去に生きることはない。

第十五回
日本ホラー小説大賞
《短編賞》受賞作
（二〇〇八年）

トンコ

雀野日名子

雀野日名子（すずめの・ひなこ）

二〇〇七年、「あちん」で第二回「幽」怪談文学賞短編部門大賞を受賞し、デビュー。二〇〇八年「トンコ」で第十五回日本ホラー小説大賞《短編賞》を受賞。他著に『チャリオ』『終末の鳥人間』『笑う赤おに』『かぐや姫、物語を書きかえろ!』など。

「『トンコ』はおそらく葉山嘉樹が生きていたら喝采するような寓話かもしれない。ブタのネタでここまで読ませた力を買う」

——荒俣宏（第十五回日本ホラー小説大賞選評より）

一

おだやかな晩秋の陽光に包まれた高速道路には、豚の血臭が漂っていた。

横転したトラックの荷台からは次々に豚が飛びだし、突っこんできた車に撥《は》ねとばされていく。アスファルトに叩《たた》きつけられ脳や臓物を散らすたびに、運搬業者の運転手ふたりが駆けずりまわった。そっち行った、そっちだそっちと右往左往する彼らを、道路脇の草むらに蹲《うずくま》る一頭の豚が凝視していた。

背中に「063F11」と書かれたメスである。生後六ヶ月、親豚よりはるかに小さいが、体重は百キロ強。今日、自分の身に何かが起こるであろうことを、この豚は予感していた。きょうだいが一頭、二頭と消え始めたときから、この豚は「なにか」を感じていたのだ。

配合飼料しか与えられなかったきょうだいたちに、ある朝、好物のリンゴが与えられる。尾を振ってリンゴを囓《かじ》っていると、豚舎の従業員が現れる。きょうだいたちは通路へと出され、トラックに乗せられ、去っていく。そんなことが始まったのは、ひとつきほど前からだった。

最初に消えたのは、「063F11」の二番目のきょうだいにあたる「063M02」だった。柵外《さくがい》の通路へと追われた体重百十キロのこのオスに、「F11」は、どこへ行くのかと窺《うかが》うように鼻を鳴らしてみせた。「M02」には「F11」の鼻鳴らしなど聞こえていなかった。聞こえていたとしても、鼻鳴らしを返す余裕などなかっただろう。このオスは、リンゴの汁がついた口で甲高く叫びながら、他の豚ともども暴れることに終始していた。職員の脚のあいだを抜けようとして転び、振りきって柵を跳び越えようとして前肢をぶつけ、結局は「通路のつきあたり」にあるトラックの荷台へと追いこまれた。「M02」の激しい鳴き声がトラックの音とともに去っていくと、「F11」は横になって休眠した。「M02」の粗暴ぶりは今に始まったことではない。ワクチン接種を受けるときでさえも、「M02」だけは騒いで暴れ、糞《ふん》を漏らした。去勢された雄豚はおとなしいと言われるが、「M02」は激昂《げっこう》しやすく、その反面臆病《おくびょう》であり、恐怖を感じれば所かまわず脱糞《だっぷん》した。「F11」は、「M02」はそのうち騒々しく鳴きながら戻ってくるのだろうと考えていた。しかしひとつきが過ぎた今に至っても、消えたままである。

次に消えたのは、別のきょうだい三頭である。さきのきょうだい同様に追い立てられる三頭に、柵の内側にいる「F11」は、どこに行くのかと問うように鼻を鳴らした。その後姉豚である「F06」は低く鼻を鳴らし返すと、頭《こうべ》を垂れて通路を歩き去った。

ろを、別の姉豚「F08」が大急ぎで付いていった。「F06」の妹である「F08」は、姉豚の姿が見えなくなるたびにパニックに陥り、喉《のど》が裂けんばかりの声で鳴きわめく気質だった。いっぽうの「F06」は、他のきょうだいとは異なり、めったに鳴かぬ性格であった。暑い夏の夜に、妹豚が皮下脂肪の多い体を擦り寄せて甘えてきても、黙っていた。柵に擦りつけても背中の痒《かゆ》い箇所に届かぬと妹豚が苛立《いらだ》ちを見せれば、この姉豚はその背を鼻で掻《か》いてやっていた。

その日の朝、与えられたリンゴを姉豚が囓っていたとき、自分の分を食い終えた妹豚が、それも欲しいと言わんばかりに前肢で床を叩いた。姉豚は嚥下《えんか》しようとしたリンゴを床に吐き出し、妹豚が食いつくのを眺めていた。そのとき柵が開けられ、姉豚は通路へと出され、走らされた。それを見た妹豚が、床のリンゴを完食せぬまま大急ぎで追いかけた。

二頭から少し遅れて、兄豚の「M07」が通路を小走りしてきた。「F11」が鼻を鳴らすと、大事そうにリンゴをくわえた「M07」は鼻を鳴らし返した。そして通路を跳びはね、短い尾を振り、得意げに屁《へ》を放ち、リンゴをしっかりくわえて「通路のつきあたり」へと向かっていった。

この朝、豚舎の外に出されたのは二十五頭。トラックの荷台が閉じられても「M07」だけはリンゴをくわえ、高らかに放屁《ほうひ》していた。「F06」と「F08」の姉妹豚は荷台の隅に並び、発車とともに遠ざかっていく豚舎を眺めていた。残された「F1

1」は三頭の帰りを待った。しかし一週間以上が過ぎた今になっても戻ってこない。

そして今日、昼。

リンゴを与えられ、尾を振りながら囓っていた「F11」は、きょうだい同様、いきなり通路へと出された。わけがわからぬまま走らされ、気が付くとトラックの荷台に追いこまれていた。荷台が閉められると、豚たちは頭を右へ左へと動かし、周囲を窺った。「F11」も視力の弱い目であたりを見回していたが、二番目のきょうだい「M02」の糞臭《ふんしゅう》を嗅《か》ぎとり、鼻をひくつかせた。

いつ戻ってきたのか。荷台のどこにいるのか。「F11」は姿を求めて頭を動かしたが、それらしき姿はない。

ぶぐぐぅ。

「F08」が姉豚「F06」に甘える声がする。いつ戻ってきたのか。荷台のどこにいるのか。「F11」は耳を小刻みに動かした。

ぼととん、ぼととん、ぼひ。

今度は「M07」である。荷台のいずこかで跳びはね、放屁している。気配はすれども姿は見えず。「F11」は鼻を鳴らし、きょうだいたちに呼びかけた。しかしやはり、気配はすれども姿は見えず。

やがて、「F11」を含む三十六頭を積んだトラックは走り出した。繁殖用豚舎の横を通りすぎたとき、「F11」は母豚の臭いを嗅ぎとった。生後三週間で引き離された母豚だが、「F11」はその臭いを記憶していた。「F11」は荷台の柵から鼻を出し、母豚に向かって「ぐう」と鳴いた。反応はなかった。この母豚にとって「F11」は、種付けされ腹から出した仔豚《こぶた》の一匹に過ぎなかった。「F11」を乗せたトラックが去っていくこのときも、母豚は新たな仔豚を産出すべく、交尾の真っ最中であった。

トラックは養豚場を離れ、高速道路へと入った。出発時には騒いでいた豚たちも、おとなしくなっていた。だが「F11」だけは、きょうだいはどこかと鼻と耳を動かしていた。

修学旅行のバスが豚トラックを追い抜いた。車窓にはりついた子供たちが豚を見て大騒ぎし、車内で菓子や果物を掲げた。すると「F11」の耳には、「M07」が跳びはね、興奮気味に放屁する音が聞こえてきた。

家族連れのワゴンが豚トラックを追い抜いた。後部席の幼子が豚を指さすと、隣に座る母親が渋面をつくり、我が子の顔を背けさせた。ワゴンを目で追っていた「F11」は、荷台の隅で外を眺めている「F06」「F08」の姉妹豚の気配を感じ、「ぐう」と呼びかけた。気配は消えた。

一台の車が豚トラックに無理な追い越しをかけ、避けようとしたトラックが左右に揺れた。二番目のきょうだい「M02」が甲高く叫び、脱糞する臭いがした。

姿の見えないきょうだいに「F11」が鼻を鳴らしたそのとき。

左右に揺れたトラックが大きく傾いた。豚たちの悲鳴は、コンクリート壁への激突音とともに掻き消された。

荷台から転がり落ちた「Ｆ１１」は血の臭いを嗅ぎとった。視力の弱い目では、何かが潰《つぶ》れて散乱しているとしか認識できなかったが、ともにリンゴを与えられ、通路へと追われ、荷台に載せられた豚たちであることは理解できた。潰れた仲間を鼻で押したが動かない。わずかに動いているものもいたが、痙攣《けいれん》の後、動かなくなる。「Ｆ１１」は弱々しく鳴いてきょうだいを求めると、中央分離帯の草むらに蹲った。そして、右往左往する運搬業者を凝視した。

ぶひ、ぷぐぐぅ、ぼととん、ぼひ。

きょうだいたちの声に、「Ｆ１１」は頭を上げた。

ぶひ、ぷぐぐぅ、ぼととん、ぼひ。

「Ｆ１１」は、姿の見えぬきょうだいへ「ぷぎ」と応《こた》えた。それが災いした。運転手ふたりが草むらを指さし「Ｆ１１」めがけて走ってきた。両耳の毛を逆立てた「Ｆ１１」の耳に、
ぷぐぐぅ。

との声が届いた。反対車線を越えた、山林の奥からである。

「Ｆ１１」は運転手の腕をすり抜け、反対車線を横切るべく突進した。路肩まで約十四メートル。左側からは猛スピードで車が迫り、クラクションが鳴り響く。「Ｆ１１」は短い四肢でアスファルトを蹴《け》り続けた。百余キロの体を揺さぶり、耳刻《じこく》の入った耳をな

びかせ、山林を目指した。高速バスが突っこんでくると同時に「F11」はガードレールの下をくぐり抜け、バスの風圧で斜面を転がり落ちた。四回でんぐり返ったあげく倒木に衝突した「F11」は、後肢をばたつかせて起きあがり、鼻に入った枯れ葉をブブッと吹き飛ばした。そしてきょうだいの声を目指すべく、山林斜面を登り始めたのである。

二

山林の斜面を登る「F11」は泥まみれになり、背中に書かれた番号は消えかかっていた。したがって「F11」を番号ではなく「トンコ」と呼ぶことにする。実際「F11」は仔豚時代そう呼ばれていた。養豚場長の孫たちが豚舎の手伝いに来ては、乳離れしたばかりの幼豚にリンゴを与え、囓ったり転がしたりする姿を愛《め》でて「トンコ、トンコ」と呼びかけていたのだ。ゆえに「F11」も「トンコ」であり、きょうだいも「トンコ」ということになるのだが。

トンコは土を嗅ぎながら山を登り続けていた。草むらや樹木の陰から物音がすれば背中の毛を逆立て、大型昆虫が飛び出すと鼻先を茂みに突っこんだ（これで隠れているつもりなのである）。ただ一度の春と夏を豚舎で経験しただけの豚である。獣道に足を踏み入れては野ネズミに狼狽《ろうばい》し、草むらに進んでは蛇の死骸《しがい》に驚愕《きょうがく》した。トンコは木陰に蹲り、右を見ては弱々しく鼻を鳴らし、左を見ては小刻みに耳を動かした。

ぶひ。

ぷぎぃぃ。

ぼととん、ぼひ。

声だけは聞こえ続ける。そこの木陰にいるのかと行ってみると、雑草が風に揺れているにすぎない。すると今度は倒木の陰から声がする。トンコが近寄ると、ゼニゴケに覆われた土に枯れ葉が散っているだけである。

ぶひ。

ぷぎぃぃ。

ぼととん、ぼひ。

声はすれども姿は見えず。進めども、進めども。

ぶひ。

ぷぎぃぃ。

ぼととん、ぼひ。

晩秋の日暮れは早く、周囲は夕闇に包まれていく。トンコは石に躓《つまず》き、腹を打ちつけた。弱々しく鳴いたトンコは、倒木の陰に蹲った。

豚舎では、柵に体を打ちつけて「ぎぎ」と鳴けば、きょうだいが寄ってきた。荒くれの「Ｍ０２」はトンコを攻撃した柵に頭突きをかまし、「Ｆ０６」と「Ｆ０８」の姉妹豚はトンコの打撲箇所を嗅いだ。「Ｍ０７」は放屁のごとく鼻を鳴らして駆けつけるとそこらじゅうを嗅ぎまわり、トンコが鳴いた原因がリンゴでないと分かると、腹立たしげな屁を放って寝場所へと戻っていった。豚舎の給餌《きゅうじ》器には常に一定量のエサが用意されていたが、場長の孫たちがときおり持参するリンゴの味は豚たちを魅了した。特に「Ｍ０７」は、リンゴを嗅ぎつけるのが早かった。興奮のあまり放屁し、時には失禁し、リンゴを熱烈歓迎した。

木陰に蹲ったトンコは、小さな実がいくつも転がっていることに気が付いた。鼻を近づけたトンコは甘い匂いを嗅ぎとり、口に入れてみた。リンゴに似た味がしたため、さらに食ってみた。頭を上げて喜びの鳴き声を発した。

ぶごごお、ぼととん、ぼひ。

きょうだいの声がする。トンコは口から果実片をこぼしつつ、耳を動かした。数メートル離れた木の根元から「Ｍ０７」の放屁臭が漂ってくる。しかしそこに「Ｍ０７」の姿はなく、小さな彼岸花が咲いているだけである。近づいて花を嗅ごうとしたトンコは、根元のウロに何かが埋もれていることに気が付いた。赤い布きれが土から顔を出している。トンコはウロに鼻先を突っこみ、布きれを引いてみた。地中で何かに絡まっているのか、びくともしない。

トンコはウロの周辺を鼻で押したり突いたりした。枝葉が揺れ、さきほどの木の実が次々に落下した。トンコの関心は木の実に移った。トンコは尾を振り、リンゴに似た味の木の実を貪《むさぼ》った。きょうだいたちも駆けつけてくるのではないかと、トンコは口を動かしつつあたりを窺った。

ぶひ。

ぷぎぎぃ。

ぼととん、ぼひ。

トンコは鼻を鳴らし、どこからともなく聞こえてくる声に応えた。そして自分の居場所と、美味《うま》い木の実があることを知らせた。しかしきょうだいはいっこうに現れず、声も消えていく。しかししばらくすると、また声が聞こえてくる。トンコが応えると声は消える。

そのようなことを繰り返しているうちに、トンコは眠気を覚え、小さな目をしょぼつかせて草むらで横になった。木陰で物音がするたびに目を開け、頭を上げ、あたりを嗅いでいたトンコだったが、そのうち物音がしても耳を動かすだけとなり、やがて何が聞こえても目を開けなくなり、鼾《いびき》をかきだした。鼾をかきながらも、短い尾を小刻みに振り、口や前肢を動かしていた。乳を飲むときの癖である。この世に生を受けて六ヶ月。肉豚としては一人前のトンコだが、リンゴの味を口にするたびに、いまだに乳を飲む夢を見た。

十二頭きょうだいの十一番目だったトンコは、体が小さく力も弱く、いつも母豚の後肢に近い位置で乳を飲んでいた。体が大きく力が強い仔豚は、前肢近くの乳房を奪いあう。荒くれの「M02」は体の大きい他のきょうだいとともに、一番良く出る乳房を奪いあった。しかし「M02」は踏んばりの力が弱く、結局押し出されては悔し紛れに脱糞していた。「M02」を負かしたきょうだいは繁殖豚として飼育されることとなり、「M02」は睾丸《こうがん》を抜かれて肉豚となることが決められた。

八番目のきょうだい「F08」も出の良い乳房を目指したが、簡単に押し出されては甲高い声で喚《わめ》いた。乳を飲みはぐれそうになると、いよいよもって甲高く叫び、姉豚である「F06」が吸い付いている乳房を横取りした。姉豚は妹豚に乳房を譲り、隣の乳房をくわえた。その乳房は「M07」の定位置であったが、「M07」は乳を少し飲んでは母豚の尾を嚙《か》みに行ったり、きょうだいの背によじのぼってみたりと、定位置を空けていることが多かった。

十二頭きょうだいの下から二番目であるトンコは、出の悪い乳房をくわえ、鼻で押すのが常だった。同じく体が小さい末子のオス「M12」と二頭、体の大きなきょうだいと離れた場所で鼻を並べ、出の悪い乳房をせっせと押していた。

ある日、細い四肢を震わせつつ乳房に吸い付いていた「M12」は、ぷへけほと咳《せき》をして蹲った。今の音は何かと窺うようにトンコが鼻を押しつけると、「M12」の体は母豚の腹よりも熱かった。その時、水を飲もうと急に立ち上がった母豚が、気が変わったのか再びのしりと横になり、蹲っていた「M12」を押し潰した。掃除用具を手に現れた若い職員が気づき、「M12」を助け出すや呼吸と心音を確かめた。職員は必死で「M12」の体を撫《な》でていたが、小刻みに波打っていた腹は次第に動きが弱くなり、止まった。若い職員はその後もしばらく「M12」の体を擦《さす》り続けていたものの、やがて首に巻いたタオルをはずし、「M12」を包み、胸に抱えてその場を後にした。どこに行くのかと問うようにトンコは小さく鳴いた。タオルから顔を覗《のぞ》かせる「M12」の口からは、桃色の乳が垂れ落ちただけだった。

三

草むらで眠っていたトンコは、カラスが落とした松ぼっくりを脳天に食らい、小さな目をしょぼつかせた。既に夜は明け、山林には淡い朝陽が差しこんでいた。

トンコは起きあがると、朝露に満ちた空気を嗅いだ。濡《ぬ》れた土を嗅ぎ、落ち葉を嗅ぎ、ミミズを嗅いだ。トンコの知る朝の臭い——トウモロコシ粉や米糠《こめぬか》の匂いで満たされる豚舎の朝——とは全く異なる臭いだった。トンコはそこらじゅうを嗅いだ。石ころを嗅ぎ、苔《こけ》を嗅ぎ、鳥の糞を嗅いだ。あちこち嗅いでいたトンコは、昨日の木の実が散乱していることに気づき、食い始めた。音をたてて咀嚼《そしゃく》しては上を向き、喉に流しこんで目を細める。

ぶひ。

ぷぎぎぃ。

ぼととん、ぼひ。

トンコは口を動かしたまま、声のほうに頭を向けた。彼岸花が咲いていたあの樹木からである。トンコは小走りした。しかしきょうだいの姿はなく、昨日と同じように、赤い布きれがウロから顔をのぞかせているだけである。

トンコは布きれを引っぱった。今度はするすると動き、引きずられるようにして石地蔵が土中から現れた。トンコの肩高ほどの石地蔵で、引っぱった布きれはヨダレカケだった。赤く湿ったヨダレカケは、地蔵の首の後ろで結ばれている。どれだけのあいだ地中に埋もれていたのか。水分を吸いこんだ結び目は固くなっていた。

トンコは地蔵を嗅いだ。目を閉じ微笑する地蔵は微動だにせず、トンコに手を合わせている。トンコは地蔵を鼻で押した。わずかに前傾し、合掌したまま頭を垂れた。トンコは地蔵の前で犬座《けんざ》し、耳をぱたぱたと動かしてみた。地蔵は微動だにせず、トンコに合掌を捧《ささ》げるばかりだった。

ぶひ。

ぷぎぎぃ。

ぼととん、ぼひ。

木の幹の内側から、きょうだいの声が聞こえてくる。トンコは後肢で立ちあがると、木の幹に鼻を押しつけた。前肢で幹を掻こうともした。頭の重みでひっくり返った。

ぶひ。

ぷぎぎぃ。

ぼととん、ぼひ……。

声が消えていく。起きあがったトンコは幹を鼻で押したり突いたりしたが、力なく尾を降ろし、その場を後にした。

草むらを掻き分け、倒木を越え、落ち葉を踏み、木の実や昆虫を拾い食いし、トンコは山林を歩き続けた。物音がするたびに耳を立て、物陰に頭を隠したトンコだったが、そのうち聴覚と嗅覚《きゅうかく》だけで、物音を立てたのが風か小動物かを区別できるようになった。

小動物や虫を鼻で小突いて遊ぶ余裕も生まれてきた。

蝶《ちょう》を追いつつ歩いていたトンコは、見晴らしの良い場所に出た。頭上にはどこまでも青空が広がり、眼下にはコスモスが咲き乱れている。視力と色覚の弱い豚の目には、淡い色の大地が揺れているとしか映らなかったが、トンコは身動きもせずに眺めていた。コスモス畑は高速道路からも見えていたはずだが、運搬トラックの荷台で揺られていたときのトンコは気がつかなかった。

コスモスと似た色の耳をぱたぱたと動かし、ほのかに甘い風を嗅ぎ、トンコは「ぐっぐ」と鼻を鳴らした。興味深いものや見なれぬものを発見したとき、そう鼻を鳴らしてきょうだい同士知らせあうのが常だった。トンコが「ぐっぐ」と鳴けば、まず「M07」が屁を放ちながら現れ、リンゴを期待して周囲を嗅いだ。次に「F06」がおっとりと現れ、その後を追って「F08」が現れた。最後は「M02」が鼻息荒く現れるのが常だった。そしてきょうだいが鼻を突きあわせ、珍しいもの面白いものを取り囲み、嗅いだり噛んだり鼻で押したりした。

しかし今、トンコが鼻を鳴らしても、きょうだいは現れなかった。トンコはふてくされたように鼻で土を掘り散らした。しかしすぐに頭をあげ、耳を動かし、鼻をひくつかせた。人間と犬の臭いが、コスモス畑の方向から流れてくる。トンコは身を乗り出した。身を乗り出しすぎ、斜面で前肢を滑らせそうになったが、地面が凹《へこ》んで前肢が引っかかったため、滑落の難を逃れた。

トンコが野生豚なら、簡単に地面が凹む場所は危険だと察し、ただちにその場を離れたことだろう。しかしトンコは、ただ一度の春と夏を、豚舎で経験しただけの豚である。地盤の緩さを警戒することもなく、コスモス畑を見つめ、人間と犬の臭いに鼻を動かすばかりだった。

コスモス畑の横には『わんちゃん広場』と書かれたドッグランがあり、数匹の犬と飼い主が戯れていた。ボールを投げる飼い主、追う犬。芸を教えこむ飼い主、尾を振る犬。ブルテリアやピットブルといった攻撃性の強い犬もいたが、遊びに夢中で、トンコに気づく様子はない。トンコはコスモスの風を嗅ぎながらドッグランを眺めていた。そして、弱々しく「ぷげ」と鳴いた。

豚舎にも犬がいた。

オスの若い柴犬《しばいぬ》で、豚舎の番犬として飼われていたが、場長の孫たちに甘やかされ、豚にばかり吠える犬となった。番犬としての用をなさないこの犬に、孫たちは芸を教えようとした。「待て」「伏せ」「お座り」は辛うじてできたが、「おまわり」は何度教えられても理解できないようだった。なんとか習得させようと、孫たちはジャーキーをチラつかせた。「おまわり」らしき素振りを見せたとき孫たちは大歓声を上げ、ジャーキーを与えた。犬はジャーキーを平らげたものの、それきり「おまわりもどき」をする様子はなかった。孫たちは大きな骨ガムを購入し、犬の機嫌を取ろうとした。駄目だった。かわりに「おまわりもどき」を始めたのは、トンコのきょうだいたちだった。ぐるりと回れば美味いものが与えられる。おそらくリンゴを与えられる――そう察したきょうだいたちは、場長の孫たちの姿を見かけるたびに、ゆるゆると一回りした。孫たちは目を輝かせ、手伝いに来るたびにトンコたちにリンゴを与えた。若い従業員たちは笑いながら豚に拍手した。

豚のほうが好待遇を受けていると気づいたのか、犬はある日「おまわり」をやってみせた。豚は一回転するだけだったが犬は二回転した。狂喜乱舞した孫たちが大量の褒美を与えるのを知ったらしく、トンコのすぐ上のきょうだいである「M１０」は五回転してみせた。孫たちが抱えきれないほどのリンゴを腕に豚舎へ向かうようになると、犬は激しく吠えて十回転した。しかし二メートルのリードで足と首ががんじ搦《がら》めになってしまった。犬の情けない声を聞いて駆けつけた孫たちが、リードを解《ほど》こうと四苦八苦しているると、「M10」はここぞとばかりに鼻を鳴らして存在を誇示しつつ、十回、十五回と回り続けた。とうとう平衡感覚を失《な》くして柵の隙間に突っこんだ「M10」は、鼻先が抜けなくなり、短い四肢をバタつかせた。トンコやきょうだいが「M10」を起こそうと鼻で押したり、柵を小突いたりしていると、騒動を聞きつけた場長と従業員が走りよった。「M10」の鼻を何度も押してようやく抜けさせたものの、鼻先にはミミズ腫《ば》れができていた。ひしゃげた柵を見て従業員たちは頭を抱え、場長はため息をついた。それ以来、豚たちが「おまわり」しようとする素振りを見せると、場長は腕組みして睨《にら》むようになった。そして、今日は百回転させると言いながらリンゴを手にやってきた孫たちの頭を、こつんと叩いた。

数日後、「M10」は、鼻に載せた大鋸屑《おがくず》を落とさずに回転するという技をやってのけた。しかし、以前ならば笑いながら拍手した若い職員たちも、叱った場長も、その日は無口だった。

「M10」はリンゴを与えられ、柵の外へと出された。他の豚ともども通路を走り、トラックの荷台へと駆け上がった「M10」に、犬が吠えかかった。「M10」は犬を見おろすと得意げにおまわりをした。ますます吠えたてる犬の傍らで、場長と従業員はトラックに向かって静かに手を振っていた。

コスモス畑の横にあるドッグランでは、洋服を着たチワワが「おまわり」を教え込まれていた。同じ模様の服を着た中年女が、チワワの鼻先にエサを掲げ、誘導するように円を描いている。チワワはエサを一瞥《いちべつ》し、好き勝手な遊びをするばかり。女はさらにエサを出すとチワワに語りかけ、笑いかけ、歩かせようとする。チワワはエサだけ引ったくって食い始めた。女が撫でようとすると牙《きば》を剝《む》いた。女の夫らしき中年男がそばで笑っていた。

見晴らしの良い場所でドッグランを見おろしていたトンコは、その場でゆるゆると回ってみせた。チワワよりも芸の出来は良かった。

チワワから少し離れた場所では、ピットブルとブルテリアがボールを追いかけていた。若い男が二匹の名を呼んだが戻ってこないので、男が犬たちのもとへ向かった。ボールを取りあげようとして吠えかかられ、男は笑いながら後ずさった。転がるボールを追うピットブルとブルテリアに刺激され、チワワまでもが走り出した。女はチワワの名を叫び、踵《かかと》の高いブーツを履いたまま追いかけた。ピットブルとブルテリアの飼い主は、エサの袋を掲げて愛犬たちを呼んだ。ドッグランの隅でゴミを漁《あさ》っていた数羽のカラスが、騒ぎに巻きこまれまいと山林へ飛び立った。

足元の不安定な山林の斜面でゆるゆるぐるぐる回り続けるトンコの頭上を、カラスたちが通過、一羽の落とした生ゴミがトンコの脳天を打った。地面に転がった生ゴミを嗅いだトンコは短い尾を振った。珍しい匂いのリンゴ芯《しん》――トンコの目にはそう映っていた。実際は、芳香剤の萎《しな》びた芯だったのだが。

「リンゴ芯」を囓ろうとしたときトンコの口元が滑り、芳香剤は勢いよく斜面を転がっていった。トンコは無我夢中で追いかけ、草むらの穴に落ちた「リンゴ芯」を囓ろうと鼻を突っこんだ。穴は深く、届きそうにない。トンコは鼻で穴を広げ始めた。豚は警戒心の強い動物だが、トンコは何かに興味を引かれると他のことが見えなくなりがちだった。だから気が付かなかったのだ。自分がドッグランのすぐ近くまで降りてきていたことにも、ドッグランの柵を越えてやってきた、三匹の犬に取り囲まれていたことにも。

がう。

気付いたときは遅かった。泥まみれの顔をあげたトンコに、ブルテリアとピットブルは牙を剝いた。トンコは両耳の毛を逆立てた。

犬たちは鼻に皺《しわ》を寄せ、激しく吠えたてた。トンコは口から泡を飛ばして睨みつけ、頭を振って威嚇《いかく》した。野生豚と違って牙のないトンコにとっては、精一杯の威嚇だった。

ピットブルとブルテリアの飼い主である若い男と、チワワ女の夫である中年男が、愛犬の名を呼びつつやってきた。トンコを見た二人は後ずさり、昨日の事故の脱走豚ではないかと騒ぎ始めた。高速道路での豚トラック横転事故は、地元ニュースで大きく報道されていた。

二十六頭の生存豚と四頭の轢死《れきし》豚は回収されたが、残りの六頭が曖昧《あいまい》だった。トラックの下敷きとなった豚が、五頭なのか六頭なのか、はっきり確認できる状態ではない。トラック会社の運転手が「一頭は山林に逃げた」と証言しているため、山林捜索の準備が進められている――それが現時点までの、報道内容だった。

二人の男は枯れ枝を拾い、引け腰になりながらもトンコを追い払おうとした。犬たちの興奮もヒートアップし、どこの肉から食いちぎってやろうかと凄《すさ》まじい形相を見せていた。

そこへ、チワワの飼い主である女が金切り声とともに現れた。きゃあああテリーちゃん何してるの踏み潰されるわダメええと愛犬を抱えあげるやいなや、トンコに石を投げつけた。逃げようとしたトンコにブルテリアとピットブルが吠えかかった。トンコは背中の毛を逆立て、口から泡をこぼし、前肢で地面を叩いて威嚇した。チワワ女は悲鳴を上げ、その夫は「警察、警察」と叫んだ。

トンコに投げつける石を探して足元を見まわしたチワワ女は、『ペットおやつ　お徳用ジャーキー』と書かれた袋を見つけ、またもや悲鳴を上げた。ブルテリアとピットブルのエサである。女はチワワの口をこじ開けて覗きこみ、泣き出さんばかりの叫び声をあげた。

チワワ女は、ブルテリアたちの飼い主を罵《ののし》ると袋を突きつけた。あなたがこんなものを持ち歩くから私のテリーちゃんが間違って食べた、どうしてくれるのと大泣きしている。罵られた相手が、こんなものとはなんだチャンプとマイキーはいつもそれを食べているると反論すると、これは品質の悪い肉を使っている、テリーちゃんはゴールドロイヤルの肉しか食べない、テリーちゃんの体が穢《けが》されたとチワワ女は泣き叫び、袋を地面に叩きつけた。そして、こぼれ出たジャーキーを忌々《いまいま》しげに踏みつけた。何をしやがるこのブス出っ歯と若い男が怒鳴ると、貴様もう一度言ってみろこのマダラハゲ、とチワワ女の夫がつかみかかった。若い男は、このデブぶっ殺すとナイフを取り出しチワワ夫の腕を切りつけた。血の臭いを嗅ぎつけた犬たちは興奮状態の極致に達し、チワワ夫は腕を押さえて「警察を呼べ救急車を呼べ」と妻に叫んだ。チワワ女はテリーちゃんテリーちゃんと泣き叫ぶばかりで、愛犬の喉に指を突っこんではジャーキーを吐かせせんと血走った目を吊《つ》り上げている。夫が警察だ救急車だと叫んでも、チワワ女はテリーちゃん早く吐いてと泣くばかり。喉に指を突っこまれたチワワは牙を剥いて女の手を噛みまくるが、女は手を真っ赤にしながらも喉に指を突っこみ、未消化の茶色い塊が糸を引いて落ちると、テリーちゃんごめんねごめんねと犬を抱きしめ激しく接吻《せっぷん》した。そして嘔吐《おうと》したジャーキーを忌々しげに蹴りのけた。

チワワ夫が携帯で一一〇番すると、ナイフを手にした男は逃げだした。飼い主が逃げてもなお吠え続けていたブルテリアとピットブルだが、突如、後ずさり始めた。女に抱きかかえられて吠えていたチワワも小刻みに震え始めた。

三匹とも、山林の奥を凝視している。

どうしたのテリーちゃんとチワワ女が狼狽すると、チワワは目を剥いて痙攣、多量の泡を吹きだした。テリーちゃああん！　と絶叫した女は、夫の携帯を引ったくるやいなや一一九を押した。

トンコは、きょうだいが呼ぶ山林を目指して駆けだした。滑りそうになりながらも短い四肢で土を蹴り、斜面を登り続けた。

突然、トンコの足元が陥没した。地盤の緩さを警戒しなかった報いだった。落下したトンコは穴底に腹を打ちつけた。力なく鼻を鳴らしたトンコに、どっさりと土が崩れ落ちた。土から突き出た鼻が痙攣し、やがて、動かなくなった。

四

ぶひ。

ぷぎぎぃ。

ぼととん、ぼひ。

きょうだいの声が、暗い土の向こうから漂ってくる。

ぶぉおん、ぶぉぉん。

低い羽音が耳にまとわりつく。トンコは耳の中に入りこもうとする蝿を耳で追い払い、土塊《つちくれ》を鼻息で吹き飛ばした。

ぼぼぼひ。

屁の音が響き、穴からひょっこりと豚の顔が覗いた。熟しすぎのリンゴをくわえた「M07」である。トンコが土を除《の》けて起きあがると、「M07」は「ごっ」と鳴いてトンコを威嚇した。リンゴを取られまいとするときの、敵意のない威嚇である。涎《よだれ》まみれの口にしっかりリンゴをくわえた「M07」は、穴の向こうへ顔を引っこめた。短い尾を振り振り、「M07」の後へと続こうと穴を這《は》い上がったトンコは、周囲を見回し、小さな目を瞬《しばた》かせた。

「M07」の姿はなく、樹木の合間からは、馴染《なじ》みのある匂いが風に運ばれてくる。匂いのほうへと歩きだしたトンコは、視界が開けるやいなや「ぷげ」と鳴いた。

山林を切り開いた大地に豚舎が建っており、きょうだいの匂いや声がする。「M07」は一足先に豚舎に戻ったのだとトンコは判断した。寝場所や給餌場の状態を全く気にしない「M07」だったが、リンゴを堪能《たんのう》する場所にだけはこだわりを見せる。大鋸屑がたっぷりあること。寝返りを打ちやすいこと。そのような場所で腹這いになり、前肢で抱えこむようにしてリンゴを食する「M07」は、いつも至福の表情を浮かべていた。

豚舎へ向かって、のしのしと駆けだしたトンコは、異様な気配を感じて足を止め、草むらに蹲った。豚舎から少し離れたプレハブ事務所の一階に、巨大マイクやカメラを掲げた者たちが入っていく。大きなガラス窓の向こうでは中年男女三人がテーブルに着き、従業員の運んできた皿にナイフとフォークを動かしている。その傍らには、作業服姿の場長が俯《うつむ》き加減に立っていた。

養豚場にときおり見知らぬ人間が来ることを、トンコは知っている。白長靴に白衣を着用した一同が、場長の案内で豚舎内をぐるりと歩きながら、メモや写真をとることもある。あるいは、白エプロンに帽子姿の子供集団が仔豚を抱え、歓声をあげることもある。そして彼らは豚舎を出た後、プレハブ事務所で従業員の運んできた皿の料理――養豚場の出荷肉で作ったソーセージやハムを食す。肉を平らげた大人たちは満足げな顔でフォークを置き、皿に向かって深々と手を合わせる。子供集団は食事を終えると、場長手製の「見学のしおり」を持ってプレハブ事務所を後にする。彼らが食事に用いる銀色の歯が付いた棒――フォークを目にするたびに、それが突き刺す道具だと理解しているトンコは耳を立てた。

プレハブで銀色の棒を動かしてはガッガッと口に運ぶ男女三人を、草むらのトンコは凝視していた。ハムを小突いては匂いを嗅ぎ、脂汁を飛ばしてベーコンを噛みちぎり、口の周りをぎとぎとと光らせてはゲップし、ゲップしてはソーセージを食いちぎる。

しばらくして、顎《あご》の細い男が首を横に振った。次に二重顎の女が脂身に甘みが足りぬと両手を広げた。さらに鼈甲《べっこう》メガネの男が立ちあがってジューシーではないと怒鳴った。オーガニック飼料を与えていないのではないか肥育環境がのびのびしていないのではないかモーツァルトを聴かせていないのではないかと畳み込み、一斉に立ちあがるやプレハブを出て豚舎へと向かい、カメラやマイクが先生先生と叫びながら直ちに追いかけた。

ほどなく豚舎が豚の声で騒がしくなり、姉豚を呼ぶ「F08」の甲高い悲鳴が聞こえた。草むらに蹲っていたトンコは立ちあがり、「ぎょっぎょっ」と声を発した。

ぎょっぎょっと鳴くトンコのもとへ、肉が硬いと言いながら背を叩く音が豚舎から聞こえてきた。そのあげく、なによこのブタと女の悲鳴が空気を切り裂き、同時に「M02」の荒くれた足音が響き渡った。カメラマンたちが鼻を押さえて逃げ出してきた。放屁の主は興奮しすぎてリンゴを紛失したのか、「ごっごっ」と激しく鳴いていた。

豚舎へ駆けつけた場長と三人とのあいだで小競り合いが始まった。三人を押しのけんとする場長を、マイクを手にした女が押し戻し、先生がここのブタはDランクだと書けばこの養豚場は倒産しますよとカメラマンが加勢した。

来客たちの騒ぎに豚舎の豚たちはますます騒ぎだし、トンコも草むらでぐるぐる回りながら「ぎょっぎょっ」と鳴いた。

ぷぎ。

ぷぎぎぃ。

ぼととん、ぼひ。

背後からのきょうだいの声にトンコは耳を立て、回れ右をした。きょうだいの姿はなく、石地蔵が合掌して立っているだけである。赤いヨダレカケをなびかせる地蔵を嗅ごうとトンコが近づくと、今度は豚舎からきょうだいの声が聞こえてきた。「F08」が姉豚を呼び、「M02」が荒くれ、「M07」が放屁する音が風に運ばれてくる。豚舎に向かって「ぎょっ」と鳴くと、ぷぎぷぎぎぃと背後から返ってくる。きょうだいはどっちにいるのかと、ぐるぐる回り出したトンコは、空中で銀色の光が輝くのを見た。桃色の鼻を秋空に向けたトンコに、銀色の光はみるみる近づいてくる。次の瞬間、トンコの鼻にフォークが突き刺さった。

五

鼻に走った激痛で、トンコは意識を取り戻した。

トンコは腹這いのまま土に埋もれていた。山林の斜面を駆けのぼって穴に落ちたままだった。

トンコは、頭にかぶさった土を鼻息で吹き飛ばした。鼻の周囲を虻が飛んでいたため、もう一発鼻息をかまし、追い払った。

トンコは両耳と鼻を小刻みに動かし、犬や人間の気配がないことを確認した。短い四肢を動かし、体を揺さぶり、土塊をはねのけたトンコは、どうにかこうにか起きあがり、全身を震わせて砂を払った。虻に刺された鼻が痛痒かったが、三日もすれば痛痒さが消えることを知っていた。

ぶひ。

ぷぎぎぃ。

ぼととん、ぼひ。

トンコは耳を動かすと鼻を鳴らし、穴をよじ登り始めた。重みに耐えかねた土が乾いた音を立てて崩れ、トンコは何度も転がり落ちた。それでもどうにか穴から這い出したトンコは、銀色に輝く棒を目にして両耳の毛を逆立てた。しかし草むらに転がるそれは、フォークではなく銀色の細い包装袋だった。チワワ女が地面に叩きつけたペットフードである。トンコは鼻をひくつかせながら、『ペットおやつ　お徳用ジャーキー』と書かれた袋に近づいた。袋を鼻で押すと、脂の浮いた赤茶色のジャーキーがこぼれ出た。雑多な臭いが混在するジャーキーには、「Ｍ０７」の臭いも混ざっていた。トンコはジャーキーに「ぎょっぎょっ」と声をかけては、嗅いだり鼻で押したりした。ジャーキーはただ、そこに転がっているだけである。トンコは袋にも「ぎょっぎょっ」と声をかけた。内側から「Ｍ０７」の濃厚な臭いがする包装袋は、平たく潰れたままトンコの足元に転がっていた。トンコは鼻先で袋を押したりひっくり返したりしていたが、やがて弱々しく鳴き、袋をくわえあげた。

ぼととん、ぼひ。

コスモス畑の方向から、「Ｍ０７」の放屁音が聞こえてくる。トンコは尾を振り振り、見晴らしの良い場所まで戻った。コスモス畑やドッグランに犬も人間もいないことを確認すると、トンコは山林を降りていった。

コスモス畑のそばまで来たとき、トンコは蠅の羽音を聞きつけた。雑草のあいだに、唾液《だえき》と胃液にまみれた未消化のジャーキーが転がっている。踏み潰され、蠅がたかっていた。チワワ女が愛犬に吐かせたものだ。「M07」の臭いがしたため、トンコは「ぎょっぎょっ」と声をかけた。群がった蠅が舞いあがっただけだった。

トンコは頭を垂れ、山林へと引き返すことにした。この選択は正解だった。ちょうどこの頃、「脱走豚が愛犬を襲った」との通報を受けた地元警官たちが、駆けつけた豚舎従業員とともに、ドッグランとコスモス畑に向かって出発したところだったのだ。そのようなことなど知る由もないトンコは、『ペットおやつ　お徳用ジャーキー』と書かれた銀色の袋をくわえ、山林を歩いていた。ところどころ木漏れ日が差すだけの、薄暗い山林をあてもなく歩いていたトンコは、両耳を立てた。

ぶひ。

ぷぎぎぃ。

傍らの獣道から「F06」と「F08」の姉妹豚の声がする。「M02」の糞臭が漂ってくる。暗く淀《よど》んだ獣道から、生ぬるい風が流れてくる。

トンコは生臭さの漂う獣道を嗅ぎ、耳を立てたまま慎重に歩き出した——が、何かに足をとられて飛びあがった。トンコは自分を躓かせたものを探すべく、土を嗅ぎまわった。倒れた石地蔵がそこにあった。銀色に尖《とが》った棒——錫杖《しやくじよう》を持つ地蔵を見てトンコは後ずさり、「がっがっ」と威嚇した。赤いヨダレカケをつけた石地蔵は、目を閉じて微笑し、優しく左掌を向けている。トンコは『ペットおやつ』の袋をくわえたまま、地蔵を鼻で突き倒した。さらに前肢で踏みつけた後、回れ右をし、後肢で土を浴びせた。もう一度小突こうと方向転換したトンコは、獣道の奥から漂ってくるきょうだいの臭いが濃くなったことに気がついた。

ぶひ、ぷぎぎぃ、ぷひぷひ、ぷぎぎぃ。

「F06」がトンコを呼ぶ。「F08」も姉豚を真似て鳴く。トンコの耳が小刻みに動いたとき、獣道に突風が吹きぬけた。きょうだいの臭いは四散し、トンコがくわえていた『ペットおやつ』の袋も吹き飛ばされた。トンコは回れ右をして袋を追い、獣道を出た。獣道の奥からは、ぷひ、ぷひ、と呼び声が続いていた。


ようやく袋を捕まえたときには、トンコは右も左も分からぬ場所に来ていた。昼下がりの木漏れ日が差しこんでくるものの、見渡すかぎり木と草ばかり。『ペットおやつ』の袋をくわえたまま弱々しく鼻を鳴らしたトンコは、水の流れる音をとらえた。喉の渇きを覚えたトンコは、水を目指して歩き始めた。

ほどなくトンコは、せせらぎを見つけた。垂れさがる枝に覆われたせせらぎは、ゆるやかに麓《ふもと》へと流れている。トンコは『ペットおやつ』の袋を傍らに置くと、水に鼻先を突っこんだ。適度に冷たい水は、虻に刺された鼻を心地よく冷やした。朝があと三回も来れば、鼻の腫れはすっかり消える。トンコは川底に鼻先をこすりつけ、痛痒さを緩和させると、喉を鳴らして水を飲んだ。豚舎の水より泥臭かったがトンコは満足した。特に、心おきなく水を堪能できることに満足した。

豚舎では、柵で仕切られた区画毎に給水器が用意されていたが、心ゆくまで水を飲めることなどほとんどなかった。荒くれの「Ｍ０２」に鼻で押しのけられる。あるいは、「Ｆ０８」が甲高く鳴いて姉豚「Ｆ０６」を呼び、トンコに給水器を譲らせるよう訴える。おとなしい「Ｆ０６」がトンコを押しのけることはなかったが、結局トンコは水場を譲らざるを得なくなる。トンコが水場を明け渡すまで、「Ｆ０８」が鳴き続けたからである。

「Ｍ０７」もまた、トンコとは別の理由で水を飲みっぱぐれることの多い豚だった。この豚には、給水器に体当たりしては床に水を撒《ま》き散らし、水浴びをしたり体を冷やしたりする癖があった。水浴びを堪能してから改めて水を飲みに行き、水がほとんど残っていないことに気づくのだ。そのたびに「Ｍ０７」は、腹立ちまぎれの屁を放ったものだ。

せせらぎの水を腹一杯飲んだトンコは、きょうだいにも水を飲ませようと『ペットおやつ』の袋をくわえて水に浸《つ》けた。水で満杯にしようとするものの、うまく入らない。トンコは袋をくわえたまま身を乗り出し、頭から川に落ちた。溺死《できし》するほどの水深ではなかったが、川底や川べりは苔や藻に覆われて滑りやすく、体重百キロ強の豚が這い上がることは不可能だった。しばらく四肢をバタつかせていたトンコだが、結局は麓へ、川下へ、ずるずる流されることとなった。

その頃、山林では脱走豚の捜索が開始されていた。トンコが食い散らした木の実も、後肢で土をかけた石地蔵も、地盤の緩みによって転落した穴も、既に発見されていた。駆けつけた豚舎従業員は、「暑さを苦手とし、日中の大半を休息で過ごす豚は、日陰の草むらで横になっている」と判断、該当する場所を探していた。リンゴの入ったポリ袋を下げた従業員は、「おぅいおぅい」と呼びながら山道を歩いた。豚舎での生活しか知らない豚が、山林で生き残るのは困難である。仔豚時代からトンコを世話してきた職員は、穴に落ちた際にトンコが足を骨折して衰弱し、ひたすら助けを待っているのではないかと不安に駆られた。よもや、自分たちが捜索する位置とは全く方向違いの場所で、「川下り」をしているとは、思いつきもしなかった。

六

麓に到達したせせらぎは、寂れた山里を経て、平野部で用水路に合流した。ススキの生えた休耕田が広がり、山間部からの県道が走っているだけの、のどかな平野である。ススキや枯れ草に覆われるようにして流れる「コ」の字型のコンクリート用水路は、農繁期には水深一・二メートルに達するが、今は水深三十センチにも満たなかった。『ペットおやつ』の袋をくわえて用水路を歩く豚に気づく者はおらず、気づいた者がいたとしても、一度見失えばそれきりとなる可能性が高かった。用水路は複雑に入り組み、一般水路や小規模河川と合流しているのだ。トンコは既に三時間近く、ちゃぷちゃぷと用水路を歩き回っていた。鼻を冷やし、短い尾を振りつつ、トンコはときおり泳ぐ真似をした。トンコの脳の中では、夏のあの日が蘇《よみがえ》っているのだと思われた。

今から二ヶ月前の八月。

豚舎のある山村は超大型台風に見舞われた。豚に深刻な被害は出なかったが、豚舎の屋根や壁の一部が吹き飛ばされ、豚舎内に雨が流れこんだ。トンコときょうだいたちの区画が著しく浸水したため、修繕が済むまでの約二時間、トンコたちは応急簡易豚舎に移されることになった。

移動中、従業員が目を離したすきに、「M07」が「池」に飛びこんだ。鉄筋建物を撤去した跡の窪地《くぼち》に、台風で大量の水が溜《た》まり、池のようになっていたわけである。「M07」が犬掻きを始めると、「F08」も飛びこんだ。しかしうまく泳げない「F08」は水面から顔を出し、姉豚「F06」を求めて激しく鳴いた。「F06」が「池」に飛びこんだとき、ようやく従業員が駆けよってきた。荒くれの「M02」までもが飛びこもうとしたため、従業員は三人がかりで押さえこんだ。だが「M02」は従業員を簡単に払いのけ、勢いよく水に飛びこんだ。水飛沫《しぶき》をかぶった従業員が右往左往しているすきに、トンコも飛びこんだ。泳ぎの経験はなかったが、きょうだいの見よう見まねで犬掻きをした。きょうだいたちは皆、誰に習うともなく、鼻先を水面に出し、前肢で水を掻き、後肢で水を蹴っていた。

従業員は豚たちに戻れ戻れと叫んでいたが、場長が現れ、泳がせてやれと目を細めた。トンコたちは、てんでばらばら好き勝手な方向に泳ぎ続けた。神経質な「F08」と衝突したが、姉豚と並んで泳ぐ「F08」は機嫌が良く、トンコに軽く鼻を鳴らして別方向へと泳いでいった。「M02」は派手に水飛沫をあげながら、「M07」とともに泳ぎを競いあっていた。トンコは、尻《しり》から泡を出す「M07」の後について泳いでいた。途中で沈みそうになったトンコを、「M02」が鼻で押しあげた。普段は他のきょうだいを鼻で押しのける荒くれの「M02」だったが、このときは非常に上機嫌で温厚だった。

トンコたちのもとへ「F06」と「F08」の姉妹豚が寄ってきた。いつしか五頭はひとかたまりになり、揃って泳いでいた。先頭は「M07」だった。「M07」が右に曲がればトンコたちも右に曲がり、左に曲がれば左に曲がった。「M07」が行き止まりにぶつかった時は全頭がぶつかって身動きがとれなくなり、大騒ぎとなった。しかし結局は無事に脱出し、再びきょうだいひとかたまりとなって、ゆるゆる泳ぐのだった。

場長の孫たちが駆けつけ、ゴムボールを投げ入れた。リンゴではないかと豚たちは我先に近づき、威勢よく水飛沫を撥ねあげた。びしょ濡れになった孫たちは悲鳴に似た歓声を上げ、職員たちは携帯電話のカメラで楽しげに写真を撮り始めた。豚って笑うんですねと、最年少の従業員が目を輝かせた。豚は笑うよと場長は目を細めた。

そして今、トンコはたった一頭、ちゃぷちゃぷと用水路を歩いている。

ぷひ。

ぷぎぎぃ。

用水路ゲートの向こうから姉妹豚の声がすればゲートをくぐり、破れた金網の向こうから「M02」の糞臭が漂ってくれば金網を鼻で押しのける。しかしそこにあるのは、水の音が聞こえるだけの暗い空間だった。

晩秋の日暮れは早い。三時を過ぎたばかりだったが、空は夕方の色を帯び始めている。疲弊し、空腹を覚え、水路に犬座したトンコの尻を、ザリガニが挟んだ。飛びあがった拍子に、トンコは『ペットおやつ』の袋を落とした。袋はみるみる流されていく。トンコは追いかけるが、苔や藻で足が滑り、容易に追いつけない。袋が水草に引っかかり、ようやく追いつけたかと思いきや、またもやゆるりと流れ去る。用水路から一般水路へ、一般水路から川の浅瀬へと。トンコは鼻を鳴らしながら追いかけた。ちゃぷちゃぷと音を立てながら追いかけた。

どれだけの距離を、どれだけの時間、追いかけたのだろうか。コンクリートの水底には砂が多くなり、川下から吹き寄せてくる夕風の匂いが変わってきた。聞こえてくる水の音も変わってきた。

ようやく袋を捕まえたトンコは、鼻をひくつかせ、耳を小刻みに動かした。

いまだ知らぬ水の匂い、いまだ知らぬ水の音。

袋をくわえて浅瀬を進んだトンコは、小さな目を見開いた。

浅瀬の終着点は海だった。トンコの目の前には、夕焼けに染まった砂浜と海と空が広がっていた。トンコは浅瀬から砂浜にあがり、潮風に耳をなびかせ、夕暮れの海に向きあった。身動きもせずに、ただただじっと、海と空を仰いでいた。

やがてトンコは、「ぐっぐっ」と鳴き、素晴らしい発見をしたことをきょうだいに知らせた。トンコは『ペットおやつ』の袋をくわえたまま、波打ち際へと近づいた。海水が口に入るとトンコは頭を振って吐き出し、「がっ」と鳴いて後肢で波に砂をかけた。砂をかけている途中、尻に波を食らい、トンコは陸地へと逃げだした。じゅうぶんに波と距離を空けたトンコは回れ右をし、海と向きあった。そしてまた、慎重に波打ち際へと近づき、ザブンとやられ、陸地へと逃げた。

砂浜に人間がいれば、「海にブタがいる」と警察か保健所に通報されただろうが、遊泳にも釣りにも散歩にも不向きなゴミだらけの砂浜を訪れる人間は、少なくともこの時はいなかった。砂浜を見おろす形で県道が走っていたが、防波壁が立っており、トンコに気づくドライバーもいなかった。

その頃。

トンコがいた山林では、豚舎従業員や警官が捜索を続けていた。衰弱したトンコがどこかで震えているに違いない、助けを呼ぶ力すら残っていないに違いないと、いてもたってもいられなくなった豚舎従業員は、場長に連絡をとり、指示を請うた。場長は、山林に小川は流れていないかと問うた。あれば探し、川下まで辿《たど》るようにと。地元猟友会の協力で、嗅覚に優れた猟犬二頭が貸し出された。豚を襲って傷つけることのないよう、猟犬には口輪がつけられた。猟犬はただちにせせらぎを嗅ぎ当て、水に飛びこみ、麓へと向かった。

そして。

日没の迫る無人の砂浜では、一頭の豚が、波打ち際と砂浜で往復ダッシュを続けていた。波を追いかけ、波から逃げ、また波を追いかける。すっかり波に慣れたトンコは、波打ち際で泥浴びを始めた。『ペットおやつ』の袋をくわえたまま仰向《あおむ》けになり、短い四肢を器用に動かして背中や脇腹をこすりつける。岸に打ち上げられたペットボトルの蓋《ふた》や爆竹の破片が散乱していたが、剛毛に覆われた豚の体を傷つけることはなく、むしろトンコは、心地よいと感じた。背中をこすりつけながら、トンコは「ぐっぐっ」と鼻を鳴らし、砂浜での泥浴びの快適さをきょうだいに知らせた。返ってくるのは、波の音ばかりだったが。

泥浴びを堪能したトンコは、打ち上げられたヒトデを食してみようと口を開けた。その拍子に『ペットおやつ』の袋を落とし、波がさらった。追いかけようと海に入ったトンコは大波を食らい、陸地へ逃げ戻った。体を振って水を払ったトンコは、『ペットおやつ』の袋を探し、打ち寄せる波のあいだを行ったり来たりした。袋はトンコから少し離れた場所で漂っていた。波に乗って海岸に近づいてきたかと思えば、別の波にさらわれ、沖のほうへと遠ざかっていく。トンコは『ペットおやつ』の袋に鼻を鳴らして呼びかけた。袋は沖のほうへ、赤く丸い太陽のほうへと運ばれていく。トンコは袋に向かって鼻を鳴らし続けた。『ペットおやつ』の袋はゆらゆら漂いながら、遠くへ遠くへと流れていき、それきり、トンコのもとへ戻ってくることはなかった。

袋が完全に見えなくなると、トンコは波打ち際に犬座した。桃色の体を夕焼け色に染めたトンコは、紺色と金色が溶けあう、晩秋の水平線を眺めていた。リンゴの形をした沈みゆく太陽を、いつまでも眺めていた。

夕日が沈み、海からも空からもリンゴの気配が消えていくと、トンコは波打ち際を離れ、近くの岩陰で腹這いになった。空腹を知らせるためにグォーグォーと鳴いてみたが、飼料が運ばれてくるわけもなく、鳴き声は波の音に掻き消されただけだった。トンコは、砂地に散乱する海藻を口にしてみた。食したことのないものだったが口に合う。目を細めて咀嚼したトンコは、「ギッ」と悲鳴をあげて吐き出した。ガラス片が混入していた。吐き出した海藻にトンコは威嚇し、鼻で土をひっかけた。

海藻を諦《あきら》めたトンコは、砂に顎を乗せた。日中、用水路を歩きながら水草や枯れ草を食っていたため、飢餓状態というわけではなかった。トンコはエサよりきょうだいの体温を求めていた。暑い時期以外は、豚舎ではきょうだいが体を寄せあって眠るのが常だった。体を寄せる相手のいないトンコは、岩に体を擦り寄せた。そして、夜の色へと化していく海に向かい、弱々しく鼻を鳴らした。

ぶひ。

ぷぎぎぃ。

トンコは頭を起こし、小刻みに耳を動かした。

ぶひ。

ぷぎぎぃ。

トンコは立ちあがり、「ぎょっぎょっ」と応えた。きょうだいの声を運んでくるのが、潮風なのか陸地からの風なのか。トンコは夜空を仰ぎ、空気を嗅いだ。糞臭がした。

ぶひ。

ぷぎぎぃ。

陸地からである。トンコは、砂浜と県道を仕切る防波壁を見あげ、右へ行ってみたり左へ行ってみたりした。やがて、砂浜と県道を繋《つな》ぐコンクリートの階段を発見した。幅の狭い階段をよじ登り、トンコは県道に出た。二百メートル間隔の街灯が仄明《ほのあ》かりを落としているだけの県道には、通行する車もほとんどなく、薄闇に包まれている。しかし遥《はる》か向こうには無数の灯《あか》りが輝く街があり、夜空を淡く照らし出していた。

ぶひ。

ぷぎぎぃ。

淡く照らされた方向から、きょうだいの声が夜風に乗って流れてくる。トンコは軽やかに歩き始めた。きょうだいを連れて砂浜に戻ろうと考えていた。養豚場の「池」で泳いだときのように、きょうだいに鼻で押してもらえば、あの海を泳いでいくことができると考えていた。県道を走るトンコの微《かす》かな足音は、やがて、街の方向へと消えていった。

その頃。

脱走豚を捜し続けていた豚舎従業員は、疲弊しきった声で場長に携帯電話をかけていた。犬が臭いを辿ってたんですけど、用水路あたりで行き詰まってしまったんですよ。もう豚は諦めましょう、神さん仏さんのお慈悲だと思うんです。きっと、肉にならずにすむ星のもとに生まれたんですよ、ねえそう思いませんか、場長。

携帯の向こうでしばしの沈黙が流れた後、場長の声が返ってきた。訥々《とつとつ》と語る場長の声に耳を傾けていた従業員は、携帯を耳に当てたまま、ええ、じゃあ分かりましたと疲れ切った声で答え、電話を切った。

七

トンコが街の灯りを目指して歩き続けていた頃、警察に何本かの電話が入っていた。

――県道でブタを見ました。あれ、一昨日《おととい》の事故で逃げたやつじゃないですか？

トンコがヘッドライトの入り乱れる交差点を全力疾走していた頃、塾帰りの我が子から「ブタを見た」と聞いた母親が、保健所に怒りのメールを入れていた。

――子供たちが豚に襲われそうになりました。保健所は何をしているんですか？　何かが起きてからでは遅いんです！

「ブタがすぐ近くを走っていた」という我が子のセリフは、母親にとっては「ブタに襲われそうになった」を意味した。さらに「ブタって臭いんでしょ？」との我が子のセリフも、母親にとっては別の意味を持った。彼女は苦情メールにこう付け足した。

――ブタみたいな汚い生き物を野放しにして、子供が病気になったらどう責任を取ってくれるんですか！

トンコがコンビニや飲食店の建ち並ぶ道へと入っていったとき、アルバイト帰りの高校生がメールを打っていた。

――ブタ見た、ブタ！

メールは次々に広がっていった。

タカシがブタみたってさ。どこで。西循環道。はあ？　なんでそんなとこにブタいんの。こないだトラックから逃げたやつ？　ありえねー。事故があったの竹田山の向こうだろ、遠すぎ。ブタつかまえたらカネもらえんの？　あたりまえじゃん。おれたちで捕まえね？　えー、ブタってけっこうデカいんじゃねーの？　金属バット持ってこーぜ。じゃあおれオヤジのゴルフクラブ持ってくわ。おめーらブタ死んじまうって　www　いーじゃん別に　どーせ食うんだし　wwwww

トンコは、電飾看板やネオンの灯《とも》るアスファルト道路を歩きながら、自販機や看板に尻をこすりつけ、臭いづけをしていた。きょうだいとの再会後、この道を通って海に戻るつもりだった。初めて目にしたこの鮮やかな光を、きょうだいに教えたかったのだ。

トンコのきょうだいたちは、電気の光を好む傾向があった。豚舎の電球が壊れたときも、トンコやきょうだいたちは従業員のハシゴの近くに集まり、修理の様子を眺めていた。明るさが取り戻されると、豚たちは鼻を鳴らして尾を振った。ただ「F08」は強い光を見るといささか神経質になり、姉豚「F06」に身を擦りよせたが、「M02」や「M07」は興奮した。「M02」は、一番明るい場所を寄こせとばかりにトンコたちを鼻で押しのけ、「M07」は盛大に放屁しながら柵内を駆けまわったものだ。

ぶひ。

ぷぎぎぃ。

薄暗い曲がり角から、姉妹豚がトンコを呼ぶ。「M02」の臭いが漂ってくる。鼻鳴らしで応えながら足早に歩くトンコを見て、通行人は飛びのき、短い悲鳴を上げた。あるいは口を半開きにしたまま、目で追っていた。

パスタ料理屋の店舗前にハーブの鉢植えが並んでいたため、空腹を覚えていたトンコは鼻を突っこんで食った。初めて食したものだが口に合い、トンコは咀嚼しながら満足の声を発した。これもきょうだいに教えねばならないと感じた。そのとき、表の騒ぎを聞きつけたパスタ料理屋の店長が扉を開けて現れた。カラコロと鳴るドアベルにトンコは驚き、それ以上に店長は驚愕した。間近に見る豚の迫力に恐れをなした店長は、店に逃げ戻ろうとして植木鉢を踏み転倒、尻餅《しりもち》を突いて絶叫し、苦悶《くもん》の表情を浮かべて七転八倒した。七転八倒の原因は、尻餅を突いた際に痔疾《じしつ》箇所を強打したためだったのだが、目撃者の目にはそうは映らなかった。ブタが人を襲った、警察を呼べ、猟友会を呼べと叫ぶ声が響き、携帯電話を取り出す者が続出した。ハーブを平らげたトンコは、きょうだいのもとを目指すべく歩き出したものの、何かに足を取られた。石地蔵の赤いヨダレカケが蹄《ひづめ》に絡まりついていた。トンコはくわえて払いのけた。布きれは夜風に巻きあげられ、消えていった。

ぶひ。

ぷぎぎぃ。

きょうだいがトンコを呼び続ける。トンコは短い尾を振りながら小走りする。

ぶひ。

ぷぎぎぃ。

きょうだいの声が鮮明になっていく。臭いが濃厚になっていく。曲がり角の向こうにきょうだいがいる。寂れたコンビニを曲がったところに、きょうだいがいる。

ぶひ。

ぷぎぎぃ。

トンコの尾が楽しげに動く。警察だ猟友会だと叫ぶ声が響く。コンビニの前に繋がれた犬が牙を剝いて吠えまくる。袋を提げてコンビニから出てきた若い男が、どうしたレオ吠えるな吠えるなと宥《なだ》めた。警官二人が通りかかり、ブタが逃走してるんで犬は外に出さないで下さいと去っていった。コンビニから出てきた若夫婦が、一昨日の交通事故で逃げたブタらしいですよと男に説明した。そこのパスタ屋の主人を襲ったそうですよ、尻を粉砕骨折したらしいです。目が合っただけで襲ってきたって言うんだから凶暴極まりないですよ、しかもブタの牙って、オオカミをも突き殺すそうじゃないですか。あんな生き物を野放しにしちゃイカンです、早く猟友会に仕留めてもらわんと物騒で寝られませんよ——と。特製肉まんを手にした若夫婦の妻が、撃ち殺すなんてかわいそうだわと呟《つぶや》いた。ブタさんは犬より賢いし芸だってするのよ、と。若夫婦と男が立ち話をしていると、バットやゴルフクラブを手にした高校生が数人、コンビニの前を駆け去った。ブタブタどこだあっと大声をあげ、けたたましく笑っていた。

警官たちが、ブタ見たかあ、こっちにはいない、そっち調べろお、と右往左往している頃、トンコは、ひとけのないコンビニ横の路地裏へと入っていった。

ぶひ。

ぷぎぎぃ。

きょうだいはそこにいる。すぐそこにいる。山積みになった段ボールの向こうに身を寄せあう姉妹豚がいる。空き缶の詰め込まれたポリ袋の向こうに糞垂れの「M02」がいる。荒くれもせずに姉妹豚とともにトンコを呼んでいる。トンコは鼻を鳴らしてきょうだいたちに応えつつ、最後の段ボールを鼻で押しのけた。

トンコの目の前に現れたのは、大型のポリ容器だった。

ぶひ。

ぷぎぎぃ。

蓋を閉じられた青いポリ容器の中からきょうだいの声がする。内側から容器を掻く音がする。トンコは鼻を鳴らすが、きょうだいは鳴いたり掻いたりするばかり。トンコは容器の周囲を右へ左へと嗅ぎまわり、鼻で押したが、びくともしない。トンコは後肢で立ちあがると容器を押し倒した。横倒しになった容器の蓋が開き、腐臭や腐汁とともに残飯がなだれ出た。

トンコはポリ容器を覗いた。きょうだいの臭いはすれども姿は見えず。トンコは残飯を掘り返した。消費期限が切れたオニギリをはねのけ、潰れたサンドイッチを払いのけ、脂の回ったカレーパンを押しのけた。飯粒やサラダのキュウリを鼻先に付けたまま、トンコはきょうだいを求めて掘り続けた。きょうだいの臭いは次第に濃くなっていく。たしかにきょうだいはここにいる。この中にいる。

コンビニの裏口が開き、消費期限切れの弁当を手にした店員が現れた。ポリ容器の蓋を開けようとした店員は、ポリ容器が横倒しで揺れていることに気がついた。覗きこんだ店員は悲鳴を上げ、弁当を投げ捨てるやいなやブタだブタだと叫んで店内に駆け戻った。

トンコは店員が投げ捨てた生姜《しょうが》焼き弁当を嗅いだ。プラスチック・カバーの内側で、薄肉となった姉妹豚が寄り添っていた。ポリ容器から転がり出た生姜焼き弁当からは、「M02」の臭いがした。生姜ソースに染まった肉が、プラスチック・カバーから飛びだしていた。

トンコは「ぎょっぎょっ」と鳴きながら生姜焼き弁当の容器を鼻で小突きまわした。きょうだいたちをプラスチック・カバーの外に出そうとした。セロハンテープが破れてフォークが転がり出し、トンコは後ずさった。トンコはフォークに威嚇し、後肢で砂をかけた。

「ぎょっぎょっ」と鳴きながら弁当を押し、勢いあまって踏み潰した。蹄のあいだに「F08」が入りこみ、トンコは激しく鳴いた。口から泡をこぼし、目を血走らせたトンコは、ポリ容器を鼻で突き、残飯で足を滑らせ、きょうだいたちの上に転倒し、「ぎょっぎょっ」と言いながら起きあがり、そこらじゅうを嗅ぎ、鼻先に春雨とキャベツをつけたまま時計回りに走り、反時計回りに走り、再び弁当容器に向かって「ぎょっぎょっ」と鳴いた。

そこへ、さきほどの店員が駆け戻ってきた。他の店員を連れ、ともにモップを構えていた。あっち行けブタ！　モップが振りおろされ、生姜焼き弁当は叩き潰された。トンコは甲高く鳴き、全力疾走で来た道を引き返した。段ボール箱や空き缶に躓きながらも、表のアスファルト道へと逃げだした。

ブタがいたぞ待てこらブタと警官が叫び、トンコを追ってきた。トンコはネオンの中を駆けつつ、自販機を嗅いだ。臭いつけをした自販機と異なり、トンコは混乱した。全身の毛を逆立て、トンコは警官の声から遠ざかるべく走り続けた。どこから飛んできたのか、トンコの前肢にあの赤いヨダレカケが絡まりついた。トンコは背中の毛を逆立て、ヨダレカケを払いのけた。

路地裏に飛びこんだトンコは嘔吐臭を嗅ぎとった。中華料理店の裏手のゴミ箱の横で、若い女が喉の奥に指を突っこみ吐いていた。その背を別の女が撫でている。嘔吐女は涙しつつ、その場におらぬ得意先を罵っていた。連日の接待で食いたくもないものを食わねばならぬ苦しみを吐露し、中華ばかり食べねばならぬ悪運を呪い、中華料理のカロリーの高さを罵っていた。嘔吐女はミネラルウォーターで口を漱《すす》ぐとダイエット錠剤を口に押しこみ、なにげなく腰に手をやって顔を歪《ゆが》ませた。ウエストがウエストがと泣き叫び、壁にすがりついた。嘔吐女の背を撫でていた女が、食べても食べても太らない薬がある、私も飲んでいると慰めたが、嘔吐女の耳には届いていない。嘔吐女は中華を呪い、接待を罵り、酢豚とチャーシュー麵《めん》と回鍋肉《ホイコーロー》を罵倒《ばとう》した。

トンコは吐き散らされた嘔吐物の中にも、きょうだいの臭いを嗅ぎとった。鼻を鳴らして近寄ろうとしたトンコを見て、女二人が悲鳴を上げた。嘔吐女がとりわけ強烈な悲鳴を上げた。ブタブタいやああと叫び、自分の喉の奥に指を突っこんだ。

再び表のアスファルト道に逃げだしたトンコを、高校生の集団が追いかけてきた。バットやゴルフクラブを振りあげ、笑いながら走ってくる。トンコは口から泡を吹いて全力疾走した。臭いづけをした道の位置をトンコは完全に見失っていた。回りこめ、挟み撃ちだと大笑いする声が路地にこだまする。トンコは走りながら激しく鳴き、夜空に向かってきょうだいを呼んだ。聞こえてくるのは怒声と悲鳴と哄笑《こうしょう》ばかりだった。

トンコの足の動きが鈍くなってきた。さまようトンコの前に、挟み撃ちを狙った高校生が現れた。逃げようとしたトンコは足を取られて躓いた。またもや赤いヨダレカケが絡まりついている。背中の毛を逆立て、ヨダレカケを払いのけようとしたトンコに、ゴルフクラブが振りおろされた。

トンコの視界が赤一色になった。弱々しく鼻を鳴らしたトンコは、おぼつかない足取りで逃げだした。トンコ自身は走っているつもりだったのだろうが、実際は人間の歩く速度と大差なかった。

トンコの前に、金属バットを持った高校生が立ちはだかった。ゴルフクラブを持った高校生も近づいてきた。警官が駆け寄ると高校生を追い払い、警棒や刺股《さすまた》をトンコに突きつけた。トンコは彼らから逃れるべく、右へよろめき、左へフラついた。そして、馴染みのある人間臭を嗅ぎとった。赤く曇った視界の先に、豚舎従業員と場長がいた。従業員は中腰で両腕を広げ、こっちだこっちと言いながら距離を狭めてきた。トンコがよたよたと逆方向へ逃げると、仔豚の頃からトンコを世話してきた従業員は傷ついた表情を浮かべた。走って追おうとする従業員を、場長が引きとめた。豚は長くは走れない。

そう言って場長は歩きだした。

トンコは狭い路地裏に蹲り、荒い呼吸を繰り返していた。乱雑に積みあげられた廃材の隙間から鼻先だけ出しているトンコを、路地裏の入口を塞《ふさ》ぐ警官たちが凝視していた。二人だった警官は五人に増え、刺股や網を構えてトンコの突進に備えている。野次馬が路地裏の入口を遠巻きにしていた。何の騒ぎ？　ブタが逃げこんだんだってさ、ほら二、三日前に高速でブタのトラックが事故ったじゃん。あンときに逃げたやつっぽい。かわいそう、助けてあげられないの？　そういうわけにもいかないっしょ、向こうにとっちゃ商売なんだし。でも飼ってあげればいいじゃない。動物園に引き渡すとか、テレビで飼い主を募集するとか。俺もそう思うんだけどね。それにしても膠《こう》着《ちゃく》状態長いよなあ、さっさと麻酔銃使えばいいのにさ。いえいえオニイさん、麻酔銃を使うと肉が売り物にならなくなるそうですよ。あ、そうなんですか。ねえ、捕まったらお肉にされるんでしょ、かわいそうよ。俺も同感、誰か動物園に電話すりゃいいのにさ。見て、あのお巡《まわ》りさんが棒で突っつこうとしたわ、やることが鬼だわ。泣くなよ美希《みき》、君って本当にやさしいなあ。ケッ、おまえらバカじゃね？　いきなり何ですか、おたく。おまえらの話を聞いてるとチャンチャラおかしいぜ、ニィちゃんもネエちゃんも肉食ってんだろ、肉。食うだけ食っててよく言うぜ。僕たちが食べてるのは肉であって豚じゃないですよ、そういう野蛮な言い方やめてくれませんか！　そうよそうよ、そんな言い方されたら気持ち悪くてお肉が食べられなくなるじゃない！　お巡りさんケンカですよケンカぁ。騒がないで静かに静かに、ブタが興奮しちゃうんですよ。あ、巡査長、養豚場の人が来ました。すいませんね、お願いしますよ。いえこちらこそご迷惑を。

場長と従業員はゴミを掻き分けながら路地裏へと入り、積みあげられた廃材の前で立ち止まった。廃材の隙間から、桃色の鼻先が突き出している。虻に刺されて腫れた鼻先が、二人の足元をなぞるように動いた。トンコの周囲には、砂まみれの生姜焼きが転がっている。おまえそれは……と従業員が手を伸ばすと、トンコは威嚇した。従業員はますます傷ついた表情になった。

場長は廃材の前でしゃがむと、トンコと向きあった。そして作業服のポケットからハンカチを取りだすと、生姜焼きを拾い、丁寧に包んでポケットに収めた。

場長はトンコの前で静かに合掌し、頭を垂れた。いつまでもいつまでも、黙礼と合掌を捧げていた。どうしたんです何かありましたかと、路地裏の入口に立つ警官が押し殺した声で呼びかけた。場長は立ちあがると、なんでもありませんと軽く手を挙げた。

トンコは廃材の隙間から這い出し、場長を嗅いだ。作業服の下からきょうだいの臭いがする。場長は作業服のポケットからリンゴを出すとトンコに差しだした。トンコはリンゴを嗅ぎ、音を立てて食った。場長はもう一つ差しだした。トンコは口を開け、果汁を飛ばしながら食った。場長はさらにもう一つ差しだした。トンコは鼻を近づけたが、空腹がおさまったため食わなかった。トンコが食わなかったリンゴを囓りながら、おまえは立派だと場長は呟いた。

場長はトンコの顔を覗きこみ、ゴルフクラブで殴られた跡を調べた。蜂にでも刺されたか。場長は笑うとトンコの頭を撫で、廃材の隙間から出るよう手で合図した。トンコは場長を見あげ、その場でぐるりと回って見せた。反対回りもしてみせた。従業員が「あいつの真似してンじゃないですか？」と場長を見た。場長はトンコの背中を軽く叩き、「おまえは、そういうことをするために生まれたんじゃないんだ」と、齧りかけのリンゴをトンコの足元にそっと置いた。場長とリンゴを交互に見ると、トンコはリンゴをくわえた。

路地裏の入口で様子を窺っていた警官たちが、場長と従業員に、大丈夫ですかぁと声をかけた。

八

運搬トラックに揺られ、トンコは外を眺めていた。

三日前の朝に出荷されたとき同様、トンコの背中には「063F11」の番号が記されている。したがって「トンコ」と呼ぶことも終わりにする。

場長とともに「F11」捕獲に出向いたあの従業員は出荷を躊躇《ちゅうちょ》した。山や町で拾い食いしてたんだから、生体検査OK出ないですよね。だったらボクが飼いますよ——と。

場長は視線を落とし、豚がどれだけの大きさになるのか知らないのかと呟いた。豚が毎日どれだけ食うのか知らないのかとも問うた。従業員は沈黙した。

柵で囲まれた荷台で「F11」は腹這いになり、前肢でリンゴを抱えるようにしていた。昨夜、場長から寄こされたリンゴである。きょうだいたちと分けあうつもりでいた。「F11」にきょうだいの声が聞こえてくることは、もはやなかったが。

トラックはあの高速道路を走り始めた。「F11」は後肢で立ちあがると柵の隙間から鼻先を出し、風を嗅いだ。木の実が溢《あふ》れる山林の匂いがした。コスモス畑の甘い匂いがした。それらが消えると、今度はせせらぎの匂いがした。晩秋の休耕田と用水路の匂いがした。そして、仄かな海の匂いが流れてきた。

県道とほぼ並行に走る高速道路から、日没を迎える海岸が見えてきた。きょうだいを連れて戻るつもりだった、あの砂浜である。

「F11」は、豚たちが夕日に向かって泳いでいるのを見た。波間から頭を出し、桃色の大きな耳を潮風になびかせつつ、丸い太陽を目指して泳いでいる。弱い視力のせいか、ゴルフクラブで打たれた目が腫れているせいか、「F11」には海を泳ぐ豚たちの頭に光の輪が輝いているように見えた。「F11」はトラックの柵から鼻を出し、海に向かって鳴いた。夕風に掻き消された声が届くことはなかった。

「F11」はいつまでも鼻を突きだしていた。虻に刺された跡はだいぶん消えていた。明日の朝には、従来の滑らかな鼻に戻っていることだろう。

紺色に変わりつつある反対側の空には、いつしか朧《おぼろ》な月が浮かんでいた。月には薄く細い雲がかかり、石地蔵が合掌しているかのような陰影を描き出している。腫れた目で、遠のいていく水平線をいつまでも見ている「F11」の頭には、光の輪が描き出されていた。

第十五回
日本ホラー小説大賞
《短編賞》受賞作
（二〇〇八年）

生き屏風

田辺青蛙

田辺 青蛙（たなべ・せいあ）

一九八二年京都府生まれ。ニュージーランドオークランド工科大学卒。二〇〇八年「生き屏風」で第十五回日本ホラー小説大賞《短編賞》を受賞。他著に『皐月鬼』『人魚の石』『関西怪談』『大阪怪談』など。

「『生き屏風』の耽美の世界は見事で、よくこれだけ描ききった」
——林真理子（第十五回日本ホラー小説大賞選評より）

皐月《さつき》はいつも馬の首の中で眠っている。

そして朝になると、首から這《は》い出て目をこすりながら、あたかも人が布団を直すかのように、血塗《ちまみ》れで地面に落ちている馬の首を再び繋《つな》ぐ。その後で馬体を軽く叩《たた》いて、「おはよう」と言ってから朝食の準備を始める。

馬の名は布団と言うらしい。そのまんまだ。

そんな皐月が、餅《もち》の入った味噌《みそ》汁を朝食に摂《と》っていた日の事だった。

「ちょっとお邪魔しますよ」

近所の酒屋の小間使いがやって来た。

皐月が、「ツケのことだったら、もう少し待ってもらえないか」と言うと、そのことではないそうだ。

「ちょっと皐月さんにお願いがあるんです。それが、変わったお仕事をしていただきたいって話なんですが……」

まどろっこしい話し方は好きではない。

「前置きは別にいいから用件に早く入って欲しい」

「味噌汁をちょっと戴《いただ》けますかな」

小間使いは、小さな猪口《ちょこ》と酒瓶をどこからか出して、へへっと笑いながら語り始めた。

「一昨年《おととし》うちの旦那《だんな》様の奥方が亡くなられたのですが、その霊が店の屏風《びょうぶ》に憑《つ》いたのか、夏の頃になると屏風から奥方が喋《しゃべ》るんです。

去年は屏風が、やれ珍しい物が食べたいだの、裸で踊って目を楽しませろだのと色々と要求をしまして、秋の仕込み前で人手が足りない時期に、元女房とはいえ何事ぞと旦那様が仰《おっしゃ》いましたら、あの世は退屈でせめて夏の時期にしか帰って来られない。だから、その間連れあいを楽しませるのが夫や店の者の務めだと言い出すしまつでして、全く大変でした。

それで今年もお盆の時期を目前にして、また屏風の我儘《わがまま》に付き合わされては敵《かな》わないと、旦那様が道士をお呼びになったんです。

すると、道士は『無理に祓《はら》おうとすると、悪鬼になる可能性がある。それよりも誰か適当な人に相手をさせて慰められたほうが良い』と言いまして、その相手は出来れば独り身の女性で、県境に住んでいる方が良いとか。

しかも妖鬼《ようき》ならなおいいとのことで、その条件に見合うのは貴方《あなた》しかいらっしゃらなかったわけでございます。謝礼はもちろん致しますので、どうかお引き受け下さいませんか？」

皐月は少し考え込んでから、「気が向かないので嫌だ」と答えると、相手は「おやおや困ったな」と懐から紙片と塩を出して、「それじゃしょうがない」と黄色い乱杭《らんぐい》歯をにっと見せた。

　そして更に小さな香木のような木片を取り出すと、「これがおわかりですか？」と訊《き》いた。皐月が素直に「解らない」と言うと、小間使いはくすくすと笑った。

「馬の首を寝床にする有名な妖鬼が、自分が嫌う物をご存じないとはおかしなことだ。これはその時に来た道士が置いていった品でして、あなたのような妖鬼を封じる呪《まじな》いの道具ですよ。この香木を焚《た》いてその煙に塩と札を翳《かざ》すと、あなたは石のように動けなくなります」

　別に動けなくなるくらいはいい。どうせ始終この県境で、余所《よそ》の土地から好《よ》くないモノが来ないように守っているだけだもの。昼間、飯を食いに行ったり、気まぐれに畑をいじりに行ったりする以外は普段から動かずにいるし、それに一月か二月ほど飯など摂らずとも余り困ることはない。人と違って、食事はどちらかというと嗜《し》好《こう》品に近いのだから。

「それが、どうした」と落ち着き払って味噌汁をずずっと啜《すす》りながら答えた。

「あなたは困らないかも知れませんが、その間あの馬はどうするんですか？　そもそも飼い葉をやる人が居なくなれば、馬は痩《や》せて自分を支えられなくなる。骨の折れた馬がどうなるか、あなたはご存じですよね？　やっと見つけた寝心地の良い馬だとあなたが何年か前に言ったのを、あっしは覚えていますよ」

　脅しは嫌いだったし、この依頼人が最低な人間だということは今のことで十分過ぎるほど解ってしまったが、布団のことを言われてしまってはどうしようもない。

皐月は可愛い布団のためを思って「受けますよ」としかたなく呟《つぶや》いた。

「さて、それじゃ行きましょうか」

小間使いはとても満足そうな顔で猪口の中身をぐっと干した後、立ち上がった。

皐月は早速簡単に手荷物を纏《まと》めて、酒屋の屋敷へと向かうことになった。

だが、土間から外に出ると、皐月は、くるりときびすを返して、馬小屋の方へ足を向けたので、小間使いが、「あれ、何かお忘れ物で？　屋敷の方向はそっちじゃありませんよ」と声を掛けた。

酒臭いその相手の息までもが憎らしく思える。

これからの屋敷での生活を考えて、ここで嘗《な》められては敵わないと皐月は瞳《ひとみ》の色を少し青白く光るように変えてから、きっと睨《にら》み付け、押し殺したような声で言ってやった。

「布団も一緒に連れていきます。あなた達なんかに絶対に世話を頼みたくないんですから。それに屋敷内で寝床がないと困ります」

小間使いはさっきの睨みが利いたのか、少し視線を宙に浮かせると「そりゃ、もっともで」と擦《かす》れた声で答えた。

蝉が一斉にやかましく鳴きはじめた、布団の首には汗が浮いている。

空は青く高く、今日も暑い日となるだろう。

その後、皐月は布団の背に跨《また》がり、風のように駆けて颯爽《さっそう》と屋敷へ向かった。

もちろん、一緒に乗せた小間使いが自分を脅した事に対するささやかな復讐《ふくしゅう》として、思いっきり馬体を揺らしながら。

布団の背が激しく揺れるたびに「ひあっ、ひあっ」と小間使いが情けない声を上げてくれたので、皐月の気は少しばかり晴れた。

「旦那様——県境の妖鬼を連れてまいりましたよ」

小間使いと共に門を潜った皐月は、屋敷の皆からおそるおそる見守られながら部屋に入った。目の下にクマを拵《こしら》えた主人から、言葉遣いに気をつけること、この家の中で怪しい術を一切使わぬこと等を約束させられてから部屋に通された。

襖《ふすま》を開けると、天井に届かんばかりの大屏風が、目の前一杯に広がっていた。

——屏風の色は赤かった。

いつも布団の血肉の中で眠っている皐月が見ても、それは鮮やかな色だった。

赤い屏風の中の人物は皐月と目が合うと、鴉《からす》を取って持ってきてくれないかと突然言い始めた。何故かと問うと、鴉の煮込んだのを食べてみたいのだそうだ。

「こう張りついてちゃ暑くってね。暑気払いには鴉の汁が良いと聞いたのよ」

屏風絵の中の奥方は、赤い色に浮くように白く、対比するかのような漆黒の髪を片手《かたて》髷《わげ》に結い上げ、その中で硝子《ガラス》製の煙管《キセル》を時折吹かしている。

透明な細長い管の中をぷわぷわと色の付いた煙が通り抜けていく様が面白く、皐月は少しそれが欲しくなった。

「鴉の汁ですか、私はそんな話聞いたことありません。何処でそんなことをお聞きになったのでしょうか？」

白い顔に浮かぶ形の良い赤い唇から、赤と紫の煙がぶわっと吐き出された。

一体どんな銘柄の煙草なんだろう。

煙の匂いは少し甘く、鼻腔《びこう》を擽《くすぐ》り肺に煙る。

「あそこよあそこ、黄泉《よみ》の国さね。ところで、あんた妖鬼なんだって？　形《なり》も小さいし、目も針で開けた穴みたいじゃないの。

もっとギラギラした妖気を滾《たぎ》らせた凄《すご》い女が来るかと思って、楽しみに待ってたってのに何ってこったない、普通の人とどこも変わらないじゃないの。せめて銀色に光る大きな鋭い角だの、目が三つだか、八つ程もあればもっと面白かったものを」

皐月は、自分がそんなに恐ろしい姿に生まれていたら、それはそれで楽しかったかもな、だけど目が多くあったらどんな気持ちだろう。あちこち見えるのは良いかも知れないが、きっと、視野が定まらず酔ってしまうのではないかと考えた。

「奥方様は、私を今まで里で見かけられた事は御座いませんのでしょうか？」

「ありゃしないよ。あたしは元々足が悪くてね、県境になんざ一度も行ったことはありゃしない。

そう言えばすまなかったね、一度もあんたにお供え物を持ってってたことがなくて。

県境の妖鬼は、異界や近隣の土地から魔がやって来ないように番をしてるんだろう。

ところで、その番を離れていて今は大丈夫なのかい？」

他所《よそ》から何か嫌なモノが来る時は決まって変な胸騒ぎがする。風は嫌な味がして、首筋の辺りにぞぞぞっと怖気《おぞけ》が走るのだ。

皐月はそれを今まで全身全霊をかけて追い払ってきた。

それが何かは、判らない時のほうが多い。

時折気がつけば小さなモノがそっと忍び込んでいる時もある。

どうもそれは飢えや病であったりするのではないかと皐月は考えている。何故ならその気配を感じたときは実りが悪く、病の者が出ることも多かったからだ。

そして、皐月は自分自身が追い払えるモノとそうでないモノ、追い払わない方がいいモノの存在も知るようになっていった。だけど、ここ数年はそんなモノもさっぱり来なくなった。

「いえ、今はこちらの方がお仕事ですから。それに、ここ最近変なモノが外からやって来たことはありません」

「ふうん、そういうものなのかい」

小間使いは随分手を焼いていると言っていたが、屏風の中の奥方は、多少気難しくはあるけれど、それほど気が合わないわけでもないなと皐月は感じはじめていた。

さっぱりとした受け答えの口調も悪くない。

ただ気ままで我儘そうなので、人によっては疲れてしまうかもしれないけれど、と皐月は心の中で付け加えた。

「あんたさ」

奥方は皐月を指差したあと、再び手を屛風の中に戻して煙管を手に取った。

「なんでございますか？」

「面白い奴が来ると思ってたのに、あたしの期待外れなのかい。これだったら小間使いに頼んで旅芸人でも連れてこさした方が良かったかも知れない」

奥方は片肘《ひじ》を突いて、丸い輪の形の煙を吐いた。

その言葉にはさすがにちょっとムッとしたので、皐月は声を荒らげて反論した。

皐月は昔から何故か、人に甘く見られるところがあり、とてもそれを気にしていたからだ。

「先ほど奥方様は私に銀色の角があればと仰っていましたが、角なら私にだってあるのですよ。鬼の子だからこそ、県境の妖鬼と呼ばれているんです。ほらっ、その証拠にこれをご覧下さい。昨日だって米のとぎ汁を含ませた布で角を磨いていたんですから」

皐月は切りそろえた前髪を片手で持ち上げて、額の中心に盛り上がった小さな白い小指の先ほどの角を奥方に見せつけた。

乳白色の小粒の角は、自分の体の中で一番自慢できる部分だった。

毎日念入りに磨かれて、真珠のような艶《つや》を放つ角は、どんな宝石を身につけているよりも誇らしい。

だが、人である奥方には皐月のその気持ちが伝わらなかったようで、軽く茶化されてしまった。

「まぁ、なんだいそれが角なのかい？　あんたにゃ悪いけど、ただのちょっと変わった色したこぶか、オデキにしか見えないねぇ。

うちで飼ってる牛の方があんたの何倍も凄い角を生やしているから、別に珍しいとも思えない。赤子の歯だってもっと立派だろうに。まぁいいさ、髪を下ろしてしまいな、大事なお角様なんだろう」

煙管を手に奥方はとても愉快そうに笑っている。

「からかわないで下さい。これでも私の父は、とても大きな雄々しい角を頭から生やしていたんですからね。それに奥方様はご存じでないのかも知れませんが、女の鬼は角があまり大きくならないものなのです、それに……」

「角については解ったから仕舞いなと言っているだろうに。ところで退屈でしょうがないよ。折角だから何か妖鬼らしいことをもっと見せてくれないかい？　さっきの角みたいに今度はあたしをガッカリさせちゃあいけないよ」

少し気分を悪くした皐月はむくれて答えた。

「妖鬼らしいことと言われても困ります。奥方様は人であられるので、人らしいことをして見せてくれと言われたらお困りになりませんか」

「屁理屈をお言いでないよ、あたしは今あんたの雇い主だからね。妖術とか使えるだろうに。何か、あたしが目で見て面白いという事をやっておくれ。だからといって家の中のものが壊れたり、燃えたりすることはやっちゃあいけないよ」

ふぅっと硝子の煙管から今度はにび色の煙を吐き出すと、奥方は近くにあった煙草盆に軽くコンッと当てて置いた。屏風から白い紙のような手だけが出るのを見て、皐月は、奥方を見る方が妖術なんかよりもずっと面白いのではないかと思った。

「家の中では妖術は使うなと旦那様と約束させられてしまったので使うことが出来ません。私は約束させられた事は、人と違って破ることが出来ないのです。たとえ私が破ることを願ってもです」

「そうかい、つまらないことを勝手に約束させられてしまったもんだね」

急に屏風の中から良い香りがしはじめた。

見ると、奥方が壺《つぼ》の中から梅の実の砂糖漬けを取り出して頬張っている。

一体、物はどこから出しているのだろう。

あの屏風の中は黄泉の国にでも通じているのだろうか。そうならば、黄泉の国にも梅の木が生えているのか。

ごくりと自然に喉《のど》が鳴った。

それもそのはず、甘い梅の実は、皐月の何よりの好物だったのだから。

ここの県境に住む前、それは遠い昔、まだ両親と皐月が一緒に住んでいた頃、梅雨の合間に梅を干す人々の家を見て、皐月は良い香りがするのであれをくれと親によくねだったものだった。

梅は妖《あやかし》の腹を冷やすから、人の口には良くても、好むのはよくないと窘《たしな》められていたのだが、ある日梅の香りの誘惑に勝てず、小さな鳥に姿を変えて実を啄《つい》ばみに行ってしまった。

あのときは小さくて、体が軽かったから鳥になることが出来たのだ。

今でもその時の、塩を吹いた黄色く色づき始めた梅の味を覚えている。

しかし、家に帰るとなぜか母親に梅の実をこっそり啄ばんだことがバレていて、尻《しり》が真っ赤になるまで打《ぶ》たれて、泣き喚《わめ》いて詫《わ》びた。だが、それからしばらく経つと、家から随分と離れた場所に父親が梅の木を植えてくれた。

「私たちはその実に触れることさえ煩わしいと思うのに、変わった子だこと」と母はよく言っていた。

「梅の木は埋めの気に通じるとも言うぞ、この子は私たちとは違って、土の気を強く持って生まれてきた子なのかも知れないな」

父の声が耳によみがえる。

「何をそんなに、人が梅を齧《かじ》るのをじろじろと眺めてるんだい、もしかしてこれが欲しいのかい？」

皐月は目を丸くして、まるで幼子にでも戻ったかのように、こくんと大きく頷《うなず》いた。

奥方は「ほほっそうかい、欲しいんなら一つあげよう」と薄っぺらい白い腕に汁気をたっぷりと含んだ甘い梅を載せて皐月の前に突き出した。皐月が青梅を受けとると、奥方は手をすっと屏風の中に戻して、ため息を吐いた。

「全く、煙草と食べ物だけじゃ退屈も募るばかり。妖術が駄目なら何か妖として面白い話を聞かせてくれないかい。このままじゃ退屈で退屈で、屏風にびっしりと苔《こけ》や黴《かび》が生えてしまいそうだよ」

ころころと甘く、冷たい青梅を口の中で噛《か》み締めながら皐月は頷き、現金なものでさっき自慢の角を茶化されたことも忘れて、この青梅を種までしゃぶって味わい尽くしてから、美味《おい》しい梅のお礼に、自分の中で面白かった話を奥方にしようという心持になっていた。

皐月は色々な思い出を頭の中に浮かべ、その中の一つを摑《つか》んだ。

「私と、私が寝床に使っている馬の布団との出会いを話しても宜《よろ》しいでしょうか」

種をどうしたらいいのか分からず、飲み込んでしまったせいか、少し上擦った声でそう尋ねた。

奥方は、「何でもいいよっと。どうせ最初から退屈なんだし」と言いながら硝子の煙管に刻んだ煙草を詰めていた。

「前に私が寝床にしていた蠟《ろう》という名の馬が死んでしまったので、私はずっと新しい馬を探していました。

人と違って私は馬の首の中でないと、本当の意味での睡眠は得ることが出来ません。

ある日、西の森で黒い野生の馬を見たという話を聞いて私はすぐにそこへ向かいました。ぬるかみに付いた蹄《ヒヅメ》の跡に、食い荒らされた根っこに馬糞《ばふん》。そこに馬がいるというのは誰の目にも明白でした。それもかなりヤンチャな奴ですね。

馬はすぐに見つかりました。

木立の間に立ってこちらをじっと見据えていたからです。

白い湯気が黒く光る馬体から立ち上っていて、私は一瞬見惚《みと》れました。

何よりも好きな、馬の臭いと生暖かい鼻息。

速く走る為に形作られている四肢《しし》はとても美しい。

私は我に返ると、後ろ足にぐっと力を入れて跳躍して、迷わず馬に飛び掛かりました。馬を寝床にするのには自分の力で捕らえて馬を服従させなくてはいけないのです。

私は布団を強く嚙みました。

布団は私を蹴《け》り上げようと、激しく頭を上下に振って暴れました。私は振り落とされて懸命に体をかわしたつもりだったのですが、みぞおちの辺りを強く蹴られてあばらの骨を何本か折ってしまいました。

目から星が出る程の痛みでしたが、私は耐えて布団に再び飛び乗って、歯を立てて嚙み付いて放しませんでした。そしてやっとの思いで、耳と目を布で押さえて、布団が疲れて大人しくなった時に、嚙み付いた傷跡に私の唾液《だえき》を塗りこんで呪いを唱えました。

これで馬はやっと寝床になる準備が出来たことになります。

人より傷の治りは早いとはいえ、あばらの痛みは辛《つら》く染み入るものでした。県境の家に帰ったとき、私は熱があって一刻も早く休みたかったので、馬を部屋の中に呼びました。

私の布団よ、来いと。

その時初めて口にした呼び名が、馬の名前になっています。

妖が寝床に使う馬は、普通の馬よりもずっと長生きもしますし、知恵も付きます。だから妖鬼の中には、何匹もの馬を従えて順番に寝て、馬を賢くして高値で売ったり、馬を捕まえるのが下手な妖に、売るのを商いとしている者もいるんです」

「馬の首の中で眠るってのは、一体どんな気分なんだい？」

「布団の鼓動や、息遣いが聞こえます。それにとても温かくて、守られているような安心感に満たされます。

実際、布団は眠っている間、無防備な私を気遣ってくれているんですよ」

「ようするに、思い人との閨《ねや》のようなものなんだね」

皐月は曖昧《あいまい》に微笑んで、開け放たれた戸の外を見た。遠くでごろごろと雷が唸《うな》っている。土と湿気の匂いが部屋に満ちている、もう直ぐ夕立が来るのだろう。

「雨が降りそうだね。あたしは雨が好きだったよ、外に出られないってことを気にしないでもいいからね。それに、雨粒の音は聞いているだけで心が休まる気がするんだよ。だから、生まれ変わったら紫陽花《あじさい》の花にでもなって、葉っぱの上で蝸牛《かたつむり》なんぞを遊ばせてやろうと思っていたのに因果なもんだねぇ、何にもなれやしない」

ふぅっと煙が揺れて、皐月の目の前を泳いでいった。

ため息の色のようにも見える。

雷の音が、少しずつこちらへと近づいて来ている。ぽつぽつと大粒の雨が葉を打ち、地面を濡《ぬ》らす音がする。

外からわいわいと、何やら騒がしい声が聞こえる。雨から逃れようとする人達だろうか。

「どうかしたのかい？」

座布団の上で体を少し強張《こわば》らせた皐月を見て、奥方が声をかけた。

「いえ、別に。ただなんとなく一度に色んなことを思い出してしまって、少しぼんやりしていただけです」

部屋の中が急に薄暗くなったと感じた途端、滝のような雨が、空から落ちてきた。

ざざざざざざざ……と激しい雨に打たれて、中庭の木々が全て頭《こうべ》を垂れているように見える。

「急に雨が降って参りましたね」

すっと襖を開けて、下女がやって来た。

下女と言っても、普段は近所で畑仕事などをしているのだろう。

「失礼致します、麦湯と西瓜《すいか》でございます」と側に寄った時に見えた手や顔は、屏風の中の奥方とは違い真っ黒に焼けて肉付きも好かった。

下女はチラリと皐月を見ると嫌悪とも恐れとも何とも言いがたい複雑な表情をして、湯のみと西瓜の載った皿を置いた後、部屋から出て行った。

「あたしは煙草をやっているから、あんたが先におあがりよ。それとも妖鬼は西瓜なんか食べないのかい？」

「いいえ、ただちょっと高価なものが出たので驚いているだけです」

「別に遠慮することないよ、萎《しな》びてしまうから早くお食べ」と勧められたので、皐月は迷わず「いただきます」と手に赤い実を取って、しゃむしゃむと食べ始めた。

種を一つ、二つと口から取り出しては皿の上に置く。

縁側の向こうで激しく降る雨を奥方とともに眺めながら、西瓜を食《は》む音だけが部屋に満ちている。

「西瓜を食べながら聞いとくれ、あたしはその実のねぇ、赤い色が好きなんだよ。血みたいだからって、忌む人もいるけどね。赤い色って華やかな感じがするじゃないか。だからあたしは一日の中でも、黄昏時《たそがれ》が何もかもが赤く染まって、一番好きなんだよ」

一瞬、真っ白な光が走ったかと思うと、一際大きな雷鳴が響き、屋敷が揺れた。きっと近くに落ちたのだろう。

「雷は別に怖いもんじゃないけど、ああ大きくて地面が揺れてしまうのは、ちょっとばかり驚いてしまうね」

屏風の中で肘を突いて、閃光《せんこう》を見つめる奥方の横顔は、少しだけ自分の母の姿に似ていると感じた。

「今降っているのは通り雨だと思うので、夕方頃にはきっと、止むかと思いますよ」

鳥が雨の中、騒がしく鳴いている。

「暑くってしょうがないから丁度、打ち水代わりの雨と思えばいいやね」

「そういえば、雨の日だけに現れる妖というのがいるんですよ」

奥方は長い睫毛《まつげ》を伏せている。「ふぅん、雨の日だけにねぇ、妖にそんなに種類があるとは思わなかったよ」鼻や口から今度は違う草を詰めたのか朱鷺《とき》色の煙を出しながら、皐月が西瓜の赤い実を食むところを眺めていた。

徐々に雷鳴は遠のいて行ったが、まだ雨足は強く、辺りは八ツ半時頃にしてはとても暗い。

西瓜を食べ終え、皐月は肘に垂れた赤く甘い汁を舌先でなめとった後に指を舐《ねぶ》った。本当は皿に溜《た》まった赤い汁も飲んだり舐《な》めたりしたかったのだが、ここは布団と自分しかいない小屋ではなく、妖がみんなそういう作法だと奥方に思い込まれても困るなと思って、皐月は我慢した。

赤い実の部分は柔らかくて甘かったが、西瓜の底の部分は瓜《うり》のような味だった。

一番外側は硬くて渋い味がしたので残したが、西瓜は種と皮は食べないと誰かから聞いたような気がするので、多分間違った食べ方はしていないだろう。

この集落では西瓜は育てられていないので、きっと行商が、遠くから運んできたのを買い求めたのに違いない。

皐月はあまり食べなくても平気な性質《たち》だった為か、普段も少しばかりの味噌や塩や酒を求める以外は、外から特別な物を買うということは無かった。

庭の小さな畑と、時折貰《もら》うお供え物以外の食べ物は、とても貴重だ。しかも供えられるものは皆、自分の畑や田で穫《と》れるものか近くで獲《と》れる物なので、遠方から来た行商から買った日持ちのしない青物の味は格別に感じられた。

指を鼻先に当てると、舐った後もまだ、西瓜の匂いが残っている。

「食べ終えた後の種と皮だけど、そんなに西瓜が好きなら下げられてしまう前に、庭に投げておしまいよ。

縁側から外に景気よく飛ばしておくれ、もしかしたら来年になったら庭に、西瓜が生《な》るかも知れないよ。そうでなくったって、鳥の腹くらいは満たせるかも知れないだろう」

名残惜しそうに指をもう一度舐った後、皐月は言われるがままに雨に煙る庭に向けて、皮と種を放り投げて捨てた。

「種はわかりませんが、皮はきっと泥に塗れて腐ってしまうだけですよ」

「別に構いやしないよ、蠅に感謝されるかも知れないからね。庭師か誰かが片づけてしまうかも知れないけどさ……」

皐月の頭の中で、次の夏に大小の実を眺めながら、奥方と二人でどれを口にしようかと悩む自分の姿がぼんやりと浮かんだ。

「雨が止んだら、ちゃんと埋めておきますよ。そしてここから見えるように小さな畑を作ってもよろしいでしょうか」

紙縒《こよ》りでヤニを取った煙管を布で拭《ふ》いてから、奥方は煙草盆の中にしまい込んだ。

そして、三段になっている引出の一番下から小さな手に載るくらいの琵琶《びわ》のような楽器を取り出して爪弾《つまび》きはじめた。

さっきよりも小降りになってきた雨音に混じって、弦を弾《はじ》くビンッという音が響いて耳に心地よく残る。

「これはね、足の悪いあたしに、父が職人に頼んで拵えてくれたもんなんだよ。小さい頃からこれで遊んでいるのに、ちっとも上手《うま》くなりやしない。

畑は別に作ったって構いやしないけれど、この庭は夏場は日が差さないように作られているからね。それでも西瓜は育つもんなのかい。

で、話しかけた話題を途中で切るのはよくないよ。さっき言ってた雨の日の妖の話を続けておくれ」

指先で遊ぶように弦を弾きながら、奥方が皐月に振った。

「初めて作る物なので、育つかどうかは判りませんが、雨が上がって地面が乾けば明日にでも小さな畑を作ってみます。それに別に失敗したっていいんです。さっき私が口に含んで皿に置いた種の数を、奥方様はご存じでしょうか？　六十八もあったのですよ。

蒔《ま》く時季や育て方を変えて、これだけの数があれば、一度や二度の失敗は物の数に入りません。雨が上がって土が乾けば種を拾いましょう。私の目は人よりいいので土に塗れてたってちゃんと黒い種を見つけてみせます。

雨の妖の話ですが、あいつは変わった奴でした。

と、言っても私はそんなに沢山の妖と出会ったわけではないので、妖全体から見るとあれも普通なのかも知れません」

「そいつとはどこで、出会ったんだい？」

「もうずっと昔の事です。

この集落に来る前に、私は白馬の蠟と旅をしていました。

峠を越える途中で夜になってしまい、お互い疲れていたこともあってここで休もうと蠟を繋いでから首の中に入り、私は顔を出して眠っていました。

やがて、夜更け過ぎに雨が降り始めたのか、杉葉を伝って落ちてきた雨粒が、顔を打ったので私は目を覚ましました。するとそこに、口から赤くて長い舌を三枚伸ばして、くるくると踊っている格子柄の褌《ふんどし》を締めた子供がいました」

「暗闇の中で見えたってことは、そいつは光でも放っていたのかい？」

「私は夜目がとても利くんです。

最初はあまりにもその様子が奇妙に見えたので、狐か狸が私を馬鹿にして、からかっているのではないかと思ったほどでした。子供に何をしているんだと訊くと、雨が降っているから舌で雨を飲んでいるとだけ答え、その後は何度話しかけても私の問いには一切答えてくれずに赤い舌を振り乱してずっと独楽《こま》のように回り続けていました。最初はちょっと面白いなと様子を見ていたのですが、ずっと同じ動作を繰り返しているだけで、旅疲れもあったので、私は眠ってしまいました。

　朝、目を覚ますとその妖はおらず雨は上がっていました。

　その時は変な妖を見たくらいで済んだのですが、それ以来、雨の日のたびに行く先々で何度もそいつを見るようになりました」

「で、どうなったんだい？」

「ある日、蠟と街道を歩いていると、雨が降ってきました。またあいつが来るなと思っていたのですが、現れなかったのです。それ以来、私はその妖に会っていません。今もどこかにいて、雨の中、くるくると回りながら踊っているのかも知れません」

「その旅をしていた蠟ってのは、良い馬だったのかい？」

「ええ、とても」

「布団がいても、あんたはその馬のことを思い出すことがあるのかい？」

「いつもきっかけは些細《ささい》なことなのですが、蠟が好きだった野草を見つけた時か、かつて旅をしていた所と似た景色を見た時に、ふっと思い出すことがあります」

　ピンッと手元にあった小さな楽器の弦を弾き、「雨が随分と小降りになってきたようだね」と奥方がぽつりと呟いた。

蝉が再び大きく鳴きはじめた。

雨が止んだ頃に、小間使いが「旦那様がお呼びですぜ」と、皐月を部屋の外へと呼び出しにやって来た。

皐月は、せっかく雨が止んだので、あの奥方と夕焼けに染まった庭を、共に眺めることが出来るのになと文句を言いながら、小間使いの後ろを付いていった。

薄暗く長い廊下を抜け、庭を抜けて、皐月が案内されたのは、さらに薄暗い酒蔵の中だった。

「旦那様、県境の妖を連れて来ましたよ」

「あいつと何か問題は起こしてないだろうな」

「いえ別に……」

会ったときから数刻しか経っていないというのに、旦那の眉間《みけん》に刻まれた皺《しわ》は一層深く濃く、ずっと年老いて見えた。

「そうか、それならいい。もう少ししたら飯の時間なので、小間使いの半兵衛《はんべえ》に言って膳《ぜん》を用意して貰うといい。ただ妖鬼と食事をすることに慣れていない連中が多いから、飯は他の使用人とは違う場所で摂ってくれ」

「あの、奥方様のお部屋でいただいても宜しいでしょうか？」とおずおずと訊《たず》ねると、主人は表情を更に翳《かげ》らせた。「あいつは俺と食べたがるんだ。何だってあんなに俺を苦しめるのかが解らない」

主人は蜘蛛《くも》の巣が張った高い酒蔵の天井を仰ぐと、皐月に訊ねた。

「県境の妖よ、死んだものを無理やりにでも送り返すすべは無いのか。返さなくても消滅させる方法とかは有りはしないのか、もしあったら俺に教えてくれ」

「あるかも知れませんが、あっても私は知りませんし、魂のやりとりをする術には大きな危険が伴います。それに、旦那様と約束させられてしまったので、私はこの屋敷の敷地内では何があっても、術を使うことは出来ないんです」

「そうか……」

顔の皺を一層濃くして主人は頷いた。

しばしの沈黙の後、早く出て行けと促されて皐月は酒蔵を後にした。

その晩のご飯は漬物と、刻んだ葱《ねぎ》と酒粕《さけかす》の入った汁だった。

米は酒を造っているだけあって、麦や粟《あわ》は少ししか混ざっていないようだ。

酒粕も香りがよくて、入っていた具はふの欠片《かけら》だけだがとても美味しそうだった。

皐月は言われたとおり、皆が食事をする場所を抜け出して、布団のいる馬小屋の側で汁を啜り、暮れ六ツの鐘の音を聞きながら、「人の縁ってのは解らないもんだね、布団」と語りかけた。

布団は鼻息を吹き出し、そっと長い鼻先を皐月の頭の方に寄せた。

母屋ではまだ、他の人たちが食事を摂っている最中なのだろうか。

あともう少し布団とこうした後、食器を返しにいこう。

薄桃色の夕焼けに染まったこの風景を、あの奥方と主人は、一体どんな顔をして眺めているのだろうか。

群青色の空で金星が強く輝きを増す頃、皐月は食器を返しに行ってから、小間使いに奥方と主人の食事も終わっていることを確認して、部屋へ戻ろうとした。

だが、慣れぬ屋敷内で、酒蔵の中で聞いた主人の言葉もあり、他の人となるべく顔を合わせないように移動している内に迷ってしまった。

ここは屋敷の中のどのあたりだろう、誰かに次会えば奥方の部屋を尋ねてみることにするか。何、いくら私が妖だからと言ってもこの村には誰よりも長く住んでいるし、別に外見は、髪の下の角と目の色を除けば人とそれほど変わりはしないのだから、不必要に恐れられることもないだろう。いや、それでもやはり怖がられてしまうのだろうか……。

暗く長い廊下を思案に暮れながらひたひたと歩いていると、襖の向こうからひそひそとした声が漏れ聞こえた。

「……いっそあの屏風を燃やしてしまってはどうなの……」

それを聞いて皐月は、襖の前で金縛りにあったように動けなくなってしまった。

「あれは魂が宿っているだけだと道士が言っていた。物を消してもそれが解決になるとは思えない。それに悪鬼になってしまったらどうするんだ？　それにあの屏風は……」

もう片方の声はこの屋敷の主人のものだった。

「じゃ、ずっとあのままだって言うの、一体いつまで我慢すればいいのか見当も付かないじゃないの」

「俺だって考えているんだから少し静かにしてくれ、いずれはあいつも帰るだろう。この世にい続けることが出来ない定めなのが、死人なのだから……」

無意識に握った拳《こぶし》の内側で、じわっと汗が滲《にじ》む。

「祟《たた》られちゃ敵わないって言いますけどね、私の気持ちはどうなるんですか。今日だって化け物と奥方が向かいで喋ってる姿を見て、本当にゾッとしましたよ。今度麦湯や水菓子を持っていく時に、毒でも盛ってやろうかとさえ、真剣に思っているんですからね」

「そう聞き分けの無いことばかり言わないで、もうしばらくだけ我慢しておくれ。俺もあいつには辟易《へきえき》してるんだから」

皐月は耳を塞《ふさ》いで、足音を立てないようにして、そっとその場を後にした。

「おやっ、もうご飯は済んだのかい？」

見当違いの部屋の襖を五、六度開けてから、やっと皐月は奥方の部屋にたどり着くことが出来た。

「今日のあんたの話しっぷりはなかなか悪く無かったよ。馬はあたしは一度も乗ったことがないけれど好きなんでね。うちにも何匹かいるけど、あの目が、黒い宝石のようじゃないか。ところで、あんた酒は飲めるくちかい？」

皐月はさっき廊下で聞いたことを振り払うように勢いよく「もちろん」と答えた。

「それじゃここに何本かあるけど、ただ飲ませるだけじゃあたしが面白くないからそうだね、あんたあたしと賭《か》けをして勝った方が一杯飲めるって趣向はどうだろう。ここにサイコロが一つあるから、目が三より大きいか小さいかを当てるってのをやってみようじゃないか。それじゃ最初はあたしが振るけど、あんたは大きい数の目にするのかい、それとも小さい目にするかい？」

「あの、もし三が出たらどうするんでしょうか」

「その時はそうさねえ、振り手が飲むってのはどうだろう。それっ」

ころころと畳の上をサイコロは転がり、出た目は四だった。

「あ、そういえば私も奥方様もどちらの出目にかけるか、言い忘れていましたね」

「それじゃ最初の一杯は、お互い一緒に飲むことにしようか、あんたが酌をしておくれよ」

久々に飲んだ酒はじんわりと、腹の底からきゅっと、染み入るほど美味しかった。

「そうだ、あんたは今まで人を喰《く》う化け物って奴には会ったことがあるのかい？　そいつはどんな姿をしていたか、教えておくれ」

奥方はサイコロを放り出して、皐月に空になった盃《さかずき》を差し出した。

とくとくと徳利《とっくり》から、酒を注ぐ音さえも美味しそうだなと、口の中に生唾《なまつば》がじわっと湧いた。

「もう賭けは無しで、今夜はあんたの話で飲むことに決めたよ。あんたは手酌でお飲み」

皐月は大喜びで再び空盃を満たし、手に垂れた酒までも行儀悪く西瓜の汁の時のように、ぺろっと舐めてしまった。

「本当にあんたは美味しそうに酒を飲むねぇ。遠慮はいらないから、好きなだけおあがりよ」

奥方が手を叩いて小間使いを呼びつけ、酒をもっと持ってくるようにと伝えた。

それから運ばれてきた酒を飲み干して、頬を赤く染めた皐月は「とても昔の話なんです、私がここに来る前、そうですね、子供の頃の話です。一度だけ人を食べるという山の神に出会ったことがあったのです」と、語りはじめた。

奥方は半身を屛風から乗り出して話を聞いている。酒に酔っているので皐月と同じように頬が赤いが、色が白いので、まるで白玉に紅を垂らしたようだ。

「私が両親と共に住んでいたのは山間《やまあい》の小さな開けた土地で、人が住んでいる里からは少し離れていました。その年は何時《いつ》もよりずっと雪が早く、父と母の小さな畑の実りも少なくて食べるものが何日もなく、毎日雪をかきながら、残念な気持ちで過ごしていました」

「あんたは何日も食べなくても平気なのかい？」

「飢えるのは辛いことですが、人のように飢えだけで参ってしまうことはありません。

そんなある日、父と私は山に薪を集めに行ったんです。

寒さの厳しい日で、粉雪が舞って、耳や顔に張り付くのが嫌でした。

指をふぅふぅと息で暖めながら父の背中を追って、山の奥へ行き、薪を集め籠《かご》の中に詰めると雪が急に激しくなって吹雪《ふぶ》いてきました。父の顔が急に険しくなり、これはまずいなと作業の中断を呼びかけました。

どさっと木から雪が落ち、風が吹いて葉を落としていない木々がざわざわと揺れて、私は何か背後に気配を感じました」

皐月はそこで、大きく息を吸い込んだ。

「父の足にひしとしがみ付いて見たそれは、真っ黒な墨に、黄色い切れ目を二つ入れたような姿をしていました。そして、トンッと跳躍して私と父の前に来ると、真っ黒な体の中心が割れて赤い大きな切れ目が覗《のぞ》きました。私は青白い父の顔を見つめながら、これはなに？　と訊ねました。すると、父はこれは人を取る山の神だ、嘘や偽りを持てば体を半分にトンと薪のように割られてあの赤い口で喰われてしまうと言ったので、その黒いモノの赤い部分が口だということが解りました。父は私の頭に手を置き、出来るだけ平常心でいろと言いました」

奥方は半開きの唇に煙管を押し当てて聞いている。

「この神は冬の山そのもののような存在だから、心を乱すと喰われずとも、命を吸われるというのです。私は、再び山の神の姿をまじまじと眺めました。黄色い切れ目の部分は左右対称に付いていたので、目のようだと思いましたが、そこからは何の感情も表情も感じ取ることが出来ませんでした。父が目を閉じろ皐月、それから心の中で自分の名前を十回唱えろと言ったので、その通りにしました。名を唱え終えてから、目を開けるとそこにはもう黒くて赤い口をした山の神はいませんでした。神の立っていた木立の前の枯れた草原の間に、凍った苺《いちご》が生っているのを見つけたので、それを無邪気に口にいれました。凍っていたので冷たく、表面は乾いていましたが、小さな苺は空《す》きっ腹にはとても美味しく感じました。私は思わずさっきの恐ろしい気持ちも忘れて笑顔になり、父に山の神は、これを私たちに言いたかったんじゃないかと伝えたのですが、父は私に返事もしないで、厳しい顔のまま、付いて行くのもやっとの速さで、黙って山を下りていきました。あんまりにも父が急ぐので、もしかして後ろから山の神が追いかけているのではないかと何度も振り返ってしまったほどです。

そして、家に着くと父は雪を落として笠《かさ》と雪蓑《ゆきみの》を取り、しばらく山へは入らないようにしようと母と私に告げました。

あとで知りましたがその神の名は『スイトン』と言って、冬の山に入ってスイトンと出会った者は、その時心に偽りや動揺が走ると、食べられてしまうそうなんです。

そのせいで冬の山に入る人がいなくなってしまった時期もあったようです」

「その食べられた人はどうなるんだい？」

「私にはその基準がわからないのですが、春になると時折戻ってくる人もいたそうです。ただ、こんな恐ろしい神なのに、言い伝えでは、山で子供を遊ばせたという話も残っているんですよ。だからあの時、父と私の前に現れたのも、子供の私に苺を見せて本当に喜ばせたかっただけかも知れません。これが、私が人を食べると言われたモノとの、唯一の出会いとなります」

「ふぅん、この土地にも山の神はいるだろうけど、そいつも同じような姿なのかい？」

「いいえ、ここの土地の山の神様は、私や奥方様と同じ、女で人とよく似た姿をしています。時々お祭りの時に紛れて里に下りてらっしゃいますよ」

人の年でいうと十三か四ばかりに見える山の神、人と交じっている時に皐月と目が合う時はあるが、言葉を交わしたことはほとんど無い。

神が妖や人と比べて存在が希薄なのは、こちら側にあまり興味が無いからだろうか。

「祭りの時ねぇ。あたしは人ごみも外も苦手だから行った事はないけど、化け物たちの間でも祭りはあるのかい？」

「妖は人より気まぐれなのが多いので、里の人のように毎年は行《おこな》ったりはしないと思います。この土地には妖の数が少ないので、祭りはありませんが、過去に旅をしている途中で妖の祭りを見たことがありますよ」

「それは人の祭りとはどう違うんだい？」

「あまり差異はありませんね。飴《あめ》売りなんかの出店や、見世物《みせもの》小屋があります」

「へぇ、見世物小屋もあるのかい？　全く化け物が化け物を見ても面白いもんなのかねぇ」

「私が見た見世物小屋の中にいたのは人間でしたよ」

「人なんて数も多いし、どこにだっているから、見ても面白いもんじゃないでしょうに、おかしなもんだね」

「厳密にいうと、人であって人でないモノでした。そこで見たのは硝子になった子供でした」

「何だねそれは、親の因果が子に報いってやつかい？」

「いえ、本人から聞いたわけではありませんが、確か小屋をかけていた妖の説明によると、自分の意思でそうなったんだそうです。赤い着物から出た手足は透き通っていて、髪は白く輝いていました」

「拵え物だろう、どうせ」

「いえ、瞬《まばた》きもしていましたし、時々退屈そうに辺りを見回したり、手遊びをしていたので生きていたと思います。見ていると何だかどこか可哀相な気がして、その子があとで火を使って芸をするというのがありましたが、私は見ないで小屋から出ました」

「今その子はどうしてるんだろうねぇ」

「解りません。まだ小屋にいて、今も何処かで妖の集まる祭りに出ているのかも知れません。それとも、元の体に戻ったのか……」

「もしかしたら割れちまってるかも知れないね、だって硝子だったんだろう？

　何だってそんな壊れやすいもんなんかになってしまったんだろうねぇ。ただでさえあたし達は脆《もろ》いもんなのにさ、あたしなんざ、二年前にちょっと風に当たっただけで病んでしまってころりさ。でも、その子は割れてなければ化け物の祭りを巡ってるんだろ、あたしはこの四角い部屋の中が殆《ほとん》どというか、全てに等しいわけさ。生きていても、死んでいても代わり映えしないったりゃありゃしない、全くあたしは一体なんなのかと時々思うよ」

「奥方は物に憑いた霊です。その屏風には、何か思い入れがあるのでしょうか？」

奥方は長いまつ毛を伏せて、どこか遠くを見るような表情を浮かべた。

「この屏風はねぇ、あたしの旦那の若いときの贈り物だったのさ。こんな大きい変な物をと最初は思ったんだけどねぇ。理由を訊いたら、あたしが赤い色と夕焼けが好きだってことをあの人が覚えていてくれててね、それで部屋にいたままでも何時でも赤い色が見えるようにってことで選んでくれたってのさ。空は切り取れないからって気障《きざ》な台詞《せりふ》まで付けてくれたのにさ、いつの間にか、お互いそんな日が遠くに感じるようになってしまったよ。ま、これもしかたないことさね。あたしは生きがいもなく、ズボラで我儘なもんだから仕事も人任せで好き勝手やってきたからね。

もっとあの人の側で、尽くしていたらまた、違った夫婦になってたんじゃあないかって思ったこともあったけど、それさえも昔の事となってしまったよ。

ところで、あんた今日食べた西瓜のお味はどうだったたい？」

皐月は急に訊かれて虚をつかれたように、何も答えることが出来なかった。

「不味《まず》くはなかったと思うけど、あたしはあの女が運んできたものだと思うとどうもね。

食べなかったのは実を言うと、煙草のせいだけじゃなかったのさ。尻のどんっと大きいあの女はねぇ、今は旦那のなんだよ。あたしは鬼籍に入った身だから、今更相手を責める気はさらさらないけどね。だけどそう解っていても、少し面白くないのはどうしたもんなんだろうねえ……。別にあの人のことなんぞもう何とも思ってないってのにさ、それともこれが男女ってもんなのかねぇ。

あたしの旦那はあたしが一人娘だったから、入り婿だったけれど、母はこの家に嫁に来た人間でね。

夜になるとあたしの枕元に幽霊のように立って、あたしの父が浮気するのを知って悔しい、悔しいって言ったのを覚えているよ。あたしはあんな風にはなりたくはないと思ったね。あたしの場合、好き勝手してきたのはお互いさまで、こちらも決していい妻だったとは言えやしないしさ、また子供でもいりゃ違ったんだろうけどねぇ。あんたみたいなへちゃむくれじゃなくて、あたしの子なら、かなりの美人だったろうに。

これぱっかりは、授かりものだからしょうがないけどさ。

ああ、さっきあたしは一人娘って言ったけど、正しくは一人になってしまった娘でね、かなり年の離れた姉さんがいたのよ。もしかしたら、あんたは姉さんが小さい頃に会ってるかも知れないね、何度か県境にお餅を持っていったって聞いていたから。

姉さんは里の中で一番綺麗《きれい》な人だったと今でもあたしは思っているよ。外に出ているのに、あたしよりもずっと抜けるような白さで、綺麗な涼しげな目をしていてねぇ。

お稽古事《けいこごと》も何をやっても筋が良いって褒められてて、あたしの自慢の姉さんだったよ。だから、姉さんが十二になった時に、行儀見習いの奉公に上がるって聞いた時は、とても悲しんだよ。そして四年後、奉公先のお武家様が、姉さんを見初めて嫁に貰いたいって来た時はやっぱりと思ったね。

誰だって姉さんを見れば、ずっと側にいて貰いたいと思うはずだもの。

あたしは行けなかったから、白無垢《しろむく》姿の姉さんを見ることは出来なかったけど、父と母が言うには天女様になったみたいに綺麗で、角隠しの下の顔が初々しくてとてもいじらしく見えたそうだよ。

それから半年くらい経った頃だったかね、夏の今日みたいな夜だった。

あたしを縁側の障子の向こうから呼ぶ声がしてね、それがか細い女の声だったんで、『誰だい？』と布団の中から半身を起こして尋ねると、『ワタシだよ』と言ってやつれて陰火のような青白い顔した姉さんが立ってたんだよ。

あたしは最初これは、姉さんの幻だと思ったね。

だって姉さんの嫁ぎ先のお屋敷は、馬でも三日はかかる場所にあるってあたしは聞いていたからね。

青白い顔した姉さんは『あんたにはこれをあげる』と言って、今持ってる硝子の煙管をまだ頑是無い子供だったあたしにくれてね。

『それじゃまたね』って蚊帳《かや》から手を引っ込めて立ち上がると、縁側を歩いて行ってしまったんだよ。

月が照ってて黒い影が、姉さんが去った後も残っているように感じた夜だった。

あの時あたしが大声をあげるか、這ってでも姉さんの着物を摑んで付いて行けば、違った結果になったかも知れないんだけどねぇ。

その夜にね、外の井戸に飛び込んで姉さんは死んだんだよ。

たまたま使用人の中に飛び込むのを見たって人もいてね、朝に男衆が縄を下ろして冷たい水の中から姉さんを引き上げたのさ。

あたしは姉さんの死体を見たくはなかったし、もしかしたらあの月夜に煙管をくれたのは姉さんによく似た人で、飛び込んだのも別の人で、みんなが見間違えたんじゃないかと考えたこともあったけれど、しばらくするとやっぱりあれは姉さんだと納得したよ。

遺書も見つかってしまったからね。

今も井戸から姉さんが化けてでるって噂が、この屋敷の中にはあるけど、あたしは一度だって見たことありゃしない。

だいいち姉さんは、あたしみたいに未練たらたらのおこがましい女じゃなかったからね。

きっとこの世の物とは全てすっぱりと縁を切るつもりで、井戸に飛び込んだんだと思うんだよ。死んだ理由だけどさ、遺書に書かれてて解ったことだけど、どうやら姉さんはこの里に思い人がいたみたいでさ。ま、もっとも姉さんの思い人の名前はその人に迷惑をかけたくなかったからなのか、書かれてなかったけどね。まったく馬鹿だよねぇ、自分を騙《だま》して一緒にいればそのうち別の相手にも情が移ったかも知れないのにさ、まぁ姉さんは強情なところがあったから、そこが命を縮める原因になってしまったのかも知れないねぇ」

「そんな事があったのですか……」

「こんな狭い土地じゃあ騒ぎになりそうな話だけど、父と母が色々と口止めさせて噂に上らないようにしたらしいから、県境に住んでるあんたが知らなくても、別に不思議じゃないけどね。

だからさ、どうしてか解らないけど、姉さんと同じで、もしかしたらさっき聞いた硝子の子は壊れたくてそんな物になってしまったのかもねぇ。わざと、壊れたいから脆いもんになって、化け物と共に色んな土地を巡る生き方ってのも、思えば悪くないかも知れないやね。姉さんが死んだのが堪《こた》えたのか母さんはその後を追うように亡くなってね。次は母が呼んだのか、父も翌年に持病の心の臓の発作でころりさ。両親が死んでから、幸い杜氏《とうじ》があたしのことを可愛がって面倒を見てくれたんで助かったけどね。杜氏は粗野な男で、里の外れに住む狐妖《こよう》に鼻の下を伸ばしてた、なんて情けない噂もあったけど、腕は確かだったよ。今の蔵の味はその杜氏の息子が守ってる。飾らなくて、酒造りの事ばかり考えている男だったから、あたしの躾《しつけ》は二の次で、こんな口調で煙草を吸う女に育ってしまったけどね。その杜氏が従えていた弟子の中にいたのが、あたしの旦那なのさ」

チリンと風鈴が悲しげな音を立てて揺れていた。

「ところであんたの家族はどんな感じだったんだい？　あんたにも姉妹はいたのかい？」

「私には姉妹はいませんでした。父は炭色の皮膚をした大きな鬼で、母は花塊《かかい》という妖でした」

「妖の種類の名前なんて言われたって、あたしにはさっぱり分からないよ。そういえば最初にあんたの父親は、大きな立派な角があったと言ってたね。

鬼は人を食べるっていうけど、どうしてあんたの父親は食べなかったんだい？」

「全ての鬼が人を食べるわけではありません……例えば私は人を食べることはありませんし、食べたいとも思いません」

「まぁ、あんたは鈍そうだし人を捕まえて食べるって顔はしていないねぇ。でも鬼といえば人喰《ひとく》いってよく言うじゃないか」

「実を言うと、父は人肉を口にしていてもおかしくない種の鬼でした。だけどそれを父が知ったのはずっと後でしたし、知ったところで食べたいとは全く思わなかったと言っていました」

「どうしてそういう事になったんだい？」

「それには理由があって、父は人と一緒に育った鬼だったからです。父が自分以外の妖というものに会ったのは、成人してから何十年も経った頃でした。父の育った土地に、妖は全くといっていいほど居《お》らず、周りの人間も話では知っているが妖というモノとは接した事がないという人ばかりだったそうです」

「それじゃ、あんたの父親はそこで苦労しただろうね」

「いえ、父の話ではそうでもなかったようですよ」

皐月はずずっと酒を啜るようにして飲んだあと、目を細めてかつての父と母との生活を思い出しはじめた。

父は一人で小屋の中でいつも寝ていたが、皐月は幼い頃は母と共に馬の首の中に入って眠っていた。長い冬も母と共に眠る馬の中はとても暖かく、母は色んな遠い世界の物語を話してくれた。

しかし、かつて父が若かった頃の話はあまり家で語られる事はなく、外で母のいない場所でのみ、父は語ってくれた。

その理由は父も母も亡き今、知る事が出来ないが、性質的に二人はかなり異なる妖だと言っていたから、もしかするとそれが原因だったのかも知れない。

父は人と一緒に育ったからか、皐月や皐月の母よりも、人に近い生活を送る事が出来た。

だが、皐月は馬がいないと眠る事が出来ないし、母は毎日手桶《ておけ》いっぱいの水を三杯飲まないと弱ってしまうという性質を備えていた。

人の世界から離れて、ひっそりと生きる事を望んでいた母と、時折里に下りては人の世界と交わっていた鬼の父。

自分はどちらにより似ていただろうか、やはり角があるから父親似なのだろうかと、そんな事を考えながら話し始めた。

「春先の話だったそうです。もうずっとずっと昔の事、一人の男がいたんです。男の職業は大工の棟梁《とうりょう》で、仕事仲間と共に花見に行った帰りのことでした。

男は家の近くで、小さな木箱を見つけたのです。

気になって立ち止まって覗き込むと、箱の中には裸で、二本の角を頭に載《いただ》いた鬼の赤子が入っていたのです。

鬼を見て、みんないっぺんに酔いも何もかもが覚めてしまったと、父は後々まで聞かされたと言っていました。

何人かの大工見習いは、虚勢をはってか、鬼は人を喰うというから殺してしまおうとか、その肉を食うと力が出るそうだから、大工道具を使って膾《なます》にして余った酒のつまみにしてしまおうと言ったそうです。

でも、鬼の子がここにいるということは親が近くに居るかもしれないと窘める人もいたそうで、その人たちはもし、鬼が後で子を取り返しに来た時に、我々が逆に喰われてしまったらどうすると言って、殺そうという人たちを止めました。

他にも色んな意見が出たそうなのですが、纏まらなかったので、その場は最終的に棟梁に決めてもらう事になりました。

ちらほらと桜の花びらの舞う宵に、棟梁はもう一度箱の中を覗き込むと鬼の赤子を拾いあげてこう言ったそうです。

『こいつは俺が育てよう。

なぁに鬼なんて俺は怖い事は何もありゃしねぇさ、でなきゃ背中の俺の彫り物の鍾馗《しょうき》様が泣いちまうだろう。それに鬼を従えた組というのも、面白そうじゃねぇか。鬼なんて怖くはねぇさ、俺だっておめぇらろくでなしに陰で鬼と呼ばれていることなんざ百も承知の助よ。丁度俺の家《うち》は母《かか》ァとの間に子供もいないし、今日の花見にいいみやげ物が出来た。

ははっ、母ァの奴めぶったまげるかな。よし、こいつに名前を付けてやろう。

俺の名の五郎二《ごろうじ》から取って、鬼だから鬼五郎《おにごろう》。いい名前じゃないか、なぁ鬼五郎？』

そう棟梁は赤子の鬼に笑いかけたそうです」

「ちょいとお待ちよ、あんたの話し方だけど、まるで講談師みたいだねぇ。県境に住んでぼやっとしているよりも、話をしてあちこちの家を廻《まわ》った方が向いてるんじゃないのかい？

ああそれにお酒がまた無くなっているじゃないか、誰か冷《ひや》でいいからそのまま沢山持ってきておくれよ」

奥方はパンパンと手を叩くと、小間使いがガチャガチャと音を立てながら沢山の徳利とぐいのみを持ってきた。

そしてそれらを置くと「ごゆっくり」と黄色い歯をニッと剝《む》いて去っていった。

「さっきのあたしの脅しが効いたのかね、あれも要領がいい方だから本当はもっと仕事は速いはずなんだよ。さっ、酒も来たことだし続けておくれ」

奥方は置かれたぐいのみの中から、涼しげな水色の物を選んだ。酒を注いで唇に当てて、陶器の冷たさを味わった後、酒を一気に呷《あお》った。

「私は父の話し方を真似て言っているだけですから、そうからかわないで下さい。五郎二という男は変わっていたと、父はよく言っていました。もし生きていれば私の祖父代わりになっただろうに、最後に父が五郎二の元を去ってからもう随分と経つから今はもうこの世にいないだろう。全く人の寿命は短すぎる。

父は五郎二から貰ったという、鍾馗の根付《ねつけ》をとても大切に持っていました。

それは黒檀《こくたん》で出来ていて、私は人の世界の物の価値については疎いのですが、とても高価な物だと教えてくれました。

鍾馗の根付は手に剣を持って、足の下に鬼を踏んづけている鍾馗の絵と同じ形に彫れていました。父は、この鬼は自分だ、いつまで経っても五郎二には頭が上がらないと言っていました。

父を拾った夜、酔狂にも程があるとその場にいた大工連中は全員五郎二に意見したらしいのですが、『俺が全部責任を取る』と五郎二は赤子の鬼を抱いて、さっさとその場を立ち去りました。

父を連れ帰った五郎二は妻のさやかに『花見弁当の残りよりも気の利いた土産を持って帰って来てやったぜ』と懐に抱いた父を見せました。

父を見たさやかは、『あんたこの子ったら裸じゃないの！　春の夜は冷えるんだよ、全く気が利かない男はこれだから駄目だね』と湯を沸かして父を入れて、体を拭いてから子供用の衣が無かったから木綿の布を切って急遽《きゅうきょ》縫い合わせた物で包んだそうです。

そしてそこまでやった後に、初めて『で、お前さん、この頭に妙な物を付けた赤ん坊はどこの子なんだい？』と五郎二に尋ねたそうでした。

五郎二は、妻が鬼の子を受け入れてくれるかどうかが、弟子達に言い含めるよりも、よっぽど骨なんじゃないかと心配していたそうです。『拍子抜けだったよ、あと母ァが俺の子じゃないかと疑ったりしないのが良かった。もしそうだったら母ァの顔が般若《はんにゃ》になってそれこそ鬼になっていただろうな。お前も好きなのが出来ても相手を鬼にしちゃあいけないよ。』って言ってもお前は最初から鬼だから鬼の母ァを貰うことになるのか』

そんな冗談を父が大きくなった頃によく聞かせたようです。

父は、人の子と比べてかなり成長が早かったので、五郎二夫婦は子育ての経験はありませんでしたが、『手が掛かったとか困った事なんか一度もなかったよ。貰い乳《ぢ》をしたかったんだが、鬼五郎が鬼だって理由で断られてばかりでね、だけど拾われてきて数日後にはもう歯が生えてたし、しばらくするとたいがいの物は何でも食べた。

　風邪だってひかないし、這ったかと思えばもう歩いた。

　三つになった頃には庭で鉋《かんな》をひいてるところをじっと見てたんで、教えてみたらすっとこれまた器用に削るんだよ』とそんな具合で不都合は無かったみたいです。

　でも、それは家の中だけで、壁にここは人喰い屋敷だと書かれたり、血肉を鬼に与えるのを見たという風評が立ったり、鬼がいる所に頼む仕事なんて無いなどと言われたり、苦労も随分とあったらしいですけどね。

　だけど中には変わった人もいて、ある日大店《おおだな》の主《あるじ》という風格の男がやって来て五郎二に『鬼の子を育てている大工の家はここかい？』と訊き、五郎二が『そうだが何の用だ、鬼と言っても俺と母ァの息子よ。退治しようとか何か悪いたくらみがあるなら金槌《かなづち》と鋸《のこぎり》でテメェの頭を解体してやらぁ』と言ったそうです。すると相手の男は『早合点してもらっちゃあ困るよ。こちらは桃太郎でもないし、鬼の子を退治すればアッパレと褒めてくれるような時代でもなし、そんな変な事はせんよ。一度その鬼の子に頼みたい大工仕事があるのだよ』と言いました。五郎二は仕事と聞いて目をぱっちりと大きく見開いたそうです。

『仕事？　一体あの半人前に、どんな仕事を頼みたいんで？』

『申し遅れましたが、私は興戸屋《こうどや》という宿の主人でございます。

早速、ご依頼したい内容のお話に入らせていただきますが、その鬼の子に、何か驚くような物を拵えて貰いたいのです。何故かと言いますと、私の庭にはそれこそご神木にしたっていいような、大きな樹齢数百年と言われる赤樫《あかがし》の木がありましてな。

それに先日雷が当たって、倒れてしまいました。立派な木だったんでそのまま腐らせるのも薪にするのもどうも勿体《もったい》無い気がしまして、それなら私は宿の名物になるような物を誰かに作らせたいと思い立ちまして、何人か職人を呼んでみたのですが、赤樫の木は硬くて歯が立たない。

それでも、何とか出来るいい職人はいないかと情報を集めていましたら、鬼の大工の話を小耳に挟んだわけです。私はこれだ！ と思いましてね。鬼が拵えた物というだけで人を呼びますし、鬼は人よりも力が強いといいますでしょう。私は今まで鬼というのを見たことが無くて、正直申しますと興味本位でお頼みしたいのですが、この仕事引き受けていただけますかな』

父はいたってのんきな性格で、力は強かったですが、どちらかというと他の大工仲間と比べて臆病《おくびょう》でした。例えば父は高いところが苦手で、大工にとってはこれは致命的です。

屋根の上にも上がれず、木を組む時も足が震えて五郎二に怒鳴り散らされたので、いつか平気になってやろうと思って、父はこっそりと誰もいない時に物見櫓《ものみやぐら》に上ったり、梯子《はしご》を高いところにかけて上ったりしたそうですが、やはり怖いものは怖いということで、高い所とは無関係の木彫りの仕事の依頼は、父にとって丁度良かったそうです。

興戸屋の仕事の後、父は細工物の仕事に没頭したそうなのですが、それでも力があるし、勘は悪くないといって他の大工仕事を仕込むのも、五郎二は忘れなかったそうです。

父はあまり修業時代の事や大工仕事の事は恥ずかしい思いもあってか、語ってはくれませんでしたが、この興戸屋の赤樫の木の話は何度もしてくれました」

「あんたのおとっさんは、何をその木で作ったんだい？」

「父は木を使って大きな閻魔《えんま》像を彫ったのです。鑿《のみ》で削った荒々しい像でしたが鬼の仕事らしいと、宿の主人は大いに気に入ったそうです。

その後、閻魔像は大変評判になり、父にはあちこちから木彫りの像を作る依頼が来たので、五郎二が寺に連れて行って過去の名人といわれるような人の仏像を見せてくれたりして、色々と説明してくれたのがいい勉強になったし、楽しかったようでした。私も旅をしている間に、父の作った像を見かけないかと探した事があるのですが、明確な場所を教えてもらっていなかった事と、もう相当昔の話だったこともあってか、一度も見つけられませんでした。閻魔像の顔は、五郎二の顔を参考にして作ったと父が言っていたのでとても見てみたかったんですけどね。赤樫の木は硬いし燃えにくいというから今もどこかにあると思うのですが……」

「あんたの父親が生きてたら、一度会ってみたかったね。ところで棟梁とあんたの父親が別れた理由はあんた知っているのかい?」

「ええ知っていますよ。と言っても一度しか父は話してくれなかったので、うろ覚えのところもあるかもしれませんが。

ある日のこと、五郎二が『ちょっとお宮を直さなきゃいけねぇ、小さいお宮なんだが、山を二つほど越えて急勾配《こうばい》のその先にあるんだ。荷物持ちがいるから弁当を持って明日の朝行くから用意しな』と父に言ったそうです。

次の日の朝、大工道具と五郎二の妻さやかの作った弁当を持って、父と五郎二は修理に向かいました。

険しい山道を登り降《くだ》りし、やがて、二人はお宮に辿《たど》り着きました。

小さな、何が祀《まつ》られているのかも定かでないようなボロボロの社《やしろ》だったそうです。

父は手際よく、五郎二に指図されるがままに、道具を出したり釘《くぎ》を打ったりしました。

そしてお宮を直し終えると、『ちょっと座れ、そしてこれでも飲めや』と、五郎二は父に竹筒に入った酒を勧めました。

『ここで俺はお前と別れようと思う。今日渡した大工道具はおめぇにやろう。それとこれもだ』と言って紅《あか》い紐《ひも》のついた鍾馗の根付を渡しました。

『母ァとも随分話しあったんだが、お前はあんな狭い所でずっと木彫りをし続けているよりも他所も見て廻った方がいい。

本当にいい大工になろうと思ったとしても、木彫り職人になるにしても、色んな名人がいるだろう。そいつに弟子入りしてもいいし、技を何とかしてそいつらから盗む努力をしてもいい。

俺には予想がつかねぇが、他の鬼や化け物と出会って、そちらの世界に行ってもいい。だけど何かあったり、やっぱりこの里で俺の手伝いがしたいと思ったらいつでも戻って来い。鬼の寿命は長いそうだが、俺はそれ以上長生きしてやらぁ。俺の母ァも見た目からしてちょっと化けもんみたいなところがあるから、俺と一緒に長生きするだろうしな。

だからお前はこの先の道を歩いて、一人で山を下りろ。

先には鬼が住むという噂の峠もあるし、先の町には俺の親戚《しんせき》もいるからそこを頼ってもいい。去年来ただろ、坂本という俺の背中に昔彫り物を入れた刺青《いれずみ》師さ、あいつならお前も気安いだろう。先の町の入り口に住んでるからすぐに判るさ。

俺は今からちょっと後ろを向いて、一服しているからその間に鬼五郎、お前は行っておくれ』

そして父は言われるまま、貰った大工道具を手に走っていったそうです。

途中一度だけ振り返ると、五郎二が背中を向けてじっと座っているのが見えました。

何かよっぽど最後に言おうかと思ったそうですが、父は何も言わず頭を下げてから背を向けて山を下っていきました。

それが、私の父と五郎二との別れになります」

皐月は語り終えた後、ふぅっと息を吐き、手酌で飲もうとしたら置いてあった徳利の中身は空っぽだった。

手を伸ばして幾つか他の徳利も持って振ってみたが、どれもこれも中身が入っていない。

どうやら奥方と二人して、飲んでしまったようだ。

そういえばさっきから少し動悸《どうき》がするし、奥方の顔など耳まで赤い。

「ふぅん、そうかいそうかい、わかったよ。さて、もう遅いようだしあたしも随分と酔ったことだし他の話は明日また聞かせておくれ」

皐月は「そうですね、では続きはまた」と言って立ち上がって襖の所まで歩いた。

そして振り返り一言「奥方様、それではおやすみなさいませ」と伝えると、灯火に妖《あや》しく彩られた屏風の中で奥方はほつれた髪をかきあげ、「今日はあんたのおかげでそれほど退屈はしなかったよ」と微笑んだ。

その顔は何故かひどく儚《はかな》げで寂しそうに見えた。

この人は死霊で、今ここにあるのはしがみついた思い出の幻影のようなものなのだから。

「それでは失礼します。奥方様、また明日に……」

すっと襖を閉めて布団の待つ馬小屋へと歩いていくと、厠《かわや》にでも行って来た帰りなのか人影が見えた。

かなり酔っているせいか、視界がはっきりしない。

「そこにいるのは、誰なんだ？」

急に影に声をかけられたので皐月は「この里を守る県境に住まう者です、わけあって今このお屋敷に滞在しております」と名乗りをあげて、その後しまったと思った。もしかすると妖鬼と知って相手を驚かせてしまったかも知れない。

だがその心配は取り越し苦労に終わった。

「誰かと思えばなんだお前か。と、いうことはこんな遅くまであいつの部屋に行っててその帰りなのか」

声の主は屋敷の主人だったからだ。今夜は月が照っているせいか、手には提灯《ちょうちん》を持っていない。

皐月が、「旦那様……」と言いかけると、「まあいい、今はそれがお前の仕事だからな、あいつが面倒さえ起こさずにいてくれれば俺は満足なのだからな、早くお前は寝床の馬の首の中に入りに行け、今まで蔵がふと気になったから見に行っていた」馬小屋のある暗がりの方を指差した後、主人は屋敷の中へと消えて行った。皐月はさっきの高圧的な主人の物言いへのささやかな反抗心からか、屋敷の周りを少し歩いてから布団の下へと帰ることにした。

すると、ぱたぱたと草履の音が蔵の方から聞こえてきたので、目を凝らしてみると、昼間見た下女の肌を火照らせた姿だった。体の線が浮き出るほど、汗でべったりと寝間着が張り付いている。

女の姿を見て、ああ、そういうことなのか……と皐月は気づき、なんともいえない気分で布団の首の中に入った。

目を閉じると布団の鼓動が伝わってくるのがよくわかる。

そういえば、父と山に二人で入った時に空を見上げて、父がこんなことを言っていたな。嫌な事を追い払うには、楽しかった時を思い浮かべるに限ると。

父が五郎二の事を話すときは、何時もとても嬉《うれ》しそうで、それでいて誇らしげだった。そんな父が皐月も好きだったが、父は何故母の前では人と共に過ごしていた時の話をしなかったんだろう。

父の顔も随分とおぼろげになってしまったが、声だけは今もなお皐月の中に残っている。

その言葉の一つを思い浮かべて、皐月は目を細めた。

「今思うとめちゃくちゃなことも多くあったし、他にも大変な事が山ほどあったが楽しい暮らしだった。俺を拾った日の事をよく話してくれた五郎二に、こう訊いたことがある。

鬼の俺を育てていて、親の鬼が来たりして怖い目にあうんじゃないかと思わなかったのか？　とな。で、五郎二の答えがこれだ、

『子供を置いてどこかへ行く親なんていねぇ、あれは何か理由があって育てられなくな

ってあそこに置いたんだと俺は思うのよ。

正直に言わせて貰えば、俺はお前を抱いた時には何も考えてなかったな、他の奴らは鬼のお前の姿を見て酔いが覚めたとか言ってたが、俺にはあの時まだ花見酒が残ってたのかも知れねぇなぁ……お前を拾った時も、気安く犬の子を拾って抱いたような気分だったさ。

だってお前ときたら、俺の腕の中に納まる位に小さくて、俺の指を吸ったり笑ったりしやがった畜生め。それにさ、拾ってきた次の日から母ァが、もう可愛くて可愛くてしかたがないと言い始めるしまつで、お前が粗相をしでかしても逆に俺を叱り飛ばす有様だったんだぜ。と言ってもお前がおしめをしていた期間は短いもんだったがな。

今でも寝しょんべん垂れたって構わねぇよ、その方が愛嬌《あいきょう》があっていいかも知れねぇ。

さぁ冗談はそれくらいにして仕事に戻るか。

最初は犬の子だったが、今はすっかりお前は俺の息子じゃねぇか』

そんな風に豪快に笑ったんだよ。

こういう人に育てられたせいか、自分の産みの親がどんな鬼だったかとか何故自分を置いていったかを気にした事は殆ど無かったな。

皐月も将来もしこの場所よりも外を見たいと思ったら、妖の中で生きるのもいいが、人と接する生活も経験した方が良いと思う。

母さんはきっと反対するだろうが、もしそう思う時が来れば父さんに相談しておくれ。

かつて俺の仲間だった奴らは、みんな本当にいい奴だったから」

人との世の中は父の言うとおり確かに楽しい。だけどその中にずっぽりと入ってしまう気にもなれない自分がいるのを皐月は知っている。

「今の住まいのように、狭間《はざま》に住むのが私にとって、一番性分に合っているのかも知れないね」

地面に敷かれた藁《わら》の上で、静かな寝息を立てている布団の顔に、呟きかけた。

夏の星は湿気を含んで、潤むように白く光っている。


皐月が去った後、奥方は一人で物思いに耽《ふけ》っていた。

小さな籠の中の鳥のような一生だった。

庭と部屋の天井と、家族と使用人の顔だけ、他に見た風景なんて殆どありもしない。

今年の夏の夜も、去年と同じように蒸されるように暑い。

ジージーと名も知らぬ虫が庭で、鳴いている。

いや、あれは誰かが言っていた気がするのだが、蚯蚓《みみず》の鳴き声だとか。

色々と思いを巡らせている最中に「ギッギッギ」と廊下が甲高く鳴る音が耳に届いた。

誰かがこちらに向かっているようだ。

この部屋は突き当たりにあるので、あまり人が通ることは無い。

音が止み、やがてすぅっと襖が開いた。

「誰だい妖鬼かい？　眠れなかったのかい、お前の馬の首は……」

そこまで言いかけて、相手が妖鬼で無かったことに気が付いた。

旦那が手をつけた下女の……、名前は確か「およよ」とかいう女だったはず。

女は、手に赤い蠟燭《ろうそく》を持って、こちらを見据えていた。

もう片方の手に持っているのは、どうやら行灯《あんどん》の油の入った皿のようだった。

奥方は火に照らされた女の顔を見て、なんだあたしと比べてずっと器量が悪いとばかり今まで思っていたけれど、そうでもないじゃないか、と少しばかり感心して相手を見つめ返していた。

女は聞き取れぬ、蚊の鳴くような声でぶつぶつと何かを言いながら蠟燭を置いた。

そして、奥方の宿っている屏風の脇に立ち、油の入った皿をゆっくりと傾け始めた。

油がぴちょぴちょと音を立てて、目の前の畳にゆっくりと注がれる。

奥方はその様子を、声もあげずにただじっと眺めていた。

別にそれはそれで構わないと思っていたからだ。

今、煙草盆から火打石を取り出して、火花を散らせば、火が自分とこの女の両方に燃え広がることになるんだろうか。

だけどそれはしないだろう。この女もこの女で苦しんだに違いない。

屏風が燃えると、一度死んだ自分は何処へ行くのだろう。どうせ再びあの霧の深い常世《とこよ》に帰るというならば、煙草を一服してから戻りたいなと思った。

赤い屏風が赤い炎に包まれてそのまま常世に戻るのもなかなかいい演出かもしれない、ただ、観客がこの女一人というのが少し寂しい気もするが……。

色々と無駄な事を考えてしまうのは性《しょう》に合わない、早くあの蠟燭を油の上に倒してくれないだろうか。色んな意味でそのほうがずっと、清々するだろうに。

「早くおしよ」

少し挑発的な響きを含んだ声でおとよを急《せ》き立ててみたが、相手は何も聞こえていないかのようにゆっくりと油を畳に注ぎ続けている。

すると突然、半開きの襖が乱暴にバンッと音を立てて開けられた。「おいっ‼」と、大きな声がして今まで無反応だった、おとよの体がびくりと活《い》きの悪い魚のように震えた。

同時に、皿を手から落としてしまい、残った油が零《こぼ》れて、黒ずんだ染みが大きく畳の上に広がっていく。

「何をしてるんだ‼」

声の主は主人だった。

固まっているおとよと、燃える赤い蠟燭と、畳の上に広がる蠟燭の光を映している黒い油の染みに目をやると、主人はどかどかと足音を立てながら部屋に立ち入り、おとよの髪を摑んでバシッと音が出るほど大きく頰を張った。

「屋敷が火事になったらどうする気だ！　ここで寝ている者も大勢いるし、煙で死人が出る可能性もあるんだぞ！　それに、お前も火付けの罪の重さがどのようなものか重々承知だろうが！　まさか本当にこんな馬鹿げたことをお前がするとは思わなかった。今夜のことは俺の心の中に秘めておくが、二度とこのようなことは仕出かすんじゃないぞ、解ったか！」

女は小さく「あぃ」と消え入るような声で答えた後に、大粒の涙をぽたぽたと幾つか流して、顔を押さえて駆け出して行った。

暗闇の中で主人は一際大きなため息を吐くと、屏風の方に向かって「早く寝ろ」と言ってから、ゆっくりとした足取りで部屋を後にした。

全く、折角いい気持ちでまどろんで考え事をしていたというのに、さっきの騒動で完全に目が覚めてしまった。

気が付けば捨て鉢の気持ちも何処かへと失《う》せていた。

どうせ部屋から出た後、主人はあの女を慰めに行くつもりなのだろう。

「難儀なもんさね……」

屏風の中で呟いた己の言葉は、誰に対してだったのだろうか。

夏の夜の時間は、ゆっくりと纏わりつくように過ぎていく。

今の季節は夜が明けるのが早いことだけが慰めだが、それでもまだ朝は遠く感じる。

畳の上に零れたままの油の匂いが、部屋に満ちていた。

明日の朝早く、妖鬼が部屋に来る前に小間使いを呼びつけて畳を替えて貰おう。

蚊が耳障りな羽音をさせながら、屏風の前を横切って飛んでいった。

死者には得られる血が巡っていないことなど、ちんけな羽虫でも承知とでもいうように。

蚯蚓か、虫かわからない生き物が低い声を上げて鳴いている。

それは誰にも知られる事もなく、押し黙ってすすり泣く、女の声のようにも聞こえた。

次の日の朝、部屋に入ると、皐月はピリピリと首筋の辺りに何か良くないモノの気配を感じた。

「何か変わった事はありましたか？」と尋ねると、昨日と同じように硝子の煙管から変わった色の煙を吐きながら奥方はただ一言「何も」と答えた。

麴《こうじ》を蒸している甘ったるい匂いが、風に乗って運ばれてくる。皐月はちょっと照れくさそうな顔で、奥方の目の前でもぞもぞと小さな巾着袋《きんちゃくぶくろ》の中から黒い木片を取り出して見せた。

一寸ほどの大きさの木片には、幾つかの切れ目や削った跡が付いている。

「なんだいこれは？」

「これは、昨日私がお話ししましたスイトンを模して作ったんです。ただお話しだけだと伝わり難《にく》いかと思って、拵えてみたんですが思ったよりも難しくって。色も炭で塗っただけで黒いだけですが、どうでしょうか」

奥方が眠れぬ夜を過ごしている間、皐月は闇の中、手探りの作業で木片を削り出してスイトンを作っていたのだった。

「あらやだ、人を喰う山の神もこんな姿だと思われちゃ心外なんじゃないかい。あんたは父親と違って不器用なんだねぇ、これはまるで小さい出来損ないの黒犬のようじゃないかい。でも、可愛らしいもんだねぇ」

「ありがとうございます。山の神の姿を模したものは魔除《まよ》けにもなるそうなので、好かったら持っていて下さい」

奥方はほほほっと笑って白い手を伸ばして、木片で出来たスイトンをころんと皐月の手から受け取ると、「今日も何かあんたの話をしておくれよ」と催促をした。スイトンを嬉しそうに受け取ってくれたことで少しはしゃいだ様子の皐月は「そうですね、何のお話が良いでしょうか」と訊いた。

「なんだっていいさ、化け物の世界の話はどれでも人のあたしにとっちゃ珍しいもんだからね。特にあたしみたいな人間の世界もろくに知らないようなのなら尚更《なおさら》だよ。そうだ、旅の話がいいね。なるべく遠くの世界の話を今日はしておくれ。それにしても今日はいつもより蒸すねぇ、暑いったらありゃしないよ」

皐月はちょっと考えてから手を叩き「それではまた、昨日のスイトンとは違いますが冬の山のお話をしましょうか。寒い場所の話をすれば少しは気分だけでも涼しくなるかも知れません」と淡い緑色の混じった目を輝かせた。

布団とは人馬一体とも言えるほど通じあっていたし、仲も良かったが会話をすることは出来ない。

皐月の人よりも長い生において、死霊とはいえ、人というものと家の中で寛《くつろ》ぎながら雑談を交わすという体験はそれほど多くはなく、皐月は奥方とのやりとりを気がつけばかなり楽しんでいた。

小さく息を吸ったあと、ゆっくりと皐月は今まで生きてきた時間のほんの一部を話し始めた。

「耳が痛くなるような、冷たい風が吹きつける冬の日のことでした。

両親がいなくなった家で、馬の蠟と何日もの夜を過ごし、私はその土地にいることがどうしようもなく寂しくなってしまったので、旅に出ようと決心をしたんです。

それから蠟と一緒に旅に出てから、かなりの月日が経ちました。

色んな土地を見て廻って疲れたこともあって、そろそろ何処か一つの場所に落ち着くことが出来ればいいなと考えていた時のことです。

私は鳥の脚に縛った一通の手紙を貰いました。

手紙に書かれていた内容は、自分はかつて私の両親と懇意にしていた妖で、理由があって守っていた里からしばらく去らなくてはならなくなった。新しい守りがいるので里に来てくれないかというものでした」

「それがここの県境だったのかい？」

「ええ、そうなんです」

「あんたはあたしが生まれた頃には既にあそこに住んでたけど、前に県境を守っていた妖ってのはいったいどんな奴だったんだい？」

皐月は奥方の問いに少し戸惑った表情を浮かべると、「その妖は私のように住まいを構えて守っていたわけではありません。未《いま》だにその妖については私も判らないことだらけなのです。

山深くに両親と住んでいた時に、その妖には何度か会っているのですが、両親が死ぬしばらく前から会うことも見かけることも急になくなりました。

なのに私が旅をしていることをなぜ知っていたのか、両親の死をどうやってその妖が知ったのかは相手が教えてくれないので未だにわかりません。

とにかくなんというかよく説明の出来ない相手です」と前任の妖については曖昧な答えを返した。

この里の守りの役を渡してくれた妖は、昔から皐月には測りかねるところがあった。

今考えればわざとではないかと思うのだが、手紙に描かれていた里の位置が記された地図が間違っていたのだ。

そのおかげで皐月は大きく街道を外れて冬山に迷い込み、そこで大変な目にあった。

散々な目にあったあげく、山から下りてやっとの思いで里にたどり着くと、その妖は自分の描いた地図は間違いではなかったと主張して、皐月が来るのが遅かったと怒り出した。

皐月が同じように怒って反論すると、急に相手は萎縮《いしゅく》して謝ったかと思うと、拗《す》ねたりしだして気持ちと行動がよくわからない。

最初は前任者ということで、頼りにもしていたのだが、肝心な時にはいなかったりして助けにはならなかった。

「前任の妖に私が初めて会ったのは、生まれてから二度目か三度目の夏のことでした。私は家の軒先に置かれた盥《たらい》に水を張ってその中に浸《つ》かって行水をしていました。井戸の水をくれないかと頭の上の方から声がしたので、見てみるとそこには太った一匹の猫がいたんです。

猫は『にゃー』と鳴いたかと思うと再び口を開いて、私に話しかけてきました」

「ってことは前任の妖は猫の化け物だったのかい？」

「それとは少し違うかと思います。多分、他の種の妖が猫の姿をしているのが正しいんじゃないかと」

初めて猫の妖に会った時、相手は皐月を見るなり「あまり器量は良い方じゃないな、お前の母はあれだけ器量の良い水妖で、父親も色男なのに残念じゃな」と言った。

あまりにも失礼な言葉に、さすがに幼いながらも皐月はムッとしたので、その言葉のお返しに盥の中の水を猫にめがけてかけてやった。

すると猫はひょいっと水しぶきを避《よ》けたかと思うと後ろ足で立ち上がって、スタスタと歩くと皐月の浸かっている盥の縁に前足をかけてこう言った。

「おいおい、こいつが消えたらどうするんじゃ。ワシはこれを求めて旅に出て帰って来たところなんじゃよ、お前には特別に見せてやろう」

白い毛を掻《か》き分けて、猫は首に下げていた小さな袋を見せてくれた。

袋の口をあけるとそこには小さな光る虫が入っていた。

「これはな、火食い虫と言って火の山の麓《ふもと》にわずかばかり棲《す》んでいる虫で、寒さと水に弱いのじゃよ。竈《かまど》の火を時々与えたりしながら、人の家の中でも飼う事が出来る生き物なんじゃが、綺麗じゃろう。夏場は大変だが、冬にこいつを食うと体が温まるという噂なので、夏に捕まえに行ってみたんじゃよ。ワシは暑さは苦にならんのだが、寒さが苦手でな、ちょっと冬までこいつを飼って寒くなれば食ってみるつもりなんじゃよ」

喋る猫は虫の入った袋を毛の中に仕舞い込むと、肉球のある前足で皐月の角のある額をぺたぺたと撫《な》ぜてくれた。

あの前任の妖は、今どこで何をしているだろうか。

夏はあまり集落で見かける事はないから、小さい頃に見せてくれたあの虫を捕らえに今も冬に備えて、火の山という場所に行っているのだろうか。

気ままな前任の妖の思い出に耽っている皐月に、奥方が言葉をかけた。

「どうしたんだいぼけっとして、暑いから言葉が出てこないのかい？　そうだちょっと喉が渇いたから飲み物でも持ってこさせようか。ちょっと誰かいるかい」

その声を聞きつけて、ドタドタと騒がしい足音をさせて「へいぃ、何かご用でしょうか、へへっ」と、昨日の西瓜を持ってきた女ではなく、例の黄色い歯をした小間使いがやってきた。

「何か飲み物でも持ってきておくれ、出来ればあたしがなるべく面白いと思うような飲み物じゃなきゃあいけないよ、わかったね」

「珍しいお飲み物ですか、承知しました。で、横にいる県境の妖鬼にも同じものをお出ししなきゃならないんですかね？」

「うちの都合で来てもらってる客人なんだから当然だろうに、気が利かないもんだねぇ。何かこの妖に粗相があっちゃ家の恥になるから、くれぐれも大切に扱うんだよ。それじゃさっさと何か飲むものを持ってきておくれ、喉が渇いてしょうがないよ。あんたもここに来て長いんだから、それくらいわかって当然だろうに、遅く持ってきたらあたしは承知しないからね」

「へぃへぃ全く、奥方は早朝から人使いが荒いこって……」

「いらないことは言うもんじゃないよ、二度返事もするんじゃないって前にも注意しただろう、今度は無いと思っておきな」

小間使いが消えた襖の向こうに、大《おお》きく張り上げた声を飛ばした後、奥方は薄い蝉の羽のような色の扇子を使って自分を扇ぎはじめた。

ただそれだけでは満足のいく涼が得られないと見て、着物の襟を抜いてはだけさせてから更に扇いだ。

顔よりもまだ白い襟下の肌に、浮いた汗が伝う。

「さぁぼやっとしないで、早速涼しくなるかも知れない話とやらをしておくれ」

皐月は奥方に思わず見入っていた自分に気が付いた。

「それではさっきの続きですが、私は貰った手紙に描いてあった地図の里を目指して悴《かじか》んだ手を摺《す》り合わせながら、蠟と雪の道を進みました。

灰色の重く沈んだ雪雲を見て、延々と続く当ての無い道中の先に、やっと目的地となるような場所が見出《みいだ》せたことが私はとても嬉しかったので、草の少ない季節に蠟と食べ物を分け合いながら空腹に耐え続けるような旅でしたが、今までとは違う気力のようなものが体に満ちているのが感じられました。それも、自分が道に迷ったと雪の積もる深山の中で気が付くまでの話でしたが……」

皐月が少し言葉につまった時に、小間使いが大きな手桶を持ってやってきた。

「奥方様、お飲み物を持ってきましたぜ、へへっ、言われた通り急いで廊下を韋駄天《いだてん》のごとく突っ切って参りました」

手桶の中に、見たこともないような形の容器が二本入っている。

容器には頭のところに変わった形の金具が付いていて、胴体の部分は凹凸があった。

透けているので材質は硝子だろう。

小間使いはどうやら本当に奥方の言うような、珍しい飲み物を持ってきてくれたようだ。

中に入っている液体は少し白く濁っている。

「前に頼んだときは無かったのに、鉄砲水を持ってきてくれたのかい。今度はちゃんと味の付いたのだろうね」

奥方は屏風の中からぴらぴらと手を出して、小間使いから濡れた硝子の容器を受け取ると、頭のところに付いた金具を細く長い指でこじ開けるように外した。

するとポンッ！　と何かが割れるような音がしたので「わわわっ」と皐月は思わず声を上げてしまった。

「おやおや、鉄砲水を開ける音に県境の妖鬼は驚きで？」

小間使いも奥方も驚いた様子がなく、鉄砲水が何か知らない皐月は恥ずかしいやら、小間使いの指摘が悔しいやら、腹立たしいやらで俯《うつむ》いてまた赤くなってしまった。

「県境の妖に供えるのはお餅かお酒と昔っから相場が決まっていたし、あたしもちょいと前まで知らない飲み物だったんだから驚いてもおかしくはないよ。それよりあんたはここで油売ってないで持ち場にお戻り、ただであたしの肌をここでニヤついて眺められると思ったら大間違いだよ」

奥方は小間使いを追い払うと、桶に入った残りの一本をあたしに渡しておくれと皐月に頼んだ。そして「別に大したもんじゃないけど開ける時にこれは音がするんだよ、怖いなら耳を塞いでな」と言って金具を弄《いじ》るとさっきと同じようにポン！　と大きな音が鳴った。

「あんたが住んでる県境の反対側に山があるのは知ってるだろう？　そこの手前の辺りに草も木も生えてない窪地《くぼち》があって、噂じゃあそこにゃ狐妖が住んでて男をたぶらかすって話だけど、その近くに湧き出る泉から取れる泡を含んだ水を鉄砲水っていうのさ。辺りの草木が枯れてたことと、近くで虫なんかが死ぬって話があったから、ずっとこの泡を含んだ水は毒水だと思われていたんだけどね。誰だかがどうやって調べたのか、そこの窪地の周りで毒が出ているだけで、湧いている水は毒じゃないってことがわかったのさ。

　だから窪地の穴を土で塞いで、別のところに穴を空けてそこから毒を逃す工事をしてね、それから泉の水を汲《く》んで味を付けて特別なこの容器に入れて売ってるんだよ。

　だけど作るのに随分手間が掛かるらしくってね、泡を含んだ水は特別なこういう入れ物じゃなきゃ保管できないそうなんだけど、この町じゃ入れ物を作ってないもんだから、わざわざ泉から汲み取った水を、他所に一旦《いったん》持っていって、この入れ物に詰めてるそうさ」

　毒水という言葉に少し皐月は反応したが、そういえば昔この里の外れに住む狐妖がそういう水があると言っていたことを思い出した。

　狐は飲めることを知っているのに、人間は毒だと信じているとか何とか語っていたので、それならば教えてやればいいのにと言ったら、教えると沢山の人間が汲みに来て面倒だから教える気が無いといっていた。

皐月と語りあったあとに、煙と共にどこかに消えていったあの狐妖とはもう随分と会っていないが元気なのだろうか。

「まぁ、あんたの口に合うかどうかは分かんないけど飲んでみな」

皐月は恐る恐る鉄砲水を口に入れた。

さわさわと泡が口の中で弾けて舌を刺す。味は薄荷《はっか》で付けてあるようで飲むと喉がスッとした。

「口の中が水の泡で少し痛みを感じますが、面白い飲み物ですね。それに飲むと暑さが紛れるような気がします」

「それは良かった」

「それでは鉄砲水を飲みながら続きをお話ししましょう。

本当にあの道中は大変だったのです。

冬に旅をしたことはそれこそ何度もありましたが、好き好んで山の深くに自分から入っていったことは一度もありませんでした。

山を越えれば里だと思って登っていたら、いつまで経っても山が続いていたんです。しかも途中に宿場があるとその地図には描いてあったのに、そんなものは深い山の中、一向に見えて来ませんでした。

それでも地図を信じ続けて、新たに山を越えて見えたのは更に高い山で、引き返す道は雪で完全に消えてしまっていました。

　私一人なら沢を探ってそれに沿って下ってしまえばいいことですが、蠟がいるとなるとそれは出来ませんし、行き来できる道も限られてしまいます。

　冬場はただでさえ蠟が口に出来る草も少なく、お互いすっかり弱ってしまいました」

「ちょっと訊いていいかい？　前々から不思議に思ってたんだけどあんたたち妖も死んだりすることってあるのかい？」

「そりゃありますよ。そうでなければ妖の数が増えすぎて、困ってしまうじゃないですか。

　妖は人よりも長く生きられる種類の者が、沢山いますが、不死という者には一度として会った事がありません」

「そうだったのかい、それじゃ雪山であんたと馬は本当に大変だったわけだね」

「ええ、だから蠟と寄り添って、地図を何度も見ながら、あちこち歩き回ってみましたが、それはかえって疲れるばかりでした。

　なので諦《あきら》めて一度、街道まで蠟と共に私は戻ることにしました。

　雪の吹き付ける中、蠟に触れるといつもより体が、冷たいことが分かりましたが、私は何もしてやることが出来ませんでした。

　ふらふらになってやっとの思いで街道まで戻り、最寄の集落まで行こうと道を行くと途中にあった石に刻まれた地名が、地図のと全く異なる事に私は気づきました。

それだけでなく、距離も異なっていたのですが、ともかく弱った蠶を牽《ひ》いて人のいる場所にたどり着けたのは次の日の昼時でした。

私が妖ということで気味悪がる人に、家から持ってきた紅玉と引き換えに、何とか蠶を厩《うまや》で休ませて貰うことにしました。

蠶は随分と衰弱していたので、私は雪の中での旅を後悔しながら、付きっ切りで世話をしました。蠶が回復するまで首の中で休めなかったので、不眠不休の看病となりました。

数日後、蠶が回復したので、前任の妖から貰った地図を厩を貸してくれた家の人に見せました。

するとこの地図は出鱈目《でたらめ》で、この通りに行くと目的地の里には到底たどり着けないと、目の前で山を指差しながら正しい方角を教えてくれました。

次の日に蠶への飼い葉を分けてもらい、私は人に教えて貰ったとおりの道を行き、四日後にここにたどり着くことが出来ました」

皐月はそこまで語り終えて屏風を見ると、奥方は鉄砲水の入った瓶を手にしたまま眠っていた。

その日から毎日、朝、布団の世話をした後に、食事の時間以外はずっと、皐月は奥方に色んな話を語り続けた。

両親が他界した日のこと、はじめて里で何か正体のよく判らないモノと対峙《たいじ》したことや、狐妖のことに、普段の日常の何気ないこと。奥方はそれを、何時も硝子の煙管や扇子なんかを片手に、茶々を入れながら聞いていた。

話のネタもおおよそ尽きた頃、奥方は急に「海に行きたい」と言い出した。

「絵でも見たことがあるし、話にも何度も聞いたことはあるけど、あたしは一度だって本物を見たことがないんだよ。水が見渡す限りあるっていうんだろ？　凄いじゃないかい、お願いだから海にあたしを連れてっておくれ」

その事を主人に伝えると、「またあいつの我儘か……」と再び眉間に、谷のように深い皺が刻まれるのを皐月は見た。

「庭の突き当たりにある台車に括《くく》りつけて、連れて行くといい。それならあの大きさの屏風でも運ぶことが出来るだろう。あいつは生きている時から、なんでも自分の思い通りにならなきゃ気がすまない性質だった、それがやっと……」と言いかけて、凄い顔で皐月が睨んでいることに気がついた主人は口を噤《つぐ》んだ。

次の日、朝の飼い葉をたっぷりと布団に与えた後、皐月は屏風を細心の注意を傾けて台車の上に載せた。奥方が日差しが厳しいと言うので、竹ひごを編んでその上に布をかけた急ごしらえの幌《ほろ》を被《かぶ》せた。

海までの道のりは、なだらかな坂を下るだけだったので、それ程苦にはならなかった。

皐月は奥方の希望を聞いては、立ち止まって花を摘んだり、団扇《うちわ》で屏風をあおいだりしながら進んだ。

今まで外に出ることが非常に稀《まれ》だったという奥方は、些細な風景の変化にも興味を示し、皐月は彼女が望む限りそれに応《こた》えた。

途中暑さに参ったと奥方が言い始めた時に、ちょうど水売りが来たので、冷や水を買って飲んだ。

奥方はかなり喉が渇いていたのか、冷や水を三度もお代わりした。

そこからは急な坂で道も岩が多かったので、皐月は紐できつく屏風を縛って固定した。ガタガタと車の軋《きし》む音がする。皐月はなるべく揺らさないように注意を払ったつもりだったが、あまり効果は無かった。

揺れた車の上で奥方が声を出すと、震えて奇妙な反響を伴って聞こえた。

空高いところでは、鳶《とび》が鳴いている。

坂を下りきると、風の香りが変わった。

潮騒《しおさい》と、人々のざわめく声がする。

――海だ。

砂浜では台車の車輪が取られて進みにくかったので、皐月は近所の家に頼み込んで古い茣蓙《ござ》を借りて、それを敷きながら進んだ。

「ああ、きらきらと光っていて綺麗だね。こんな風景がこの世にあるなんてねぇ、これが波の音かい、なるべく波打ち際に寄せておくれ。そしたらもっと海がよく見えるように、今みたいに斜めじゃなくて、海に向けてちゃんとあたしを立てかけておくれ」

莫蓙を敷きながらだったので少し時間がかかってしまったが、波打ち際まで進むと皐月は簡易幌を外した。

落ちてしまわぬように台車に固定していた紐を解《ほど》き、台から大きな屏風を抱えるようにしてそっと下ろした。

奥方は、夏の日に眩《まぶ》しそうに目を細めると、こんなことを言い始めた。

「ここまで、連れて来てくれてありがとう。本当に海が一度だけでいいから見たかったんだよ。それでだけどね、このまま、あたしをいっそここで流してくれないかい？　あの人もやっかい払いが出来たと思うだろうしお願いするよ。こんな広くて綺麗なものの一部として、沈んでいけるのなら、あたしも本望なんだよ」

皐月は緑色の眼を見開いて、「そんなこと出来ません」と答えた。

「何故だい？　あんたの雇い主の願いだよ。死んでしまったあたしが言うのも何だけど、一生一度の、最後のお願いだから聞いておくれ」

皐月は下唇をぐっと噛んだ。

「奥方様の屏風無くして、私は屋敷に帰るわけにはいきません。それに私の雇い主は旦那様でもあります」

「なら、旦那の許しがあればいいわけだろ。ここなら家の中でないから、妖術を使っても問題ないだろうし、鳥を寄せてくれないかい。そしたら鳥の脚に文を付けて返事を貰えるから」

海辺のカモメの脚に奥方が書いた文を結んで、屋敷へと向けて放つ。

しばらくして、カモメは返事の文を結わえて戻ってきた。

内容は、奥方の宿る屛風を海に流すことを許可するというものだった。

「ほら、見たでしょ。最初から、こういう人なのよ。元々あんたを呼んだのも道士に祓えなくて祟られるのが怖かったから……」

皐月は何も答えず、ざばざばと屛風を背にしたまま海の中に進むと、そっと背中に廻していた手を離した。

すると、ふわっと屛風は水面に浮かんだ。

振り返ると、屛風の中の奥方は皐月を見つめて微笑んで小さく手を振った。

泳いで屛風を追おうとした皐月を奥方は「これでいいんだよ」と言って止め、屛風は波間をしばらくのあいだ漂い、やがて沖で見えなくなった。

皐月はしばらくの間、じっと海を見つめ続けていた。

もうすぐ、日が沈もうとしている空は既に秋の色をしている。

この夕日の色にも似たあの赤い屛風は、やがて暗い海の底で、徐々に朽ちていくことだろう。

水底であの人は一体何を思うだろう、それとも黄泉の国へと帰ってしまうのだろうか。いや、またあの人なら屋敷へと帰って来るかも知れない。確か帰って来たのも今年が初めてじゃないと、皐月を呼んだ小間使いは言っていた。

海鳥が高く舞い、波の音は止むことも無く、砂浜を打ち続けている。

日もすっかり暮れ、空に砂を撒《ま》いたような星が輝きはじめた頃に、皐月は屋敷へと帰った。

荷が空っぽになった台車を見て、旦那も小間使いも誰も何も言わなかった。

皐月は庭の隅にゴトリと台車を置いてから、皆の方に向き直ってペコリと頭を下げると布団を連れて家に帰った。

次の日、あのいやらしい黄色い歯をした小間使いが、酒を持って勤めの礼をしに来たが、皐月は相手にただ一言、「帰れ」と伝え、置いて帰った酒樽《さかだる》の中身は庭の土にぶちまけた。

何とも言えない嫌な心持のまま、布団の毛を長い時間撫で続ける。

こうすると、怒りや言葉に出来ないような気持ちの塊や滓《おり》のように沈んだ感情が少し紛れるような気がしたからだ。

その後、酒屋の主人は年の暮れに再婚をしたが、婚礼の日に一つだけ奇妙なことがあった。

金屏風がみんなの前で、一瞬だけ真っ赤に染まったように見えたということである。

皐月は相変わらず県境に、布団と共に住み続けている。

ある夏の日のこと、ガキ大将が三、四人の子分を引き連れて、肝試しに県境の妖鬼の家を覗きに行くことを提案した。

普段は外から悪いモノが来ないようにと努めているという噂の妖鬼だが、その実態は子供の塩漬けの尻の肉を好むという。

子分の一人がそんなことを言い出したので、何人かは青くなったが、ガキ大将はそれなら俺がやっつけてやると勇んで、夕暮れ時に県境の家に行き、戸板の隙間に目を当てて中を覗き見た。

すると、そこでは血のような色の屏風と向かい合わせで、妖鬼は笑いながら酒を飲んでいたという。

第十六回
日本ホラー小説大賞
《短編賞》受賞作
（二〇〇九年）

寅淡語怪録

（「今昔奇怪録」の原題）

朱雀門　出

朱雀門 出（すざくもん・いづる）

一九六七年大阪府生まれ。北海道大学大学院博士課程修了。二〇〇九年「寅淡語《いんたんご》怪録《かいろく》」（刊行時に「今昔奇怪録」に改題）で第十六回日本ホラー小説大賞《短編賞》を受賞しデビュー。他著に『首ざぶとん』、「脳釘怪談」シリーズなど。

「大きな才能を感じた。ネタ本が何もなく『三人相撲』や『ぼうがんこぞう』をつくり出した、この人のセンスというのはすごい」

――林真理子（第十六回日本ホラー小説大賞選評より）

1

この地に移り住んでようやく三年になるが、町会館の掃除に来たのは初めてだった。自治活動の盛んな地域らしく、溝の掃除や神社の清掃など二、三ヶ月に一度はなんらかの奉仕的な集まりがある。それらは大体が土日にあり、男手も期待した計画になっているようだ。面倒くさがりで、なにより人が苦手な私はこれまで全て妻に任せきりだった。しかし、妻が全く文句も言わずに休日の朝から奉仕活動に出て行くのが却《かえ》って申し訳なくなってきた。

それで、この町会館の清掃には私も参加したのだ。私の人嫌いを知悉《ちしつ》している妻は一緒に行きましょうと言ってくれた。

二人で家を出ると隣りの鍋島《なべしま》さんも恰度《ちょうど》家をでるところだった。私の所属する自治会八組の組長だから鍋島さんにはこの清掃はマストなのだろう。鍋島さんはもう定年を迎えたとは思えないほど活動的だ。ただ、元気は元気なのだが、町会館へは車で移動するようだ。私たちの挨拶《あいさつ》に返事すると灰色のセダンに乗り込んだ。

町会館へは私の足で十分ほどということなので、私と妻は歩くことにした。二軒先の路地を抜けると一桁《ひとけた》台の番号が付いた国道がある。平日の交通量は多いが、今のような土曜八時は横断歩道を使わなくても横切れるくらいのまばらにしか車は行き交っていない。それなのに道路脇のコンビニの駐車場はいっぱいだった。

国道を越えると、お屋敷も混在する住宅街だった。川を右手に眺めて進むと町会館があると妻が教えてくれた。町会館の場所については回覧板のお知らせにあったのだという。行き先も知らないで出ていた自分が少し恥ずかしくなった。

頑丈そうな石橋があった。比較的大きな道が続いており、ここを渡れば町会館かと思ったが、妻にまだ花菱《はなびし》だと字名《あざな》で否定された。確かに花菱と記された案内標識があった。この道は車で何度も通ってはいるのだが、ここに花菱という名が付いていることは知らなかったのだ。案外、私は看板には注意していないのだなと思った。川沿いの看板を見て初めてこの川が麦川《むぎかわ》というのだと知った。

歩いてみると麦川には橋が結構架かっていることがわかった。家も多そうだ。この辺りは広い田んぼが目立つという印象があったので意外ではあった。左手には百円ショップの大きな店舗も見えた。その先の橋を渡ると、すぐに町会館が見えた。

建物はくたびれているが、周囲にゴミは目立たなかった。中に入るとこれまたよく整えられていて、一体何を清掃するのかと訝《いぶか》しい気持ちになった。

八時半になるともう人は集まっていて、自然と掃除を始めましょうかというような雰囲気になっていた。

鍋島さんは女性に窓ふきを、男性に草むしりを丁寧な口調で指示した。

草むしりといっても町会館の周囲には殆《ほとん》ど草らしい草が生えていない。雑草が繁茂するのは時季的にもう少し先だ。花壇もあり、パンジーが植わっていたが、勿論《もちろん》、これは毟《むし》ってはいけないだろう。花壇脇に、短くて弱々しい雑草が生えていた。イネ科っぽい。スズメノカタビラかなにかか。そうやって名前がわかるともう雑草ではないし、なんとなく情も移るのだが、植物種と場所柄から考えてもこの位置にこの草は意識的に植えられてはいないだろうから、これが草むしりの対象だろうと、残念なような、やっと私の存在理由を見つけてほっとしたような複雑な気持ちになった。

結局、そのスズメノカタビラの幼い体を根から毟り、周囲の苔《こけ》を剝《は》がして草むしりとした。少しの例外も許さないような厳しい目で雑草を峻別《しゅんべつ》したので、時間は案外かかった。というより潰《つぶ》せた。この程度でもうっすら汗をかいている。それで仕事した気分にはなったが、ただ座っていたとしても同じかも知れない。それに、いくら細かく草を毟っても限界はあり、近所のご主人方もライバルとして同じ事をしていたわけだから、毟る草が無くなっていた。

それで、中を手伝おうと町会館に入った。が、中も人手は足りているようだった。中を仕切っている佐古《さこ》さんの奥さんが、給湯室で手でも洗って休むといい、と言ってくれたのだ。

お言葉に甘えることにした。

給湯室に続く狭い廊下には、なぜか本棚があった。中の書籍はどれも幅がある。手前のものは、背表紙から町の会報をファイルしたものだとわかった。その奥にはちゃんと製本された書籍がいくつか並んでいた。町史や地域史の類《たぐい》だったが、中に二冊、『寅淡《いんたん》語怪録《ごかいろく》』と書かれた本があった。書名からして怪異を記録したものに違いない。妙な物もあるのだなと違和感を持った。

手を洗って、廊下に出ると入り口の辺りで妻が同じくらいの年頃の女性三人と話し込んでいるのが見えた。ここに掃除に来ているくらいだから近所の奥さん達なのだろうが、佐古さんくらいしか知らなかった。妻は私とは違って近所の人と良く馴染《なじ》んでいた。私は人嫌いというのもあるが、ここに長く住み続ける気もなかった。機会があればもっと中央に出て行こうと思っていた。ただ、そのための強い行動は起こしていないし、表面にも出してはいなかった。漠然とまだ幼い娘が小学校に上がるまでには転勤、ことによると転職したいと考えていた。妻には少しその考えは匂わせていたが、妻は短い間であっても折角縁があるのだから近所の人とは仲良くした方がいいと考えているようだった。

とにかく、中の掃除は終わったようだ。それで他の人の作業が終わるまで妻達は話でもして時間を潰しているのだろう。同じように私も時間を持て余しているのだが、話をしている妻達の方へ行っても、会話の邪魔をしてしまうに違いないから悪いと思うし、挨拶するのも面倒なので、行動に困り廊下に立ちつくした。そのままじっとしているのも変なので、本棚の本でも眺めることにした。しかし、町史や地域史には興味はない。まだ、怪談集の方がましだと思い、『寅淡語怪録』を手に取った。表紙には作者だろう、反孔亭主人とあった。

開いてみると序文があった。古文だ。活字になっているのなら、現代語に訳してくれてもいいのにと思いながら、他のページも流して見てみたが、どれも堅苦しい古文で、とても読む気になれない。

諦《あきら》めて『寅淡語怪録』を返すと、隣りの本が見えた。同じ本が二冊並べられていると思っていたが、そうではないらしい。『寅淡語怪録　二』となっていたのだ。

試しに手に取ると、燈拾散人編となっていた。別人の編のようだ。開いてみるところはかろうじて現代文だった。第一巻よりも読み込まれているのだろうか、この第二巻の紙は黄ばんで柔らかくなっている。さっきの第一巻はもっと白くて、紙も硬かった。単に作製時の紙の選び方が違うだけかも知れない。

第二巻の奥付を見ると発行は１９７１年だった。四十年近く前だ。序文から読み始めようかとまたページをめくると目次が目に付いた。

「ぼうがんこぞうのこと」とあった。ぼうがんこぞうとは何だろうか。ちょっと興味が湧いた。以下、「三人相撲のこと」「くびつりのきのこと」「死体生け花の煉瓦《れんが》屋敷のこと」「みささぎの丸煙管《ギセル》」「忌む屋号」「毒みみず」と、なかなか面白そうなタイトルが続いている。

早速、「ぼうがんこぞうのこと」が載っている頁を開いた。

1．ぼうがんこぞうのこと

一　麦川の夜歩く幼児

馬場《ばば》の左村喜左衛門《さむらきざえもん》が夜回りに出て、腰丈くらいの小さな子供が麦川端を歩いているのを見た由。家人や友人に語るも皆口々に河童《かっぱ》を疑う。左村喜左衛門はその説を退けたと語る。頭頂の皿も甲羅もなく、振り返ったときの顔の殆どを占める大きな目は河童とは思われぬ由。しかも、川ではなく、土手の向こうに逃げるも河童とは思われぬと。

非常にあっさりしている。なんとなく『遠野物語』を思わせるが、あれよりは時代は遥《はる》かに下っている。なにより仮名遣いが現代のものだ。

それにしては「〜の由」などという言い回しがあって、文章がちょっと古めかしい。昔話なのだろうか。

順番が逆になってしまったが、序を読んでみることにした。

いつ成立したのか不明だが、『寅淡語怪録』と名付けられた怪異の記録がこの地域には古くから伝わっている。それをまとめ直したものが本書である、という旨が書かれていた。第一巻と第二巻の編者が異なることからもわかるように、この『寅淡語怪録』は古くから人を代えて書き足し続けられているようだ。第一巻のときに一旦《いったん》製本したそうで、その後にまた集まった怪異を記録したものが第二巻なのだそうだが、原本は両巻とも和綴《わと》じ本なのだという。傷みも激しくなってきているので、図書館に保管を依頼してあると書かれているから、今度その原本をみてみるのもいいだろう。

原本は皆が語った内容を思いつくままに書いた記録となっているらしい。記録者は編者の燈拾散人だけでないようだ。その時々に『寅淡語怪録』を所有していたものが書き足していたらしい。ある程度たまったところで製本しているようだ。第二巻であるが、編者の燈拾散人は原本のもつ味わいも捨てがたいが、重複する内容も多く、また、繋《つな》がりのある話はまとめてみるのも面白かろうと思ったので、内容毎に章立てをしたと書いている。では、最初の項目のぼうがんこぞうとはこの地では有名な妖怪《ようかい》の類なのだろうと思った。

続きを読むことにした。

二　法通寺《ほうつうじ》住持の夜歩く幼児を餓鬼と説くこと
門前の松永十郎《まつながじゅうろう》が、夜歩く幼児を見し由。左村の話を聞いており、非常に怖れる。背丈も同じなら、こちらを見た大きな目も同じという。なぜか、異様に腹が減るので、帰宅後残り飯を乞《こ》うが、二合を全て食い尽くしたという。法通寺の住持の曰《いわ》く餓鬼の類かと。

三　田中平六《たなかへいろく》の夜歩く幼児に行き遭うこと

浜瀬《はませ》の田中平六も同じ物に行き遭う。田中平六は腹の減りを感じなかった由。餓鬼とは思われぬ。

四　谷森寛《たにもりひろし》、麦川の小怪を見て嘔吐《おうと》すること

馬場の谷森寛も麦川の畔《ほとり》で同じ物。これも餓鬼とは思われぬ。むしろ嘔吐す。

五　ぼうがんこぞう

以降も麦川の小怪を見る者多く、数名で歩く折にも出くわすこと二三度に止まらず。郷の者は小怪をぼうがんこぞうと呼んでいる由。膨眼小僧の謂《いい》か。

六　橋下の怪鳥

欠町《かけまち》の和田謙吉《わだけんきち》もまた、ぼうがんこぞうを見る。和田謙吉は気丈でそれを追うた由。こぞうの逃げた先は橋。麦川にかかる石橋の一つで、花菱のあたりのものという。和田謙吉がその橋の下を覗《のぞ》くと怪鳥がいた由。羽はなく、硬そうな鱗《うろこ》がびしりと身を覆う。翼と云《い》うも細長なる四肢か。かく申さば鳥とは覚えず。しかるに和田謙吉の曰く、前肢の脇に狭い布の如き皮膜が付き、少し羽を思わせる由。嘴《くちばし》あり、目は猿の如く前面に付く。ならば蜥蜴《とかげ》の類かとも思えるが、和田謙吉は鳥だと言い張る。

さて、姿を見られた怪鳥は奇怪な声を上げて和田謙吉に突きかかったという。和田謙吉は手拭《てぬぐ》いで応戦するも、脚に数竅《きょう》が空く怪我を負い、逃げ帰る。

橋は翌日、崩落。


花菱の辺りの橋というと今日ここに来る前に見たあれだろうか、などと考えながら本から顔を上げると、いつのまにか、妻と佐古さんの奥さんが両脇に並んで覗き込むように『寅淡語怪録』を読んでいた。

恥ずかしくなって本を閉じた。それを戻そうとすると、

「熱心に読んでいたけど、それほど気に入ってらしたのなら、持って帰ってもいいんじゃないです？」と佐古さんの奥さんが言う。

「でもここの蔵書ですよね」

本当は持ち帰って読んでみたかったのだが遠慮した。なんだか、厚かましく感じたのだ。それに、本を借りるとこの土地に居着くような気がした。いや、居着かなければならないような気がしたのだ。

「蔵書……」といって佐古さんは噴き出した。「そんな大層なものじゃないですよ。誰も読まないいんだし。本も読まれる方が嬉《うれ》しいでしょう」

佐古さんは私の持つ『寅淡語怪録』に目を落とした。

「そうですかね」

私もつられるように手元の本に目を落とした。

「そういえば、佐古さん、ぼうがんこぞうって知ってます?」と顔を上げると、佐古さんはいなかった。妻もいない。慌てて周囲を見回したが、人の気配がしなかった。

私は本を抱えたまま、サンダルを引っかけ表に出た。

外に集まっていた近所の人たちが一斉に私を見た。その中には妻もいた。

「どうしたの?」と、妻は少し怒ったような顔をした。

「いや」となんだか恥ずかしくなって私は俯《うつむ》いた。

「今日はありがとうございました」という鍋島さんの大きな声が聞こえた。

皆、口々にお疲れ様だとか、ありがとうございましただとか、労《ねぎら》いや感謝の言葉を述べて去っていく。

「帰りましょう」という妻が話しかける声がした。

顔を上げると妻は私をじっと見ていた。

私は頷《うなず》いて、俯きがちに足を出した。手に『寅淡語怪録』の第二巻があるのが気になる。が、それを咎《とが》めもせずに、妻は私の横に並んだ。本を持ち出していることを言うべきか迷った。まだ町会館の敷地は出ていない。私は立ち止まった。妻はもう道路に出ていた。妻は側溝を間に挟んで私を振り返った。

「どうしたの?」

「これ……」と私は右腕に抱えていた『寅淡語怪録』を胸の高さに持ち上げた。

「ああ、それ」と妻は無表情で言った。「借りてきたの？」

「お先に」と私たちに声を掛けて男性が去っていく。名前は知らないが近所の人だとはわかった。町会館を振り返ると鍋島さんが同じ年配の人数人と話し込んでいる。他の人は帰ってしまったようだ。

「行きましょう」

という妻の声に私は本を手にしたまま、町会館と道路を隔てる側溝を越えた。

視線を感じて振り向いた。鍋島さんと周囲の人が皆こちらを見ていた。皆が笑っていてぎょっとした。

「お疲れ様」と一斉に口を開く。ごく普通の挨拶だった。本を持ってきた罪悪感から、私は妙におどおどしていたようだ。

「お先に失礼します」と私は頭を下げた。

もう鍋島さんしかこちらを向いていなかったが、私は本を目の高さまで上げて「これ、お借りします」と断りを入れた。

鍋島さんは手を振って、背を向けた。

妻はもう歩き出していた。追いつく頃には麦川が見えてきた。橋を渡ると百円ショップが正面にあった。私は何を買うつもりでもなかったのだが、寄り道したい気分になった。

「百均に寄ろう」

妻を少し追い越してそう訊《き》くと、いいね、と言って妻も足を速めた。

店に入って、文房具の棚に向かった。クリップが切れていたように思ったのだ。ペンの並ぶ棚の前に立ったが、クリップはない。次の棚かと通路に出ると、つるんとした子供が脇を駆け抜けた。全体に灰色で、妙につるんとしているのだ。まるでウエットスーツでも着ているようだ。ただ、見えていたのはほんの一瞬で、もう角を曲がっており姿は見えない。駆けていったので子供の残像が茶色がかった灰色に見えただけなのだろう。私は歩を進め、子供の消えた角を覗き込むと、顔の殆どが黒目になっている奇っ怪な子供がこっちを見ていた。

これはぼうがんこぞうではないのか、と思った時には、私は大学ノートを手にして店の外に出ていた。左脇にはちゃんとあの『寅淡語怪録』を抱えている。振り返ると今まいたはずの店の入り口が見えた。

「何？　忘れ物？」

妻の声が耳元でした。

振り返ると妻は百円ショップのロゴが入ったポリ袋を手にしていた。私は自分が大学ノートを剝《む》き出しにして手にしているのを訝しんだ。

「これ、支払い済んでるよね」と、ノートを妻に見せた。

「買って欲しいっていうから買ったのに、何よ」

妻は困ったような顔をした。

「いや。これ、剝き出しで持ってるからさ」

「自分で袋から出して何言ってるの？　変な人」

妻は背中を見せてさっさと駐車場を抜けた。

私の記憶の一部が欠落している。ぼうがんこぞうを見てから、今までの記憶が抜け落ちているのだ。しかし、意識のないなりに差し障りのない行動をとってはいたようだ。

無意識にクリップではなくこの大学ノートを欲しがったというのは自分でも少し可笑《おか》しかった。青い表紙をしていて細目の罫線《けいせん》が入っている大学ノート。無意識下で欲しているものがこれなのかと改めて思うとちょっと寂しいような、そう感じると怖いような気がする。

早足で先を行く妻に追いつくと、花菱の辺りだった。石橋に目が行く。平成になってから架けられたように見える新しい橋だった。私は川に寄って橋の下を覗いた。

「怪鳥のいた橋って崩れたんでしょ？」

振り返ってこちらを見ていた妻が言った。

「読んでたんだ」と、私は『寅淡語怪録』を持ち上げた。

「でも、その崩れた橋の後に架けたのはあれでしょうね」

私の質問には答えずに妻は橋の上まで駆けていった。橋の上に立つと欄干に寄りかかり川面《かわも》を覗いた。私も追いついてそれを真似た。

「あれ、アマモじゃないよね」

妻が水草を指さした。ススキの葉のような水草が見えた。海育ちの妻にはアマモに見えたのだろう。確かに似てはいた。

「でも、アマモは海だろう？」

「だよね。じゃあ、これは何？」

さあ、と答えて私は首を傾げた。

「ま、何《いず》れにせよ、この橋ではオバケはでそうにないね」妻は欄干から離れた。「帰ろうか」

私は頷いて妻に並んだ。十時になっていたが依然として車通りは少なかった。歩きながら百円ショップでぼうがんこぞうらしきものに遭ってから記憶のないままにノートを買っていたことを話した。

「別に変じゃなかったけどね。いつも通り、これ買ってってノートを持ってきてたし。確かに店の外でこれ何？　とか訊いてたのは変だったけど」

「ぼうがんこぞうって記憶を奪うんだよ」

「そうかな？」妻は赤信号に立ち止まった。横に並んだ私に首を傾げて言った。「その目玉ばっかりの変な子供が、どうしてぼうがんこぞうって言えるわけ？」

「ぼうがんこぞうって目の大きな子供でしょ」

「でも、麦川沿いに出るんでしょ？」

「麦川沿いじゃん」私は振り返って麦川に目をやった。

「店の中じゃん。それに目撃されるのっていつも夜なんでしょ？」

「場所と時間は関係ないかも」

「それって、さっきまであなたがぼうがんこぞうの話を読んでいたから、気になっていただけなんじゃないの。だからちょっと似ているだけで、ぼうがんこぞうに結びつけているだけなんじゃない？」妻は横断歩道を渡り始めた。とっくに青になっていたのだ。

そうかもしれない。でも、そんなことを言ったら、本当にぼうがんこぞうをみたときにも同じ理由で違う分類をしてしまう危険性もある、などと考えながら妻を追った。

「ま、でも、ぼうがんこぞうで、いいじゃん」渡りきった先の歩道で妻は振り返ってそう言った。妻の笑顔に釣られて私も笑った。

帰宅早々、私は冷蔵庫を開けた。卵と小豆島《しょうど》で買った甘藷《さつまいも》の蔓《つる》の佃煮《つくだに》を取りだした。それらをテーブルに置くと、茶碗《ちゃわん》一杯に飯を盛った。なんだか妙に空腹感を覚えるのだ。

2

結局、茶碗に二杯も卵ぶっかけご飯を食べてようやく空腹感が癒《い》えた。妻は呆《あき》れたように一瞥《いちべつ》したが、さっさと洗濯に取りかかっている。

卓袱台《ちゃぶだい》に帰りに買ったノートが放り出されている。それをどこに置こうかと迷った。本棚を見ると、電話帳や映画のパンフレットを入れた段が目についた。恰度いいかと、そこに差し込んだ。
『寅淡語怪録』はいつのまにか本棚に入っていた。妻が汚れないように片付けたのだろう。私はそれを抜き出した。続きが気になっていたのだ。

七　花菱の橋

花菱の橋が崩れてより、ぼうがんこぞうに行き会う者は稀《まれ》となる。橋がかの小怪の栖《すみか》かと云う者多し。また橋を架くるに小怪の頻繁なるかと皆危惧《きぐ》する。害の少なき怪なれど、架橋を忌みて今に至る。

日付がないので詳細がわからないが、いつまで花菱の辺りでは橋が架かっていなかったのだろうか。さっき橋に行ったときにいつ架けられたのか見ておけば良かったと思った。ただ、今の橋の前にも橋はあったかも知れない。それにぼうがんこぞうが逃げた後に現れた怪鳥はなんだったのか。どちらも花菱の橋にまつわる怪で、出現時間も近接している。繋がりを普通は考えると思うが、全く触れられてはいない。筆者にはどうでもよかったのだろうか。それとも書けるほどの情報がないということだろうか。などと考えをめぐらせながらページを捲《めく》ると、まだぼうがんこぞうの話には続きがあるようだった。

八　ぼうがんこぞう　二

開田《かいでん》の生田史郎《いくたしろう》が麦川端で異様に目の大きな子供に出会う。午前零時をとうに過ぎていたらしい。バランスの悪い大きな頭で、毛は生えていたという記憶はないそうだ。一番の特徴は顔の殆どを占める目だという。しかも白目がなくてまるで飛蝗《ばった》の顔を前から見ているようだったという。何という怪かと話し合ったが、語怪録を繙《ひもと》き以前の記録を調べるとぼうがんこぞうと呼ばれていたものに似ている。その記録は戦争より遥か前で途中の目撃録がないようだ。こういうものが目にされるのには波がある。これもその一つだろう。

　これはえらく時代が開いている。編者は話を並べ替えるに当たって番号を振って整理しているから、第七話と第八話の間には目撃談はないのだろう。さらに、ぼうがんこぞうについてはこれ以上の記述はないようだった。私がさっき百均で見たあれをぼうがんこぞうだとするなら、それが第九話になるのだろう。いや、私はあれを記録するわけではない。第一、もうこの『寅淡語怪録』は完結しているのだから。そう考えると、記録があることが即、目撃されたとはならないように思えた。実際は記録されない怪異もあったと思うのだ。ただ、さっきの私の目撃談も続けて記録しておければいいのにと思った。

　ぼうがんこぞうだけでなく、他の記録も気になった。

続きを読むことにした。実は三人相撲というタイトルは気になっていたのだ。

2. 三人相撲のこと

一 十里《じゅうり》の辻《つじ》で三人相撲をとること

沓掛《くつかけ》の寺田《てらだ》時治《ときじ》翁が若い頃の話。あるとき酔うて、十里の辻で相撲を取った由。相手は同字の三村《みむら》吾郎《ごろう》。年齢も背恰好《かっこう》も同等ゆえ、一向に勝負が付かぬ。そのうち、押しても引いても動かなくなった。もう、止めよや、と殆ど同時に言い合い、離れるとなぜか三人いる。それで三人ともが腰を抜かす。寺田翁の知らぬうちに門前の千崎兵衛《せんざきひょうえ》が増えていた由。

しかし、三村が云うには対手《あいて》は初めから千崎兵衛。千崎は千崎で、三村など知らず寺田翁ととったつもりだったという。

三人とも化かされたのかと気味悪くは思うが、狸とも狐とも思われぬ。これまでも聞いたことのない怪で、話しても誰も知らぬ由。

また、三人とも相撲を取ろうと言い出したのは対手なのだと口々に云う。

コミカルだが、よく考えると不気味な話だ。増えた一人というのは、そう言われてどんな気持ちだったのだろう。話者の立場で読むから三人目というのがありえるが、立場を変えると誰もが三人目になりそうではある。

変な出来事だが、これで項目が出来ているから、他にも相撲を取ったら三人になっていたという現象が起きていたのだろう。続きに目をやる。

二　列見《れっけ》の辻で三人相撲をとること
寺田翁の話から四十数年を経て宮寺《みやでら》の旗掛《はたかけ》の昭一《しょういち》も三人相撲を取ったという。ただ、場所は十里の辻ではなく列見の辻。もう一人の相手は知らぬ者と。


その一人は誰なんだ。その後、どうしたんだ、と凄《すご》く気になった。なぜそんな重要な情報が書かれていないのか。私には重要だと思えても筆者には気にならなかったのだろう。しかし、敢《あ》えて書かれていないとすると、少し怖い。言及してはならない者に遭ったということになるからだ。ただ、これは私が勝手に付け加えたいわば妄想ではある。それで怖くなっていたらバカみたいだ。

そういえば、列見と十里ならば今も町名で残っているなと思った。どちらも話にあると思われる辻は、今は交通量の多い交差点になっているから相撲などとれないだろう。それに、その二つは一キロ弱離れている。また、二つの話は時間的にも離れている。ただ、三人相撲というのは確かに繋がりがあるように思える。

「何？　また変なこと書いてあるの？」

妻はテーブルの向こうから『寅淡語怪録』を覗き込んでいた。

「そう。十里の辻か列見の辻で相撲を取ると三人になってるっていうんだ」

「さんにんずもう?」

「へえ……」としばらく紙面に目を走らせていたが、ぽつりと「変ね」とだけ呟《つぶや》いた。

変? 気味悪いではなく、変なのか? そう訊くと妻は顔を上げて笑った。

「だって、いくら夢中になってても二人と三人はわかるんじゃない? 百二人と百三人の違いはわからないでしょうけど。それに続きを読んだらね、三人相撲って十里ばっかりじゃない」と、紙面を指さした。私はそこに目をやった。

三 十里の辻で三人相撲をとること 二
宮寺昭一の話から八日後、同じ宮寺の筒持《つつもち》の忠雄《ただお》も三人相撲を取る。場所は十里の辻で、こちらも相手は知らぬ者。

四 十里の辻で三人相撲をとること 三
宮寺忠雄の話から五日後、高田《たかだ》の村脇良一《むらわきりよういち》と門前の北村秀太郎《きたむらひでたろう》も三人相撲を取る。最後の一人は知らぬ者。場所は十里の辻。

五 十里の辻で三人相撲をとること 四
村脇北村の話の五日後、宮寺の薬丸《やくまる》の彰《あきら》と巽町《たつみ》の小寺満《こでらみつる》が三人相撲を取る。もう一人は、列見の辻を歩いていた宮寺忠雄。いつしか、十里の辻に三人がいたという。
六　列見の辻で三人相撲の影を見ること
もう辻で相撲を取る者はいないが、列見の林田《はやしだ》の内儀が列見の辻で三人が組み合う影を見たという。


「でも、五では列見にいた宮寺さんが怪異に遭ってるよね」

私は『五　十里の辻で三人相撲をとること　四』のタイトル上に指を置いた。

「でも、相撲をとってるのは十里でしょう？」

「じゃあ、六では……」

「影だけじゃない」私が全て言う前に、妻は的確な一言で遮った。

そうだけど、という私の不満まで妻は遮った。

「これは十里の辻の怪ね」

「じゃあ、列見は？」

「列見で相撲を取ったという話って、二だけだよね。でも、これ、よく読むと変じゃない？『宮寺の旗掛の昭一も三人相撲を取ったという。ただ、場所は十里の辻ではなく列見の辻。もう一人の相手は知らぬ者と』」

妻は第二項を読み上げた。私には妻の言う変な部分に気付くことは出来なかった。妻の顔を見る。

「もう一人は知らぬ者って、これで二人でしょ？　さらにもう一人は誰？　旗掛の昭一さんが話者だからこういう書き方だけど、本当は十里で相撲を取っている二人のところに、昭一さんが入り込んだんじゃないの？」

「あ、そうだね」私はもう一度、第二項に目をやった。確かに言うとおりだ。しかし、引っかかるものがあった。「でも、それなら次の三もそうじゃない？『宮寺昭一の話から八日後、同じ宮寺の筒持の忠雄も三人相撲を取る。場所は十里の辻で、こちらも相手は知らぬ者』って、こっちももう一人は誰？」

「宮寺って、怪しいね。第一、宮寺の旗掛の昭一とか、宮寺の筒持の忠雄って何？」

「それは屋号じゃない？　宮寺って、あの宮寺でしょう？」

私の言うあの宮寺とは近所の字《あざ》の名前だ。そこは鉄砲鍛冶《かじ》師の集落で、以前に子供と散歩していたときに、宮寺という表札が多かったのを面白く思った記憶があるのだ。それで旗掛や筒持、薬丸といった名称は同じ宮寺一族が区別するために使っている屋号だろうと思った。

「そっか、屋号か。なあんだ。でも、やっぱりそれとは別に、もう一人っていうのは変だよ」

「相手は知らぬ者っていうのは、正確には知らぬ者『達』ってことじゃないの？　別に日本語には複数形はないから知らぬ者というのは知らない二人という意味にもとれるじゃない」

「そうね。三についてはそういう逃げ道はある。でも、二ではもう一人の相手って言ってるからね。明らかに数がおかしいでしょ。もしかしたら、筆者の書き落としかなあ。ねえ、これって図書館に原本があるんでしょ？　じゃあ、見てみない？」

妻の行動力にはちょっと啞然《あぜん》とするところがある。確かに疑問を解消するにはそうするのが良いとは思う。それに原本には興味もあった。しかし、それを今から見に行くという発想は私にはなかったのだ。

「恰度、そろそろ借りていた本の返却期限でしょ」

言うなり妻は子供部屋へ向かっていた。

3

それがごく普通のサービスであるのだが、書庫の本を借り出すということに私は抵抗を覚える性格だ。照れくさいと言うのもちょっと違うし、わざわざ手間を掛けさせて悪いというのもないわけではない。面倒というのも少しニュアンスが違う。強いて言うとなんだか人と関わるのが厭《いや》なのだ。ただ、ネット予約が出来たのでなんとか閲覧を申し込めた。妻の後押しがなければそれすらもしなかっただろう。やはり人に訊くことに恐れのようなものを抱いていて、少しでも会って話す手間を省きたい気持ちが私にはあるのだ。

カウンターで予約の件を伝えると、別室に通された。ちょっと大袈裟《おおげさ》なことになったと不安になる。妻も一緒だったのでまだましだったが、それでも額と腋《わき》の下は汗がいっぱい出ていた。

広めの会議室らしき部屋の中央に三人掛けらしいデスクが四つかためて置いてあった。そこに和綴じ本が積んであった。

「リクエストされた後半の五十巻です」とエプロンを着けた年配の女性が穏やかな口調で言った。妻はそれに応《こた》えて、更に何か言っていたようだが、私は近寄って一番上の一冊を手に取っていた。

表紙には『語怪録』とだけあった。右下に後で付けられたと思われるタグシールが貼ってあり、アラビア数字で50と書かれていた。

「『寅淡語怪録』ではないんですね」と傍に来ていた妻の声がした。私にではなく司書の女性に言ったようだった。

「ええ、元々は『語怪録』です」

「寅淡と付いたのは最近ですか？」

「ええ、製本された方が付けられたのでしょうね」

二人の会話を耳に入れながら冊子を捲るといきなり墨で書かれた、読めない筆記体の日本語が目に飛び込んできた。これはまだ第一巻収録分なのだろう。

最後の巻を手に取った。表紙に付いたタグは100だった。開くとボールペンの文字が見えた。いきなり安っぽい贋物《にせもの》でもみたような気分になったが、これが原本なのだ。目次には細かな字でタイトルが並んでいた。私は三人相撲というキーワードを探したが、「首吊《くびつ》りの木に上下する小動物」というタイトルや「野瀬奥山《のせおくやま》小屋の二段神棚」というタイトルが気になって一々思考を立ち止まらせて想像をめぐらすので、なかなか検索が進まない。

この後は？　という妻の声が聞こえた。私の手にした冊子を指さしている。それに続く、もうないようですね、書き継がれてはいないようですよ、という司書さんの言葉を聞き、なんだか惜しい気がした。

三人相撲の記述はないようなので、第七十五巻を見てみることにした。妻も冊子を手にしていた。私が見た第百巻のようだった。

私が第百巻、第七十五巻、第八十八巻と半分ずつに刻んで絞り込んでいく間に、妻は地道に第百巻から遡《さかのぼ》っていったようだ。結局、妻が第九十五巻で「列見の辻で三人相撲の影を見ること」を見つけ、とうとう第九十四巻で「列見の辻で三人相撲をとること」を見つけた。結果から言うと、記述は製本版と同じだった。ちゃんと編者は原本の言葉を書き写していたのだ。

ということは、「列見の辻で三人相撲をとること」で宮寺昭一氏が三人相撲をとった「もう一人の相手は知らぬ者」という記述は合っているわけで、では更にもう一人は誰なのだということになる。

「やっぱり列見の話だけ特殊なのよ。やっぱり、列見では相撲を取っていないんじゃない?」

妻は第九十三巻を手に取り、見るでもなくぱらぱらと捲っている。

「宮寺昭一さんは最初は列見にいたからそこで相撲をとったと思っていただけで、最終的には十里にいたんじゃない? これは『十里の辻で三人相撲をとること 四』のような話を移動した側から書いた話なんだよ。最初に十里にいて相撲を取っていたと思われる二人とは顔見知りじゃなく、で、相撲を取っていることに気付いて、お互い逃げたとかで、そっちの二人からは話が伝わらなかったんじゃないかな」

なるほど、そんなことよく考えるなと感心した。しかし、私にも疑問はあった。

「それにしても、もう一人という書き方はおかしいよね」

そうね、と妻は苦いものを口に入れてしまったときのように眉《まゆ》を寄せた。何か考え込んでいる。が、思いつかないようだ。私は沈黙に耐えられず、違う疑問を口にした。

「正確な十里の辻とか列見の辻ってどこかわからないけど、その二つって繋がってるのかな」

「どういう意味?」

「最終的に十里の辻に集まって相撲を取るとしても、何て言うんだろう、そう、列見から引き寄せられる意味とか理由ってあるのかなって考えたんだけどね」

「あの間って途中は入り組んだ住宅地になってるよね。直線で繋がってないかもね。そういう地理的な繋がりじゃなくって？」

「そうだね。僕も地理的な繋がりを考えてたんだけど、そういや、所有者とか謂《い》われのようなもので繋がってるかもね」

「ただ、そうだとしたら、語怪録でもそのことに触れてるんじゃない？　ここにある話って古くからいる人たちから聞いてるんでしょ。目撃談だけじゃなくて噂の類も記してるんだから、謂われがあれば書いてると思うな」

「そっか。じゃあさ、相撲町《すまい》と関係があるかなって思いついたけど、関係なさそうだね」

「あ、そういえば、相撲町ってあったね。あの近くだよね。地図を見てみようか」

司書さんに語怪録を閲覧し終わった旨を告げて、地図のコーナーに向かった。

現在の地名では、相撲町は十里町と列見町と隣接している。地図上の文字だけ見るとそれらを結ぶと直角三角形になっていた。まあ、これはどこに地名を書くかというデザイン上のことで、三町は同一直線上にはないということくらいが確かなことだろう。関係あるようなないような何ともいえない位置関係だ。これには妻も同じ意見だった。

現在の地図では単に十里の辻と列見の辻といえるような十字路は複数あった。一番大きな道路で構成される十字路だとすると選べはするが、その道は昔からあったかどうかはわからない。

「じゃあ、十里に行ってみよう」

私は再度、妻の行動力に驚いていた。

「でも、どれが辻かわかる?」

これじゃないの? と、妻が指さしたのは一番大きな道路で構成される十字路だった。

「でも、その国道は新しいんじゃない?」

「そうね。もっと西に旧道というのがあるもんね。でも、新道って田んぼをならしたのかな? やっぱり前から道だったんじゃない?」

「そうかな。もともと道だったところを最初に国道にするだろう」

「じゃあね、どっちも行こう」と、妻は最初に指した交差点と、旧道から作られる十里の交差点を順番に指さした。

児童書のところで『ミッケ!』という探索系のパズルをして待っていた娘の朝子《あさこ》を連れて車に乗った。

図書館からは十分も走れば妻が最初に指さした交差点に着く。予定通りに現場に差しかかるが、交通量が多い。とてもじっくり眺められるような雰囲気ではない。

「停まりにくそうだし、さっと流すね。よく観察しておいて」とだけいって私は運転に集中した。

交差点を抜けた。

「どうだった? 何か気付いた?」

何も、と妻は助手席から交差点を振り返っている。

「辻にお地蔵さんとかあった？」

「なかった」と言いながら妻は前に向き直った。「じゃあ、旧道にいこうか」

旧道は交通量が比較的少なかった。件《くだん》の交差点も田んぼの中にあって見晴らしがいい。路肩も広いので辻の傍で車を駐《と》めた。

「なんとなく相撲をとりたくなるというのがわかるね」と妻が呟いた。

「厭なこと言うなよな」まだこれが例の十里の辻と決まったわけではないが、その言葉に説得力を感じた。

「相撲、取ろうか」

と後部座席から男の声がした。ぎょっとして振り返ると、チャイルドシートできょとんとした顔をしてこちらを見返す朝子と目があった。

「朝ちゃん、相撲取ろうって言った？」と妻が言う。妻にも聞こえていたのだ。

「言わない」幼い女の子の声で朝子は答えた。

すぐ傍をバンがタイヤを鳴らして曲がっていった。

「帰ろう」私はエンジンを掛けた。ＣＤの続きで『ボレロ』の冒頭部が低く流れ始めた。

「相撲、取ってみない？」妻がルームミラー越しに私を見た。

「冗談だろ？」私は助手席を向いて妻の顔を覗き込んだ。妻は笑っていた。

「折角ここまで来たのに。いいじゃない？　一人増えても。怪我とか死んだりするわけじゃないんでしょ」

「ママやめて」とチャイルドシートの朝子が口を開いた。私たちは後ろを振り返った。

「怖くないの？」

朝子を見ている妻が何度も瞬《まばた》きしていた。「そうね。ごめんね」朝子にそう言うと妻は私に顔を向けた。妻は特に何も言わなかったが、私は頷いて車を出した。

4

家に帰る前に夕食の材料を買うことにした。パゴダマートというデパートが中心のショッピングモールだ。平面駐車場の敷地面積は広いけれどいつも混んでいた。駐車場の中心にちょっとした広場があるのだが、それを作らなければあと三、四十台は駐められそうだ。ただ、その広場近くは空いていることが多いので私は好んで駐めていた。今日も、その辺りしか空いていなかったので、そこに駐車した。

広場とモールの間には通路があり、車の通行を気にしないでいいという子供連れだと都合が良い点も私は好きで、なぜここが空いているのかいつも不思議だった。多分、モールまで歩く距離がちょっと長いからだろう。その程度の距離ならそう変わらないのに、みんな少しでも店の近くに駐めようとしているように思えた。私は愚かな住民達と自分は違うのだと思えるから敢えて広場の近くに駐めているのかもしれない。そう考えると少し自分が厭になった。

広場を通ると、中央の木が見えた。比較的背の高いしっかりした木で、枝に葉が茂っているのに垂れ下がっていない。見上げると葉は一本の枝から左右に対称に生えていて美しい。

気付くと手を繋いでいた朝子も同じように木を見上げていた。

「そんな風にしているとそっくりね」と妻は振り返って言った。朝子は私似だから、そう見えるだろうなと思うと私の顔も綻《ほころ》んだ。気のせいかも知れないのだが、何となく不満そうに見える朝子の表情が私には不満ではあった。でも、もう十里の辻で味わった厭な感覚は忘れかけていた。

モールの近くまで来て朝子はまた駐車場を振り返った。この子はよくそんなことをする。私はそれで車に鍵《かぎ》を掛けたかを思い出すので重宝はしている。今日もちゃんとロックした。大丈夫だ。

カートを押しながらずっと気になっていたことを私は口にした。

「『寅淡語怪録』なんだけどね、返そうと思うんだ」

「さっきのこと、気にしてるの？　あなたにしては珍しくない？」

「珍しいって、こんなことあったっけ」

「いつも本は最後まで読んでるじゃない」

そう言われればそうだ。大抵の本は最後まで読まないと厭なのだ。気が済まないとも言えるし、落ち着かなくもある。指摘されると、『語怪録』も最後まで読みたくはあった。

「でも、読んでいると厭なことがあるだろ？」

「それは起こったことを当てはめているだけにも思えるけど」

「そうかな」

「そうよ」

何気なく、朝子の方を見た。十里の辻で我に返らせてくれたのを思いだしたのもある。朝子は話を聞くでもなく、好物のノルウェーサーモンの切り身を眺めていた。気にしすぎかもしれないなと思った。

夕食後、早食いの私は一人先に食べ終わって暇が出来た。テレビでも見ようかと新聞を見てはみたが面白そうな番組はない。本棚を見ると、『寅淡語怪録』が目に留まった。続きを読むことにした。私はソファに寝そべって、『寅淡語怪録』を捲った。

3. くびつりのきのこと

一　忌伐槐

高田の槐《き》は伐れない。県道を通すときに邪魔なので伐ろうとしたが、それを言い出した者が血を吐いて死に、斧《おの》を手にした者が突き殺され、祟《たた》りとして伐採が見送られた。この件で、郷の者は忌伐槐（きらずのえんじゅ）と呼ぶようになった。

安心した。

よくある祟りの木の話だと思った。考えてみれば、ぼうがんこぞうだって、三人相撲だって他愛《たわい》もない話だ。どこかにありそうな変なものを見たという話ではないか。この「くびつりのきのこと」は人死にの話ではあるが、類話は多くある。特異的な話が、そして本自体が妙にまとわりついてくるような気がしていたのだが、ありきたりな地方の民話集に何を怖がっているのかと、少し恥ずかしくなっていた。

二　忌伐槐で縊死《いし》の七連続すること

忌伐槐で、欠町の吉田の内儀が首をくくってから、二年で七人もが縊死している。話では各人が縊死に使った枝までもが同じらしい。今は忌伐槐を首吊りの木と呼ぶ者の方が多い。

三　首吊りの木に上下する小動物

首吊りの木では夜になると栗鼠《りす》のような小動物をよく見るそうだ。他の槐では見られない。その小動物は群れを成して幹を上下にカサカサと素早く駆け上り、また降り立つという。体の大きさといい、丸い尻尾《しっぽ》といい栗鼠なのだが、頭部は人そっくりだというのだ。

「気色悪ぅ」といつの間にかソファの上から覗き込んで本を読んでいた妻がおどけて言った。

「呪い系というか祟り系というか、そういうのは読んでいて厭な気分になるね。三人相撲なんて可愛いもんだ」私はソファにちゃんと座り直した。妻は横に並んだ。朝子もその横に座る。朝子はリモコンを手にしてテレビを点《つ》けた。

「いや、そういうんじゃなくて、人面リス。想像してみ」

妻にそう言われても想像する気になれなかった。しかし、想像したとしても私にはそんなに怖くはなかった。それはこの話が嘘だと思えたからだ。

「でもね、そもそも高田町に槐の木なんてあったっけ。これ、フィクションじゃないの？」

私は得意げにタネ明かしをした。

「え？」妻は大きく目を見開いた。普段はつり気味の目は扁平率《へんぺいりつ》が凄く低く、円に近い形になっている。「あ、でも、今は伐られてるんじゃない？」

「じゃあ、伐らずの槐でもないじゃない。それじゃあ、怖くも何ともないでしょ。そりゃあ、人面リスの絵づらは気持ち悪くはあるけどさ」

「それもそうだね」妻は一旦、テレビに目を向けた。お笑い芸人がネタをするバラエティー番組が映っていた。私も少し見入る。

「あ、でも、そもそも嘘なら、そんなこと古くからいる人にもわかるよね。だったら、あなたにでもわかる嘘をここに書くかな？」

「そっか。敢えて嘘を書く理由があるってこと？」

「それとも、私たちが知らないだけでちゃんと今もその槐の木があるんじゃない？」

「高田町って商店かビルばっかりじゃない？」

「でも、それが書かれた当時の高田町はもっと広いかも知れないよ」

「それでもそんな噂、聞いたことあるか？」

「伐ってはいけない木ってこと？　聞かないけど、槐だったら、パゴダマートの駐車場の木、あれ、槐じゃない？」

「嘘。あれが槐？」私は思いもしなかった好きな木が呪いの木かも知れないといわれて少しショックだった。「もしそうでも、あそこまで高田町というと広すぎるでしょう」

「そうね。でも、駐車場の木は夜に何かが上下してるって言うわよ」

「厭なこと言うなあ。じゃあ、首吊りの木をわざわざ移植したってこと？」

「そんなことするかな。やっぱりあそこまで『高田』だったんだよ」

う～ん、と私は唸《うな》るだけだった。そもそもパゴダマートの木が槐かどうかもわからないし、もしそうだったとしてもそんな呪われた木だとは思いたくない。

「あ、それか……」妻がまた何か思いついたようだ。「高田町には槐さんという人がいるんだよね。大きなお屋敷」

「なんでそんなこと知ってるの？」

「配達でみたもの」

妻はダイレクトメールや雑誌などの配送のアルバイトをしているので、局地的ではあるが市内の地理には詳しかった。高田町は受け持ち区域でもあるし、その妻が言うのだからそうなのだろう。

「伐らずの槐って、槐さんのメタファーじゃない？」

えぇぇ、という明らかな疑いを込めた私の声に、妻は少し膨れた。

「じゃあ逆にパゴダマートの経営者が高田さんとか」

「どうしてもあの木を首吊りの木にしたいんだな」

「そうじゃないけど」妻は口を尖《とが》らせている。

「まさか行くって言わないよな」私は不安を覚えていた。

「まさか」

「それって、どのまさか？」

「そこまでアホだと思う？」

妻は歯を見せた。それで私も噴き出した。

「そんな殺伐としたのじゃなくて、もっと面白そうなのを見ましょうよ。分福茶釜《ぶんぶくちゃがま》みたいな」

妻は『語怪録』をテーブルに置いて、目次を開いた。結構な速さで目で字を追っているのがわかる。

「これどう？　みささぎの丸煙管」

妻は第十二章を指さしていた。その横の第十一章「死体生け花の煉瓦屋敷のこと」というのが気になったが、今の空気ではこれは不適切だ。

「みささぎって何？」私は恥ずかしげもなく訊いた。

「え？　みささぎって古墳じゃないの？　改めて訊かれると不安だけど」

「そうなの。なんだか丸い煙管が出てきたって話かな。それなら害はなさそうに思えるね。あ、ツタンカーメンの呪いみたいな可能性はあるか」

「厭なこと言うなあ」と言いつつも妻は第十二章を探してページを流していた。

12. みささぎの丸煙管
法通寺にあるみささぎの丸煙管が開帳された。拝観するも丸い玉。煙管とは思えぬも、住持の弁では、古来みささぎの丸煙管と呼ばるる由。


「短いね」妻は呟くように言った。気力が感じられない。

「というか、なんじゃこりゃ感がある」

「でもさ、法通寺にあるんでしょ。見せて貰《もら》えるみたいだし、話聞けばいいじゃん」

「また、悪いクセがでたな」これまでは思うだけだった妻の行動力への驚きを私は口に出していた。

「これは害がなさそうだから見に行ってみましょうよ」

「明日になってもその情熱が残っていたらな」

妻越しに朝子が見えた。朝子はテレビへの情熱をすっかり冷まして居眠りしていた。

5

真っ暗だ。腕時計を見ると午前一時過ぎだった。見慣れたパゴダマートの駐車場だったが、これほど車がない光景は初めて見た。広場横の駐車場には私の車しかなかった。

しかし、件の木の下に、女が一人で立っている。木を見上げているのだ。

妻は黙って近づいていく。

木の幹を何かが上下している。それを捕虫網で女は捕まえてしゃがんでいる。妻が近づくので私も近づいた。

妻の横に並ぶと、女が振り向いた。その顔はひどく目が離れ、鋭い歯を剝きだした齧《げっ》歯類《しるい》のものだった。私の腰はひけている。女は摑《つか》んでいる大きな尾をした小動物の頭部をこちらに向けた。手の中にある灰色の獣は白目を剝いた女の顔だった。瞳《ひとみ》のない目なのに視線を感じる。そいつが私たちを見て嗤《わら》った。

妻が叫び声をあげた。妻がこんな声をあげたのを私は初めて聞いた。

私はハンドルを握って国道を走っていた。二つ向こうの信号の傍に近所のコンビニが見えた。

CDもかかっておらず、私も今我に返ったばかりだし、妻も無言だった。

信号が黄色に変わった。私は車を止めた。

「変な女だったね」妻が口を開いた。

え？　と私は助手席の妻に顔を向けた。妻もこちらを向いていた。眉根が寄って険しい表情だった。

「さっきのよ」

「それってパゴダマートの？」と訊くと妻は頷いた。「夢かと思った」

「じゃあ、今も夢だと思ってるの？」

「そうなのかな。だって、いつ家を出たっけ？」私はそこからの記憶がなかった。記憶が断片的になっているのだ。気付くと駐車場。そして、今の車中。それを説明した。運転しながら説明した。家の駐車場に着いても降りずに説明していた。

妻も自分の見たものを、記憶にあるものを語る。

私と妻が見たものは一致していた。パゴダマートの広場で、あの木に上下する人面リスを捕まえる、リスの頭をした女。夢ではなかった。

妻には出かける時の記憶があった。ただ、どちらが行こうと言い出したのかについては覚えていなかった。私が言い出すことはあり得ない。しかし、妻だって自分から誘うわけがないと言い張る。でも、現に出かけているのだから、どちらかが誘ったに違いないのだ。それから、広場から車に戻るときの記憶は二人共に失っていた。

二人同時に、朝子のことを思った。無事なのかと。

車を飛び降り、部屋に入ると暑いのか朝子は布団をはねのけて、腹を出して寝ていた。いつもの朝子の寝相だった。布団をかけ直した妻と子供部屋を出る。

「『語怪録』って、やっぱ、良くないよ」

「やばいかもね」

「じゃあ、明日はみささぎの丸煙管は見に行かないよね」

「それは明日の気分でいいんじゃない？」

妻はちょっと意固地になっているように思えた。引き下がれないと思いこんでいるのだろう。でも、明日も説得すればやめるだろうと私は気楽だった。

6

妻のみささぎの丸煙管への情熱は、しかし、本物だった。朝になっても冷めていなかったのだ。逆に私が行くように説得された。どう考えても丸煙管には害はない。そういうもので『語怪録』とおさらばしたい。そうでなければ、厭な体験が最後になってしまう。それに、昼間だし、寺に行くのだから怖くはない。そう、寺なのだから厄落としになる、そう言われればそんな気がしてきたのだ。

妻は自ら法通寺へ電話して、丸煙管の拝観を取りつけた。九時半という約束だった。家から歩いて十分弱で法通寺に着くから、まだまだゆとりはあるのだが、なんだか緊張してきた。

私は緊張で八時半にはウロウロしていたが、妻は楽しみで同じ時間からウロウロしだした。朝子は好きなアニメが始まったのでそちらに集中している。

「もう、行ってみようか」

「でも、九時半って言ったんだろ。それに合わせて向こうは他の用事をこなしているだろうし、蔵から出したりもその時間に合わせてるんじゃないかな」

「そうだけど……」

「じゃあ、とりあえず早めに行って寺を見ていようか」

「いいね」

テレビを見ているという朝子を置いて二人で出かけた。

新興住宅地を抜けると古い町並みの法通寺の門前町に入った。年季の入った板塀が続いている。藤棚が見えた。その下に道がある。そこは古い参道だった。藤の季節は過ぎてしまったが、葉が生い茂って陰になっている。私たちは敢えてその下を通った。

道の左側は田んぼ、右側は畑になっていて、それぞれが藤棚の間から見える。畑の中に小さな庵《いおり》があった。誰も住んでいないような寂れ方だが、新しいマウンテンバイクが塀に立てかけてあった。それだけが妙に生活感を覚えさせる。

私が庵をぼんやりと見ている間に妻は藤棚の道を抜けてアスファルトの車道にいた。その先に小さく法通寺が見える。

妻は車道で待ってくれていた。隣りに並ぶと法通寺に一緒に歩を進めた。砂利の敷かれた道を進むと駐車場と、右手にジャングルジムやブランコのある公園が見えた。その先は集合住宅があった。なぜか全然人影がなかった。日曜の朝はこんなものなのだろうか。

公園を尻目《しりめ》に、人避《よ》けでもしたような静かな参道を進むと本堂に着いた。時計を見ると、九時十分だった。目を疑った。もう一度時計を見たがやはり九時十分だ。そんなに時間が経つとは思えない。自分の時計が間違っているのかと妻に言うと、妻は携帯電話を取りだした。その示す時刻も九時十分だった。

「そんなに経ってたんだ」妻も驚いている。

「あと五分も待てば、十五分前だしそれくらいなら訪ねていってもいいよね」

「そうね」と妻は奥の池に歩いていった。池を眺めていれば五分くらい経つだろうと私も思った。

池には蓮《はす》が植えてあった。葉は池のかなりの面を覆っていた。葉の間から赤い魚体が覗く。鯉でも飼われているのだろう。黒や白い魚も見えるのでやはり鯉だろう。私は腕時計をチラチラ眺めながら蓮池に目を向けていた。

結局、九時二十分まで池で時間が潰せた。どこに行けばいいかわからなかったので、本堂で住職を呼んだ。すぐに黒の薄い衣を身につけた老僧が出てきた。

「寺宝を見てくれやぁすて電話をくれやぁた方ですな」老僧はにこやかに出迎えてくれた。ここの住職だと名乗った。

しばらく待つように言われ、その言に従っていると、木の箱を両手で捧《ささ》げ持つようにして、住職が奥からでてきた。捧げ持たれた箱はなんとなくくすんでいて、有り難いと言えば有り難いような気もする。材質は何かわからないが、桐だったら如何《いか》にも寺宝という感じなのでいいなと思った。

住職は箱をゆっくりと置くと、前面の板を上に引き上げた。上面をぱかっと外すのかと思っていただけにちょっと意表を衝《つ》かれたが、紫の座布団に座ったような、黒くて丸いものがはっきりと見えた。

住職は前面の板を完全に外すとそれで胸を隠すように両手で持った。特に何も言わない。それでいたたまれなくなって、

「これがみささぎの丸煙管ですか」と阿呆《あほう》のような質問をした。

「そうです。これがここにあることは何で知らぁたんですか」

「それが……」と私は言い淀《よど》んだ。妻は片目を瞑《つぶ》って口を小さく開けたり閉じたりした。何かを言っているのかも知れないが、何と言っているのかはわからない。でも、けしか

けている事だけはわかった。

「『語怪録』に書かれていたんです」と私は正直に言った。

「ほうですか。『語怪録』を読まぁたんですか。それは結構ですな」

「ええ」

「若い人がきちんと伝えるべきものを伝える。大事ですな。それが何でもずうっと続く根本です」

「はあ」

住職は丸煙管を覗き込んだ。

「あのですね、この丸煙管の謂われを教えていただけませんか」妻も箱の中を覗き込みながら訊いた。

「あれあれ、ご主人。ここにずっといてへん気ですか」住職はこれまでとは違う素早い動きで私に振り向いた。妻の質問は聞こえていないのか。

「ずっとと言いますと?」

「もっと都の方へ行こうと考えてやぁるのと違いますか」

漠然とではあるが、もっと良い条件の転職は考えていた。それには居場所は二の次だった。ここはなかなか良い町だとは思うが、できれば中央にでたいと思っていた。もっともこれは本当に漠然とそう思っていただけで、妻にも言ってはいなかった。そうではあるが、ゆくゆくはそうなっていくだろうと何の根拠もなく思い描いていた。ただ、住職はなぜそんなことを知っているのか。そして、なぜ今訊いたのか。わけがわからず返答に困る。

「『語怪録』を読まぁたご縁がありますのになあ。勿体《もったい》ないことです」

住職は俯いた。

「もしかして、私の家に『語怪録』があることを仰《おっしゃ》っているのですか？」

「ほうです」住職は居眠りをするかのように頷いた。「受け継がぁたんでっしゃろ」

「受け継いだなんてそんな」と言うと住職は目が融《と》けてしまったのかというように歪《ゆが》ませた。なんとも気の毒な表情で、私は少しいたたまれない気分になった。『語怪録』は面白かったですけど、私のものではないんですよ」

「ほうですか。別に受け継いだわけ違いますか。残念ですな。あれは言うたら名誉ですけど」

「は、はあ」

「このみささぎの丸煙管もこないしてお伝えできてるのは、光栄なことですがな」

「丸煙管はいつの頃からあったのですか？」と妻が訊く。

「それは古いですな。箱を拵《こしら》えたんが康暦《こうりゃく》二年て書いてますな」

住職は箱の裏を覗き込んだ。私もそちらに回って覗き込む。何か字が書いてあるが、かろうじて二年というのはわかった。上の二文字は意味不明の曲線に見え、「こうりゃく」というにはどんな漢字をあてればいいかも見当が付かなかった。

「こうりゃく二年というのは西暦で言うと何年に当たるんですか」

「そうさなあ。わかりかねますな。応仁の乱よりもっと前ですわ」

「それより前にこのお寺に来たんですね」

「そうなりますな」

「由来はご存知ですか」

「それは失伝しとります」

「なぜみささぎの丸煙管というかもわからないのですか」

「そうです」

「みささぎというのは、どなたの御陵なんです？」

「それも失伝しとります」

「じゃあ、これをどのように煙管として使うかご存知ですか」

「ほうやね。これ、どうやって煙管にできますかな。そも、愚僧は煙草をのまんで、わかりかねますな」

「そうですか」

「どないです」と住職は私に顔を向けた。「伝えるて、大事でっしゃろ」住職は歯のない口を大きく開けて笑った。

ここで頷くと却って失礼にも思う。それで即答を迷っていた。

「何遍もいいますけどな、『語怪録』を読んでくれてやぁるねやな」

「それはそうです」

そう答えると、住職はまた歯のない口でにんやりと笑った。

7

住職に礼を述べて帰宅するともう十一時になっていた。そんなに長居したつもりはなかったが、時間はそうではないことを示していた。

朝子は退屈だったのか私たちが帰ってくると飛びついてきた。

妻は昼食の支度をし始めていた。

テーブルに『寅淡語怪録』が出ていた。

「朝子、この本、読んでたの？」と私が訊くと朝子は首を振った。

「読めないもん」

そうだよね、と私は自らの愚問を認めた。じゃあ、朝子が出したのかと訊こうと思ったが、止めた。朝子には大きくて重いのだ。持って持てないことはないが、わざわざそんなことをするとは思えなかった。

わからないままに私は『語怪録』を手に取った。

目次を漫然と捲る。

「死体生け花の煉瓦屋敷のこと」という題を思い出して、読んでみようと目次を探した。

見つからない。

見落としたのかともう一度「ぼうがんこぞうのこと」から探すが、やはり見つからない。昨夜確かに見たはずだと不思議な気分になった。逆から目次を辿《たど》ったが、ない。そんな話は元々ないにしても、なんであんな奇妙なタイトルの記憶があるのだろう。薄気味悪くなった。

台所からは包丁の音が聞こえてくる。昼食にはまだ間がある。その間に、途中は飛ばして、最後の方だけ読んでやろうと思った。それで、この本は返却しよう、そう思ったのだ。

記録が書かれている最後のページを開いた。

56. 忌む屋号

宮寺には呼んではいけない屋号があるという。記すことさえも忌むかと思っていたが、本書であれば問題ないだろうとのこと。

ただ、その屋号は聞けず。また、訊かず。

呼んでしまった時の凶事すら言えぬと言われる。また、敢えて訊かず。

58. 毒みみず

八幡《やわた》の久世《くぜ》家に毒みみずと呼ばれる掛け軸がある。穏やかな観音様が描かれていて、どこがどう毒なのか、またみみずなのかわからない。二月十八日にだけ蔵から出して床の間に飾り、決まった作法の通りに戻さないと、不幸が訪れるという。

　作法については教えられなかったが、不幸については最年長者と最年少者がそれぞれ遅くとも年内に亡くなるのだという。


　それぞれ厭な話だ。しかし、なぜ第五十七章がないのだろう。敢えての欠番という感じだ。しかし、製本版なのだから、毒みみずを第五十七章にすればいいのだ。何が削られたのだろう。それを調べるにはまた図書館に行って原本の閲覧を願い出て、一つ一つを対応させればわかると思われる。それはちょっと気の遠くなる作業だ。妻を引きずり込んで手伝って貰ってもきつい作業になりそうだ。

　チャイムが鳴った。

　妻が玄関に出て行く。

　男が部屋に上がり込んできた。妻は困った顔を男の後ろから見せた。

「ここに『語怪録』があるんやろ?」

　知らない男は私の前にどかりと腰を下ろし、嬉しそうに話しかける。

「ちゃんと書いてや」と私の返事も聞かずに嬉しそうに語り始めた。「ナイフ憑《つ》きなんやけどな」

　私はあっけにとられていた。『語怪録』がここにあるのをなぜこの男は知っているのだろうか。まさか、法通寺の住職が言いふらしているのだろうか。

「あ、わしか、わし、馬場の渡《わたり》や。渡浩三《こうぞう》」と男は何度かお辞儀をした。「あ、それでやな、うちの娘なんやけどな、ナイフ憑きなんや」

私は立ち上がった。渡さんは話を止めて私を見上げた。不安そうな、嬉しそうな複雑な顔だ。

「ちょっと待ってください」

私は渡さんの不安を払拭《ふっしょく》すべく短く告げた。

私は百均で買っていたあのノートを、本棚から抜き出した。これはメモのためのノートなのだと、ようやく悟った。脇に見知らぬ和綴じ本が五、六冊並んでいた。表を見なくとも受け継がれている『語怪録』だと思った。それは第何巻なのだろうと気にはなったが、それを確認して渡さんを待たすわけにはいかない。

渡さんに向き合って座り、ノートを開いた。私はボールペンを握って「ナイフ憑きのこと」とタイトルを書き出し、メモを取り始めた。

これ自体が怪の一部なんだと思った。離れたところから自分を見ているような変な感覚だ。これだって記録の対象だろう。ただ、それをどんなタイトルで記すべきなのか。また、この本に取り憑かれるということをちゃんとこの本自身に記録できるのだろうか。これらは後でゆっくり考えるべきことだろう。目の前の渡浩三は娘についての簡単な情報を述べ終え、奇妙としか言い様のないナイフ憑きによる我が子の変貌《へんぼう》を語り始めているのだ。

それにしてもこの男は、娘が悲惨な目にあっている話をどうしてこんなに嬉しそうに話すのだろう。

第十八回
日本ホラー小説大賞
《短編賞》受賞作
（二〇一一年）

穴らしきものに入る

国広正人

国広 正人（くにひろ・まさと）

一九七九年生まれ。二〇一一年「穴らしきものに入る」で第十八回日本ホラー小説大賞《短編賞》を受賞しデビュー。

「あまりの奔放なイメージに呆れ果てた。こういう際にこそホラーは現実を忘れさせる特効薬になり得るのではないかと勇気づけられた」

——高橋克彦（第十八回日本ホラー小説大賞選評より）

よく晴れた日曜。

私は自宅の前で車を洗っていた。しばらくぼーっと洗っていたら、ホースの穴に指が入って抜けなくなってしまった。いつの間にか水は止まっている。どうやらホースが蛇口から外れたらしい。思い切り引いてみるが指は抜けない。

引いてダメなら押してみよう。

そう考えた私は抜けなくなった指をホースの穴に押し込んだ。すると一気に手首の辺りまでホースの中に入ってしまった。

「なんだ？」

慌てて腕を引くがやはり抜けない。反対に押し込んでみると、たいして力を入れていないのに腕はスルスルとホースの奥へと進んだ。

「なんだなんだ」

そのまま、ひじ、肩、胴と、いけるところまで体をねじ込んでいったら、ついに足が浮いた。浮いた足をバタつかせ身をよじった。気がついたら、全身ずぶ濡《ぬ》れになって地面に這《は》いつくばっていた。

「なんだなんだなんだ」

私は慌てて立ち上がった。最初はわけがわからなかったが、すぐにあることに気がついた。さっきまで、愛車の運転席側にいた自分が、助手席側に移動していたのだ。車体の下に這わせたホースは、運転席側から助手席側にまっすぐ伸びている。

「なんだ？」

私はもう一度ホースの穴に指を突っ込んだ。ひじ、肩、胴と、さっきと同じ要領で体をねじ込んでいったら、再び運転席側に戻ってきた。

「大変だ大変だ。ホースの中を通り抜けちゃったよ」

すぐに台所で夕飯の支度をしている妻を呼んできて、目の前で同じことをやってみせた。

「ちょっと、今揚げ物してるんだけど……え……え、えええええ」

最初は驚いていた妻も、やがておもしろがり、三往復もしたら飽きて台所に戻って行ってしまった。

「ホースの太さはずっと同じだったわよ」

夕飯の席。妻はカキフライを口に運びながらそう言った。

私は思わず箸《はし》を止めた。

「本当に？」

てっきり、ヘビが大きな獲物を飲み込んだときのような状態を想像していたのだが、言われてみれば、手首を突っ込んだとき、ホースの端はラッパのように広がっていなかったように思う。

「つまり、あなたの体がホースに合わせて中に入っていったことになるわね」

「そうなるな」

私はこの事実をどう受け止めていいのかわからなかった。

妻が勧めるので、後日病院にも行ってみたが、医者からは酒を控えるようにとだけ言われた。

体に異常がないまま十日が過ぎた。

雨の水曜。

私は会社の近くにあるソバ屋で昼食をとっていた。

「むずかしい顔をしているな」

向かいの席でソバをすすっている同僚が私の顔を見てそう言った。

実際そういう顔をしているんだろう。私はイライラしていた。席についてからずっと貧乏ゆすりが止まらない。わけもわからずため息ばかり出た。タバコを根元まで吸いつくす。余計気分が悪くなった。

先に食事を終えた私は、同僚がソバをすするのをさっきから黙って見ていた。束になったソバが口の中に運ばれていくのを見ていたら、あぁ……。

私は同僚に声をかけ、ソバを食う手を止めさせた。

同僚が何か言おうと口を開ける。

私はテーブルに身を乗り出し、その開いた口の中に素早く腕を突っ込んだ。目を丸くする同僚の頭を、もう片方の手で押さえつける。口の中に入れた指先が、すぐにのどちんこに触れた。喉《のど》から先に入っていくのにはなんとなく抵抗があったから、頬の内側に沿って腕を丸めるようにして押し込んだら、うまい具合にひじまで口の中に収まった。指先を動かしたら、口の中にはまだ遊びがあった。いける。テーブルにひざをつき、頭を突っ込む。腕と同じ要領で体を丸めて押し込んでいったら、足が浮いた。浮いた足をバタつかせ、一応気を利かせて靴を脱いでから、ひざを丸める。暗い。どうやら全身口の中に入ったらしい。

居心地はといえば、あまりよくない。ソバとソバつゆの臭いしかしないし、体中ベタベタしてじんわり生温かく、なにより関節のあちこちが痛かった。私は体が柔らかい方ではない。長居は無理だ。

足をピンと伸ばしたら、同僚の口から私が飛び出した。湯のみやせいろを吹き飛ばし、元いた席についた私は、体についたソバの切れ端を手で払った。

「なんだなんだなんだ」

まだ口を開けっぱなしにしている同僚を残し、私はテーブルに千円札を一枚置いて靴を履き、先に店を出た。雨は上がって、雲の隙間から太陽が顔を出している。私の中にあったイライラはすっかり消えていた。

会社に戻って仕事を再開。すこぶるはかどる。

向かいのデスクの同僚が、仕事そっちのけでさっきのソバ屋での出来事について熱心に話しかけてきた。私が口の中に入っているとき特に苦しくは感じなかったとか、口の端はラッパのように広がりはしなかったとか、もう一度やってみせてくれだとか。

私は手を休めずに、同僚が開けてみせた口をチラリと覗《のぞ》き見た。もう一度入ってみる気にはなれなかった。一度抱いてしまった女に興味がなくなるのと似ていた。

まとめた書類にパンチで穴を開ける。鉛筆が通るかどうかの小さな穴が二つ開いた。その穴を見ていたら、あぁ……。

私は書類をカバンに詰め、得意先に行ってくると言って席を立った。そのままトイレに駆け込む。個室に入り、ズボンを下ろさず便座に座り、カバンからさきほどの書類の束を取り出した。得意先との契約で使う大事な書類だ。もし破いてしまったらと思うと、なおのこと興奮する。

私は小指の先を書類の穴に押し込んだ。なかなか前に進まない。これは穴の小ささよりも、前回前々回に比べて書類の穴が乾いているのが原因っぽかった。それでも辛抱強く指をねじ込んでいたら、緊張のせいでかいた汗が潤滑油となり、少し入りが滑らかになった。少々強引に指をねじ込んでみる。小指が穴の向こうに抜けた。一旦《いったん》抜けた小指を半分くらい引き戻してから、また押してみる。押しては引いてをやさしくくり返す。手首まで穴の向こうに抜けた。

こうして抜けた個所《かしょ》を半分引いては押してをくり返し、さらに体全体にねじりを加えた。私はトイレの中でクルクル回った。目を閉じて回りながら穴の奥目指して進んだ。全身汗びっしょりだ。一息ついて目を開けると、腰まで穴の向こうに抜けていた。信じられないほど腰はくびれている。パッと見は、書類の上に切り離された上半身が乗っかっているようにしか見えない。

深呼吸して、よし行こうと思ったら、書類に開いたもうひとつの穴に目がいった。二つの穴に同時に入ったらと考えただけで、あぁ……。

私は小指の先を、もうひとつの穴に押し込んだ。片方の穴には小指を下方向にねじ込みつつ、もう片方の穴には腰を上方向にねじ込む。口で言うほど簡単じゃない。小指、手首、ひじと片方が順調に進んだと思ったら、せっかく腰まで進んだもう片方が胸の辺りまで逆戻り。もうすでに手で書類の束を押さえていない。パンチで開けた二つの小さな穴に私が通ることで、書類を束ねているといった状態だ。

二つの穴と格闘すること十五分。私は個室から出てしまい、壁や小便器に体をぶつけながらも回り続けた。

「なんだなんだなんだ」

小便器の前で用をたしていた同僚が声を上げた。

と同時に、私は飛んだ。水泳選手がプールに飛び込むのと同じようなフォームで地面を両足で蹴《け》り、頭を屈《かが》めて両手を前に突き出した。まずひとつ目の穴を下半身が通り抜け、勢いそのままに二つ目の穴を全身が通り抜ける。そんなイメージで飛んだ。

トイレの床に顔から落ちる。すぐに床に散らばった書類をかき集めた。

「大丈夫か」

心配そうな同僚の声。

「ああ。汗で湿っちゃいるが、なんとか無事だ」

まだチャックを開けっぱなしにしている同僚を残し、私はかき集めた書類を抱えトイレを出た。会社の前でタクシーを拾い、得意先に向かう。途中、タクシーはトンネルの中に入った。

「あぁ……」

「どうかしましたか？」

運転手がルームミラーを覗き込んで言った。

「いや、なんでもない」

「それにしては晴れやかな顔をしてらっしゃる」

実際そういう顔をしているんだろう。窓ガラスを見たら、晴れやかな顔をした私が映っていた。タバコに火をつけ、煙を大きく吐き出す。契約をまとめる前なのに、何事かやりとげたような満足感があった。

「今夜はよく眠れそうだ」

その後、契約はすんなりまとまった。書類の穴を通るよりずっと簡単だった。

次の日から、私の本格的な穴ライフがスタートした。

酒を飲めばお銚子《ちょうし》の中に入り、ゴルフに行けば十八個全てのカップの中に入る。プールに行けば浮き輪をつけ、タバコを吸えば煙を輪にしてその中をくぐり抜ける。風呂《ふろ》に入れば湯と共に排水口に流され、もう一度沸かし直した湯に入り直す。ドーナツは一くぐりしてから食べ、妻との夜の営みでは明かりを消して頭から挿入した。

入った穴にはランク付けをして、手帳にメモをとった。ランクはA・B・Cの三段階に分け、Aは難しい、Bは普通、Cはやさしいとした。五円玉や指輪、最初に通ったホースの穴などはランクC。シュレッダー、アリの巣、熱々のおでんのちくわなどがランクA。一生通る機会はないだろうが、土星の輪っかなんかもAに含まれるだろう。

失敗もいくつかした。

そのひとつが電車のつり革だ。私は会社に行くのに毎日電車を利用している。ズラリと天井からぶら下がったつり革を見ていると、当然、あぁ……と息が漏れる。出来ることなら体を横にして七つか八つのつり革に同時にぶら下がってみたい。しかし、やれば二度と電車通勤は出来なくなるだろう。悶々《もんもん》とした気持ちを抱えながら、私はつり革をひとつだけ掴《つか》んで毎日電車に揺られていた。

ある日、とうとう我慢出来なくなって、夜明け前に家を出た。人気《ひとけ》のない、まだ薄暗いホームに始発の電車がやってくる。ネクタイを締め直し、私は先頭の車両に乗り込んだ。予想していた通り、乗客はまばらだったが、無人ではない。座席に座って居眠りしているスーツ姿の男が一人と、同じく座席に座ったまままうつむいて携帯電話を忙しく操作している女子高生が一人。いける。隣の車両に移動することも考えたが、実は一人か二人くらいは乗客がいた方がいいとも思っていた。

ガラ空きの座席の前に立ち、網棚の上にカバンを載せる。目の前にぶら下がったつり革の丸い輪の中に自然に右腕を通した。通した腕をひねって、すぐ右隣にあるもうひとつのつり革に腕を伸ばす。二つ目のつり革の中を腕はなんなく通過。ひとつ目のつり革の中にさらに腕をねじ込み、ひじを通す。指先が二つ隣にある三つ目のつり革の中を通った。

つま先立ちになりながら横目で様子を窺《うかが》う。スーツ姿の男は口を大きく開けて高いびき。女子高生はといえば、あいかわらずうつむいて携帯電話を睨《にら》んでいる。

私はつばをごくりと飲み込み、つり革から腕が抜けないよう慎重に、目の前の座席のシートの上に靴を脱がずに上った。網棚に頭をぶつけないよう腰をかがめる。女子高生は私が最初に腕を通したつり革から数えて十三番目のつり革の下にいる。寝ているサラリーマンはもはや眼中になかった。

荒くなる息を整えつつ、ひとつ目のつり革の中にゆっくり肩まで入れていく。四つ目のつり革の中を通過した手で五つ目のつり革を摑んだ。

電車がトンネルの中に入った。

と同時に、私はつり革を摑んだ手に力を込め、飛んだ。体操選手がつり輪や鉄棒で懸垂をするのと同じ要領で、摑んだつり革の高さまでぐいっと体全体を引っぱり上げ、頭から輪の中に突っ込んだ。まるで体が勝手につり革の中に吸い込まれる、そんなイメージでもって飛んだ。

目の前を、白いガードレールのようなものがものすごい勢いで上から下へといくつも通り過ぎた。それもなくなり、気がつけば天井を見上げる格好になっていた。つま先を動かしてみるが何にも触れない。つり革を摑んでいた手は飛んだ勢いで放してしまっていて、今は何も摑んでいない。

首を横に向け暗くなった窓を見ると、七つか八つのつり革の輪の中に、私が横になってぶら下がっていた。つり革が通っている鼻、首、胸、腹、腰、太もも、ひざ、すねの部分だけが細くくびれてれんこんのようになっていた。

体をねじって輪の中で体の向きを百八十度変え、視線を床に落とす。私のちょうどすぐ真下に女子高生はいた。まだ携帯電話を見つめている。

私は身をよじり、つり革の輪の中でクルクル回り出した。

電車がトンネルを抜けた。

夜が明けたのだろう。窓から射し込む朝日を全身に浴びた私は、女子高生の真上にぶら下がっているつり革の輪の中で、喜びを嚙《か》みしめながら回り続けた。早起きしてよかったと思った。しかし回りながらよくよく見てみると、彼女が広げた携帯電話の画面に、れんこんみたいになった私の姿が、うっすらと映ってしまっていることに気がついた。

急いで足を浮かせ、体に傾斜をつけて回ったら、うまい具合に頭の方向に体が進んで、すねの部分にあったつり革が足から抜ける代わりに、ひとつ隣のつり革の輪の中に頭が入った。進むスピードを上げようと、さらに足を高く上げる。すると、隣のつり革より低い位置に頭が進み、傾けすぎた体がつり革の中からズルズルと抜け落ち出した。なんとか足首をつり革にひっかけ落下はまぬがれたが、腰から先の上半身がつり革からダランと垂れ下がり、今や頭の位置は座席に座っている女子高生と同じ高さになってしまっている。おまけに私の頭が朝日を遮り出来た影が、彼女の顔を不自然に覆ってしまっていた。さらに車両の奥をよくよく見ると、さっきまで寝ていたスーツ姿の男がこっちを見て目を丸くしていたが、こいつのことははなから眼中にない。歯をむき出して睨みつけたら、スーツ姿の男は黙って窓の外に顔を向けた。

女子高生が耳に手をかけソッと髪をかき上げた。シャンプーのいい香りがした。彼女があと何秒後に顔を上げるのかわかるのなら、その直前までこうしていたい。しかし現実はそうもいかない。

私は下腹に力を込め、上半身をぐっと起こし、つり革を両手で掴んだ。手の平を顔の前に広げ、射し込む朝日を遮った女子高生が、携帯電話から目をはなし、首を左右に振った。

私は救いを求めるような目で彼女を見つめた。車両の奥にチラッと目をやったら、スーツ姿の男も同じような目でこっちを見ていたが、無視して女子高生に視線を戻した。こんな下半身がれんこんみたいになった姿を彼女に見られたらと思うと……。

女子高生は頭上にいる私には気づかず、再び携帯電話に視線を落とした。

「あぁ……」

私は興奮と失望とが入り混じった息を漏らした。

窓の外を流れる景色が次第に速度を落とし始めた。もうこの際、天井からいきなり現れた謎の男と思われてもしかたがないと覚悟を決め、つり革から下半身を抜こうとしたとき、バンと大きな音がした。

首を伸ばして音のした方を見てみると、私より年の若そうな車掌が運転席と車両とを分かつ非常扉を開け放ち、目を丸くしていた。

「なんだなんだなんだ」

乗客のことにばかり気をとられ、すっかり車掌の存在を忘れていた。

携帯電話から目をはなし、車掌が見つめる視線の先に顔を上げた女子高生が悲鳴を上げた。

逃げるためというより、その悲鳴に驚いて、私は顔から床に落ちた。手でスーツについた汚れを払いながら、平静を装って立ち上がる。網棚の上に載せたカバンを取り、タイミングよく開いたドアからホームに下りた。発車を知らせるアナウンスが流れ、ドアが閉まる。目を丸くした車掌と女子高生とスーツ姿の男を乗せて、電車は徐々に加速。ホームを離れていった。

私は人気のないホームのイスに座り、次の電車を待った。

「公共の場でやるのはよくないな」

周囲の人間には運動不足解消のためだとウソを言って、次の日から自転車通勤に切り替えた。おかげで体力もついた。加えて穴を通ること自体がいい運動になったので、たるんでいた腹がみるみる引きしまった。どこかにいい穴はないものかと、日々緊張感を持って過ごすことで、集中力も増した。難易度の高い穴に入るごとに自信がつき、それが自然と態度や表情にも表れるようになった。会う人会う人から、最近明るくなったねと言われるようになり、何か習い事でも始めたのかという質問に対しては、はにかむような笑顔でもって応《こた》えた。会社では私を慕う部下が増え、上司からは一目置かれるようになり、事実役職がひとつ昇進した。すれ違うとき軽くあいさつを交わす程度の関係だったお隣の奥さんの私を見る目つきも以前とは違う。ホテルに誘って頭から挿入してやったら、昼間とは別人のような声を出してベッドの上で悶《もだ》えた。浮気をしているつもりなど毛頭なかったので、後ろめたさも全くない。妻には今まで以上に愛情を注ぎ、夫婦生活は以前にも増して円満だった。ただ、穴と妻、どちらが好きかと聞かれれば、間違いなく穴と答えるだろう。

こうして穴という穴、穴と呼ぶのかどうかも疑わしいものにまで入り続けて、早三ヶ月が経った。

会社の近くの喫茶店。

私は分厚くなった穴手帳を見てため息をついていた。困ったことに、一度入った穴にもう一度入っても、最初に味わったような満足感達成感は得られないのだ。木にドリルで複雑な穴を開けてそこに入ってみたりもしたが、自分の作った答えのわかっているなぞなぞを解いているみたいで全然満足出来なかった。最近の楽しみといえば、三角フラスコに入った自分の写真を眺めることくらい。思わず、あぁ……と息が漏れるようない穴は、最近めっきり少なくなった。

運ばれてきたコーヒーにミルクを入れスプーンでかき回していたら、何週間ぶりかで思わず息が漏れた。

「あぁ……」

カップの取っ手に対してでも、マッチ箱に対してでもない。スプーンをつまんだ私の人差し指と親指が作った穴に対してだ。

スプーンをテーブルに置き、左手の親指と人差し指で作った穴を覗き込む。穴の直径はだいたい四センチくらい。これが他人の指で作った穴ならおもしろくもなんともないが、自分の指で作った穴となれば話は別だ。公共の場ではもうやらないと決めていたのだが、なにしろ何週間ぶりかで見る魅惑の穴だ。早く試したくてしょうがない。店内を見渡すと、幸い客足はまばらだった。空席も多い。いける。左手の甲の側を入口、手の平の側を出口と決めた。

私は左手の指で作った穴に、右手を突っ込んだ。難なく肩まで手の平の向こう側に抜けた。次に頭。左手の人差し指と親指で、首と脇の下をまとめてしめているような格好になる。左手は後回しにして、先に胴体を通すことにする。左手の穴を下へ下へと下ろし、腰から上を上へ上へと持ち上げる。ちょうど腰に手を当てたような格好になり、上半身が手の平の向こう側に抜けた。

ふと、くびれた腰を見て、これなら穴を通らなくても最初から直接腰に指を回せるのではないかと思ったが、そんな怪力私にはないし、どう考えても指の長さが足りない。そもそも力うんぬんの問題でもあるまい。私はただ穴らしきものに入っているだけなのだ。

このとき、立ち上がってしまったので、呼ばれたと勘違いしたウエイトレスが注文をとりにやってきた。広げたおしぼりで腰の辺りを隠しつつ、サンドイッチを注文してから座り直す。骨でも外さないかぎり左手はこれ以上上下げられそうもないので、ひざを折って、またぐようにして片足ずつ穴の中を通った。

これで残すは左手のみ。ちょうど左手の人差し指と親指で左の肩をつかんでいる、まさにそんな格好。今ならサンドイッチを持ってこられても、なんとか適当にごまかせるだろう。イスの背に左手のひじを押し当て、右手で左手の手の平をぐいぐい押した。腕がありえない角度に曲がりながら穴の中を通っていく。今サンドイッチを持ってこられたら大変だ。

最後の難関、左手のひじが手の平の側に抜けた。ちょうど左手の人差し指と親指で左手の手首をつかんでいる、まさにそんな格好。私はテーブルの下に手を隠し、手品師が握り拳《こぶし》の中にハンカチを押し込むように、残った手首を穴の中にグイグイ押し込んだ。

とうとう指で作った穴だけ残して、体の九十九％が手の平の側に移動した。しかし穴を作っている指自体私の一部なのだから、これを放っておくわけにはいかないし、自分の指で作った穴を通る醍醐味《だいごみ》がここにある。通り抜けた後、再び手の甲の側に逆戻りする、というのが私の予想だが果たしてどうか。すでに穴を通り抜けた左手の三本の指を右手でつまんで、指が離れてしまわないよう注意しながら、穴を成す二本の指それ自体を手の平の側に引っぱった。

「サンドイッチおまたせしました」

声に反応して思わず顔を上げてしまった。視線を手元に戻すと、体のねじれはなくなっていた。予想に反して手の平がこちらを向いている。最後の通る過程を見逃したのは少々残念だったが、楽しみをとっておけたとも言える。私は人差し指と親指を離し、左手の拳を小さく握りしめた。

「サンドイッチお好きなんですね」

ウエイトレスが可笑《おか》しそうに笑った。

「まあね」

そういうことにしておいて、私は広げた穴手帳にメモをとった。自分の指で作った穴・ランクA。しかも有難いことに、この穴は何回か通っても飽きがこなかった。右手の指で作った穴と左手の指で作った穴とでは通りやすさが微妙に違ったし、両手の指を合わせて作った穴に入ったときは肩が外れそうになって、攻略するのに二日かかった。なにより場所さえ選べば、いつでも手ぶらで入れるところがよかった。今や私が穴なのだから。私は一週間ほど、自分の指で作った穴をおかずにして何度も満足感を味わった。

指の穴にも飽きたころ、私はついに、これまで身近にありながら避け続けてきたランクAA《ダブルエー》の穴に入ることを決めた。コンセントである。おそらく入ったら死んでしまうだろう。でも死ぬのはいやだ。そこで用意したのがスキューバダイビング用のダイビングスーツである。ゴーグルに足ヒレ、酸素ボンベもレンタルした。

総重量二十キロの装備を、自宅の二階にある自分の部屋で身につけてから、階段を下りて居間に向かう。別に自分の部屋にあるコンセントでやってもよかったのだが、万全を期すため、妻の趣味である風水学の本を借りて読み、北向きにあるコンセントは使わないことにした。

風水の本に従い、運気が流れ込むとされる南南西の方角にある居間のコンセントの前に立つ。先客である電気カーペットのプラグをまずは引き抜く。

入るのは当然右の穴だ。電力会社に勤める私にしたらいろはのいの如き知識だが、家庭用のコンセントの穴は左右同じ大きさではない。右の穴より左の穴の方が若干縦に長いのだ。七ミリと九ミリで左の穴の方がやや広い。アースやコールドと呼ばれる電気を地面に逃がす左の穴よりも、ホットと呼ばれる右の穴の方が危険だということも十分承知だ。承知したうえで右の穴なのだ。電気と穴のスペシャリストである私に言わせれば、コンセントとは右の穴に入ってなんぼなのだ。参加することに意義があるというような軟弱な精神の持ち主であれば、より大きくてより広くてより安全な左の穴を選ぶだろう。しかしこれは冒険なのだ。辞書にも、危険を冒すこと、と書いてある。だからゴム手袋をはめて指先をちょっと入れるような姑息《こそく》な真似もしていない。そんな前日にデートの下見をするような行為は、穴に対する冒とくだ。リハーサルなしの一発勝負。いつだってそうしてきた。勝つか負けるかわかっている勝負ほど、やっててもおもしろくないものはないだろう。

とはいえ内心ビビりまくっている。なにしろ命がけの挑戦である。帰ってこられる保証などどこにもないし、万が一の場合保険がきくかどうかもあやしい。でもやめられない。もう止まらない。穴に魅せられた者が辿《たど》る悲しい末路と言えばそれまでだが、この穴を制覇すれば、中毒のようになりつつある穴ライフにピリオドが打てるような気がするのだ。穴に魅せられた同志なら私の考えに共感してもらえると思うが、果たしてそんな同志が世界中に何人いることやら。

これ以上何を言っても始まるまい。長年会社でつちかってきた経験や知識はこの際ドブに捨て、真っさらな気持ちで目の前の穴に入ろう。それがこれまで入ってきた数々の穴に対する、また生涯最後になるやもしれないAAの穴に対する、最高の賛辞というものだ。ありがとう穴。さらば穴。

私は床に四つん這いになり、基本に忠実に、右手の人差し指をコンセントの右の穴に突っ込んだ。歯がカタカタ鳴った。本番前に試したスタンガンに比べれば大したことはない。歯を食いしばり手首まで入れてみる。畳に寝そべり伸ばした足がばたばたし出した。そのまま足ヒレを振ってバタ足で進む。進む度に体の震えは大きくなり、体の震えが大きくなる分、進むスピードは増す。可笑しくもないのに横隔膜が震えて笑い声が出た。

頭が中に入る。コンセントの中が光っているのか、目の前の星が光っているのかわからないが、とにかくチカチカまぶしい。気のせいだろうか、体が五つか六つくらいに分かれてしまったような感じがする。さっきスタンガンが大したことないなんて言ったことを訂正しよう。そのうち、外で足が浮いた。電気抵抗を受け重くなった両手を横にかいて前に進む。間もなく全身、電気の海に浸った。距離感どころか、上下左右の感覚すらままならない。行ったことなどもちろんないが、宇宙空間さながらだと言っておこう。呼吸が出来ているのが酸素ボンベのおかげなのかどうかはわからないが、もしそうだとしてもそんな恩恵なんかより、いつ爆発するかもしれないという恐怖に体が震えた。たんに電気で痺《しび》れただけかもしれない。しかし、今さらここの空気を吸う気にはとてもなれない。いや、それどころか、もはや一刻の猶予もないくらい、体がこの場所を拒絶している。さすがにＡＡにランク付けしただけのことはある。居心地どうこうより、ここには人の居場所がない。

私はすぐさまＵターンして、長方形の穴に向かった。

すると長方形の穴をふさぐようにして、外側から巨大な棒がこちら側に差し込まれてきた。

私はその棒で全身を押さえつけられぺしゃんこにされた。

外からなにやらうるさい音が聞こえてくる。その中に妻の鼻歌も混じっていた。キレイ好きな妻は掃除機をかけるときやアイロンをかけるとき、鼻歌を歌うクセがある。耳障りな音からして、おそらく妻が居間で掃除機をかけているのだ。つまりこの巨大な棒は掃除機のプラグということになる。わかったところでどうしようもない。

私は極上の電気マッサージを全身に浴びながら、妻が掃除を終えるのをただ待った。

途中、二度ほど気を失った。

機械の音と鼻歌が止み、巨大な棒が外に引っ込んだ。

私は電光石火の勢いで長方形の穴に突っ込んだ。顔につけたゴーグルにひびが入り、ぱりぱりと乾いた音を立てた。

すると、再び巨大な棒が外側から差し込まれ、出かかった私の顔面をコンセントの中に押し戻した。このときの衝撃でゴーグルは粉々に砕けた。チラッと見えた居間には、大量の洗濯物とアイロン台が置いてあった。つまり私の顔面を押し戻したのはアイロンのプラグで、几帳面《きちょうめん》な妻はこれから時間をかけて、一枚一枚丁寧に洗濯物のシワをとるつもりなのだろう。

案の定、外から妻の鼻歌が聞こえてきた。

気のせいではなく、体が五つか六つに分かれた感じがする。背負った酸素ボンベがめりめりといやな音を立てた。ゴムと肉の焦げるいやな臭いしかしなくなる。ひどく苦しかったが、横隔膜が震えるせいで口からは笑い声しか出てこない。その笑い声も妻の鼻歌も次第に遠くなり、目の前でキラキラ光っていた星がひとつ、またひとつと消えていくのを見ていたら、あぁ……。

こんなこともあろうかと、机の上に遺書を残しておいてよかった。死んだら自分の頭の上にある輪っかの中に入ろうと思う。

初出（すべて角川ホラー文庫）

吉岡暁「サンマイ崩れ」／『サンマイ崩れ』（二〇〇八年七月）
曽根圭介「鼻」／『鼻』（二〇〇七年十一月）
雀野日名子「トンコ」／『トンコ』（二〇〇八年十月）
田辺青蛙「生き屏風」／『生き屏風』（二〇〇八年十月）
朱雀門出「寅淡語怪録」（「今昔奇怪録」の原題）／『今昔奇怪録』（二〇〇九年十月）
国広正人「穴らしきものに入る」／『穴らしきものに入る』（二〇一一年十月）

本書は角川ホラー文庫オリジナルアンソロジーです。
収録にあたり加筆修正を行いました。

目次・章扉デザイン／坂野公一（welle design）

日本《にほん》ホラー小説大賞《しょうせつたいしょう》《短編賞《たんぺんしょう》》集成《しゅうせい》2

国広正人《くにひろまさと》／朱雀門《すざくもん》 出《いづる》／雀野日名子《すずめのひなこ》／
曽根圭介《そねけいすけ》／田辺青蛙《たなべせいあ》／吉岡《よしおか》 暁《さとし》

角川ホラー文庫 23914

令和5年11月25日 初版発行

発行者――山下直久
発 行――株式会社KADOKAWA
〒102-8177 東京都千代田区富士見2-13-3
電話 0570-002-301（ナビダイヤル）
印刷所――株式会社暁印刷
製本所――本間製本株式会社
装幀者――田島照久

ISBN978-4-04-114383-4 C0193

角川文庫発刊に際して

角川源義

第二次世界大戦の敗北は、軍事力の敗北であった以上に、私たちの若い文化力の敗退であった。私たちの文化が戦争に対して如何に無力であり、単なるあだ花に過ぎなかったかを、私たちは身を以て体験し痛感した。西洋近代文化の摂取にとって、明治以後八十年の歳月は決して短かすぎたとは言えない。にもかかわらず、近代文化の伝統を確立し、自由な批判と柔軟な良識に富む文化層として自らを形成することに私たちは失敗して来た。そしてこれは、各層への文化の普及滲透を任務とする出版人の責任でもあった。

一九四五年以来、私たちは再び振出しに戻り、第一歩から踏み出すことを余儀なくされた。これは大きな不幸ではあるが、反面、これまでの混沌・未熟・歪曲の中にあった我が国の文化に秩序と確たる基礎を齎らすためには絶好の機会でもある。角川書店は、このような祖国の文化的危機にあたり、微力をも顧みず再建の礎石たるべき抱負と決意とをもって出発したが、ここに創立以来の念願を果すべく角川文庫を発刊する。これまで刊行されたあらゆる全集叢書文庫類の長所と短所とを検討し、古今東西の不朽の典籍を、良心的編集のもとに、廉価に、そして書架にふさわしい美本として、多くのひとびとに提供しようとする。しかし私たちは徒らに百科全書的な知識のジレッタントを作ることを目的とせず、あくまで祖国の文化に秩序と再建への道を示し、この文庫を角川書店の栄ある事業として、今後永久に継続発展せしめ、学芸と教養との殿堂として大成せんことを期したい。多くの読書子の愛情ある忠言と支持とによって、この希望と抱負とを完遂せしめられんことを願う。

一九四九年五月三日

再生

角川ホラー文庫ベストセレクション

綾辻行人　井上雅彦　今邑 彩　岩井志麻子　小池真理子
澤村伊智　鈴木光司　福澤徹三　朝宮運河＝編

最恐にして最高! 角川ホラー文庫の宝!

1993年4月の創刊以来、わが国のホラーエンタメを牽引し続けている角川ホラー文庫。その膨大な作品の中から時代を超えて読み継がれる名作を厳選収録。ミステリとホラーの名匠・綾辻行人が90年代初頭に執筆した傑作「再生」をはじめ、『リング』の鈴木光司による「夢の島クルーズ」、今邑彩の不穏な物件ホラー「鳥の巣」、澤村伊智の学園ホラー「学校は死の匂い」など、至高の名作全8篇。これが日本のホラー小説だ。解説・朝宮運河

角川ホラー文庫

ISBN 978-4-04-110887-1

恐怖
角川ホラー文庫ベストセレクション

宇佐美まこと　小林泰三　小松左京　竹本健治　恒川光太郎
服部まゆみ　坂東眞砂子　平山夢明　朝宮運河＝編

ホラー史に名を刻むレジェンド級の名品。

『再生　角川ホラー文庫ベストセレクション』に続く、ベスト・オブ・角川ホラー文庫。ショッキングな幕切れで知られる竹本健治の「恐怖」、ノスタルジックな毒を味わえる宇佐美まことの「夏休みのケイカク」、現代人の罪と罰を描いた恒川光太郎の沖縄ホラー「ニョラ穴」、アイデンティティの不確かさを問い続けた小林泰三の代表作「人獣細工」など、ＳＦや犯罪小説、ダークファンタジーテイストも網羅した“日本のホラー小説の神髄”。解説・朝宮運河

角川ホラー文庫

ISBN 978-4-04-111880-1

ぼぎわんが、来る

澤村伊智

空前絶後のノンストップ・ホラー！

“あれ”が来たら、絶対に答えたり、入れたりしてはいかん――。幸せな新婚生活を送る田原秀樹の会社に、とある来訪者があった。それ以降、秀樹の周囲で起こる部下の原因不明の怪我や不気味な電話などの怪異。一連の事象は亡き祖父が恐れた“ぼぎわん”という化け物の仕業なのか。愛する家族を守るため、秀樹は比嘉真琴という女性霊能者を頼るが……⁉　全選考委員が大絶賛！　第22回日本ホラー小説大賞〈大賞〉受賞作。

角川ホラー文庫

ISBN 978-4-04-106429-0

ホーンテッド・キャンパス

櫛木理宇

青春オカルトミステリ決定版！

八神森司は、幽霊なんて見たくもないのに、「視《み》えてしまう」体質の大学生。片想いの美少女こよみのために、いやいやながらオカルト研究会に入ることに。ある日、オカ研に悩める男が現れた。その悩みとは、「部屋の壁に浮き出た女の顔の染みが、引っ越しても追ってくる」というもので……。次々もたらされる怪奇現象のお悩みに、個性的なオカ研メンバーが大活躍。第19回日本ホラー小説大賞・読者賞受賞の青春オカルトミステリ！

角川ホラー文庫

ISBN 978-4-04-100538-5

庵堂三兄弟の聖職

真藤順丈

ひとは、死んだらモノになる——

死者の弔いのため、遺体を解体し様々な製品を創り出す「遺工」を家業とする庵堂《あんどう》家。父の七回忌を機に、当代の遺工師である長男・正太郎のもと久々に三兄弟が集まる。再会を喜ぶ正太郎だが、次男の久就《ひさのり》は都会生活に倦み、三男の毅巳《たけみ》も自分の中の暴力的な衝動を持て余していた。さらに彼らに、かつてなく難しい「依頼」が舞い込んで——。ホラー小説の最前線がここに!!　新しい流れを示す日本ホラー小説大賞受賞作。解説・平山夢明

角川ホラー文庫

ISBN 978-4-04-394374-6